GAME ADDI
JOB HUNTING IN DUNGE
FROM A "NEW GAME"

世界転生

ダン活

～ゲーマーは【ダンジョン就活のススメ】を〈はじめから〉プレイする～

REINCARNATION IN THE GAME WORLD
DANKATSU

Lv.
05

はじめから
▷ つづきから
オプション

ニシキギ・カエデ
イラスト:朱里

TOブックス

REINCARNATION IN THE GAME WORLD

DANKATSU

GAME ADDICT PLAYS "ENCOURAGEMENT FOR JOB HUNTING IN DUNGEONS" FROM A "NEW GAME"

PRESENTED BY KAEDE NISHIKIGI
ILLUSTRATED BY SHURI
PUBLISHED BY TO BOOKS

Lv. 05

イラスト：朱里　デザイン：沼 利光（D式Graphi

ギルド GUILD エデン

名前 NAME ゼフィルス

人種 CATEGORY 主人公 男

職業 JOB 勇者

LV 50

迷宮学園一年生

HP 334/304 MP 564/504

STR 攻撃力	180	VIT 防御力	180	INT 魔力	180
RES 魔力抵抗	180	AGI 素早さ	180	DEX 器用さ	30

ゲーム〈ダン活〉の世界に転生。リアル〈ダン活〉に馴染んできて、もう完全にゲームをプレイしている気分で楽しんでいる。ギルド〈エデン〉のメンバーと共に、Sランクギルド——学園の頂点を目指す。

名前 NAME ラナ

人種 CAT. 王族/姫 女

職業 JOB 聖女

迷宮学園一年生

我儘だが意外と素直で聞き分けが良い王女様。ゼフィルスの影響で、恋愛物語が大好きな夢見る少女から、今はすっかりダンジョン大好きなダンジョンガールに。

名前 NAME シエラ

人種 CAT. 伯爵/姫 女

職業 JOB 盾姫

迷宮学園一年生

代々優秀な盾職を輩出してきた伯爵家の令嬢。類まれな盾の才能を持ったクールビューティ。色々抜けているゼフィルスやギルド〈エデン〉を影からサポートすることが多い。

名前 NAME ハンナ

人種 CAT. 村人 女

職業 JOB 錬金術師

迷宮学園一年生

ゼフィルスの幼馴染で錬金術店の娘。命を助けられたことでゼフィルスを意識している。生産職でありながら、戦闘で役立ちたいと奮闘中。趣味は『錬金』と〈スラリポマラソン〉。

名前 NAME
カルア

人種 CAT.
猫人/獣人　女

職業 JOB
スターキャット
迷宮学園一年生

傭兵団出身で猫の獣人。童顔で小柄で華奢。ぼーっとしていて、大事な話でも余裕で忘れ去る。優しくて面倒も見てくれるゼフィルスが好き。好きな食べ物はカレー。

名前 NAME
エステル

人種 CAT.
騎士爵/姫　女

職業 JOB
姫騎士
迷宮学園一年生

幼い頃からラナを護衛してきた騎士であり従者。一時期塞ぎ込んでいたラナを笑顔にしてくれたとゼフィルスへの忠誠をグッと深め、鋭意努力を重ねている。

名前 NAME
ケイシェリア

人種 CAT.
エルフ　女

職業 JOB
精霊術師
迷宮学園一年生

最強になることを目標に掲げるエルフ。知識欲が強い。エルフをスカウトするのに必要なプレゼントアイテムを自ら持参した猛者。

名前 NAME
ルル

人種 CAT.
子爵/姫　女

職業 JOB
ロリータヒーロー
迷宮学園一年生

子爵家の令嬢。幼女のような外見をしているがゼフィルス達と同じ迷宮学園一年生。可愛い物が大好き。自称ぬいぐるみ愛好家。

名前 NAME
パメラ

人種 CAT.
分家　女

職業 JOB
女忍者
迷宮学園一年生

元々ラナの隠れた陰の護衛だったが、無事【女忍者】に就いたためラナが〈エデン〉に誘った。

名前 NAME
シズ

人種 CAT.
分家　女

職業 JOB
戦場メイド
迷宮学園一年生

元々ラナ付きのメイドだったが【戦場メイド】に就いたためラナが〈エデン〉に誘った。ラナ大好きであるが、エステルとは違いちゃんと自重している。

名前 NAME
セレスタン

人種 CAT.
分家　男

職業 JOB
バトラー
迷宮学園一年生

国王の命令で勇者の付き人となった執事。ゼフィルスの身の回りの世話以外にもギルド〈エデン〉の書類仕事や資金運用、他のギルドとの折衝等々、仕事もテキパキとこなす。

名前 NAME
リカ

人種 CAT.
侯爵/姫　女

職業 JOB
姫侍
迷宮学園一年生

侯爵家令嬢。モデル体型の高身長でキリっとして凛々しい。ゼフィルスの事は頼りになる仲間だと思っている。可愛い物が大好きで、ぬいぐるみを愛でるのが趣味。

名前 NAME
ミストン所長

人種 CAT.
街人 男

職業 JOB
???
研究所
所長

長年、職業《ジョブ》の発現条件について研究している。学園長とは割と仲が良い。

名前 NAME
フィリス先生

人種 CAT.
侯爵 女

職業 JOB
上侍
ダンジョン
攻略専攻・
戦闘課教員

迷宮学園卒業生の美人新任教師。ゼフィルスのクラス教員。学園長である祖父に無理を言ってでも職に就いたため、やる気は十分。

名前 NAME
マリー先輩

人種 CAT.
街人 女

職業 JOB
魔装束職人
迷宮学園二年生

Cランクギルド〈ワッペンシールステッカー〉のメンバー。先輩なのに学生と思えないほどの幼児体型。独特ななまり口調があり商売上手。あとノリが良い。

名前 NAME
キリちゃん先輩

人種 CAT.
侯爵 女

職業 JOB
??? 迷宮学園三年生

Aランクギルド〈千剣フラカル〉のサブマスター。身長は高く、スラリとした美少女。実力は高く、ゼフィルスの知識チートを朧気ながら見抜いた眼力を持つ。

名前 NAME
ガント先輩

人種 CAT.
街人 男

職業 JOB
クラフトマン 迷宮学園三年生

職人気質で不愛想。彫金屋で店番をしていた。

名前 NAME
ヴァンダムド学園長

人種 CAT.
公爵 男

職業 JOB
??? 学園長

学園を統括する大貴族。サンタと見間違えるほど白い髭をたっぷり伸ばし、がっちりとした体型のご老公。

名前 NAME
〈幸猫様〉

神棚の主こと正式名称〈幸運を招く猫〉の設置型アイテム。ギルド内に飾るとギルドメンバーに『幸運』が付与される。そのあまりの効果に、〈ダン活〉プレイヤーからは、崇め奉られ神棚に置かれてお供えをされている。

第1話　麒麟児と呼ばれる少女。立派に成ってしまって。

5月2日。

今日は学園が本格的に稼働する日である。具体的に言えば1年生初登校日だ。

大いに賑《にぎ》わせ、涙と夢と大望を与えられた測定最終日から一夜明け、学園は一時の平穏を取り戻していた。

昨日、夢が叶った者も、叶わなかった者も、泣いても笑っても今日からは新学期。

気持ちを切り替え、自分の職業《ジョブ》と見つめ合い。これからの人生に向けて勉学に励むのだ。


しかし、切り替えられない子がここに。

「ねえゼフィルス君、私もそっち行っちゃダメかな？」

「いや、ハンナは〈生産専攻〉だろ。こっちは〈攻略専攻〉だから無理だって」

新学期という晴れの日に、とある分かれ道で学園の制服に身を包み、問答を繰り返している男女2人がいた。

俺とハンナである。

「もう何度も言っているだろうが、ダメなものはダメだ。というより不可能だから。【錬金術師】

は〈攻略専攻〉には入れないから」

「うぅ〜。でも〈エデン〉の皆は私以外〈攻略専攻〉なのに私だけ〈生産専攻〉なんてぇ」

「いや、【錬金術師】から転向されても困るから。ハンナはそのままでいてください」

「むぅ」

俺の言い分は分かるけど納得は出来ないとばかりに頬を膨らませるハンナが可愛らしい。

「ハンナ、制服似合ってるな。可愛いぞ」

「そ、そうかな。えへへ。ってそれ朝から5回目だよ！　ゼフィルス君ごまかそうとしてないかな!?」

ついにバレたか、さっきまではハンナが不安を言い出したら制服姿を褒めることで切り抜けてきたのだが、さすがに使用限界らしい。さて次は何を褒めて誤魔化そう？

それはさておき、今日は新学期の初日、つまりクラス分けがある。というかクラス分けに1日が使われると言った方が正しいか。

何しろ昨日は日付が変わるギリギリまで測定に費やされていたので、学園もクラス分けをしている時間なんて無かったはずだ。

というより測定をスピード重視でやっていたために記入漏れやトラブルなんかがある可能性が非常に高く、それを二重《にじゅう》確認する意味でも今日という日が使われることになっている。

学生は希望する専攻の学舎へとまず向かい、職業《ジョブ》と専攻の相性を測《はか》られる。

そこで内定が出れば専攻に入り、次はどの課に入れるのか、適性のある課を選択することになる。

内定が出なければ別の専攻を勧められる。例えば【錬金術師】さんが〈ダンジョン攻略専攻・戦

闘課〉を希望したとして、通る事は万に一つも無い。間違いなく〈ダンジョン生産専攻〉を勧められるだろう。

職業《ジョブ》とはそれほど絶対的なものなのだ。攻略専攻に入りたければ戦闘職か、せめてダンジョンを探索する系の職業《ジョブ》に就いていなければならない。

そう、朝からハンナに言い聞かすこと5回。

なんとかしてやりたいが俺にもどうすることも出来ないことはあるのだ。悪いがハンナだけ〈生産専攻〉である。俺に出来るのはハンナの思考をずらして不安を忘れさせるか励ますくらいなものだ。

俺は心を鬼にしてハンナに伝えた。

「〈生産専攻〉に行かなけりゃ先生方が泣くぞ。〈麒麟児のハンナ〉」

「そ、その二つ名も恐れ多いんだよ!?」

〈麒麟児のハンナ〉。最近の学園内でのハンナの二つ名だ。

由来はLv。ハンナはなんと【錬金術師Lv52】。

俺たち〈エデン〉のメンバーがLv50で止まっている中、ここ最近爆弾やらMPポーションやらを作りまくっていたハンナは生産でコツコツ経験値を稼ぎ、この短期間に二つもLvを上げてしまっていた。

つまり、新1年生でトップ。

学園はダンジョンに入る度に職業《ジョブ》Lvを計測するためハンナがLvトップだとすぐ学園側にバレた。

新学期を前に職業《ジョブ》Lv52というのは学園が始まって以来初の快挙、つまりは最高記録だった。先生方からは熱心に声を掛けられ、学園側から非常に優秀な新1年生として大きく注目されている。

もちろんギルド加入合戦シーズンにそんな情報が学生に伝わらないはずも無く、いつの間にかハンナは〈麒麟児のハンナ〉と言われるようになってしまったのだ。

ハンナ本人にその噂を聞かせた時は信じず「私が麒麟児なわけないでしょ～」とコロコロ笑い、そして真実を知って布団の中で丸くなった。10回ほど「どうして私なのー⁉　絶対皆勘違いしてるでしょー⁉」とか叫んでいたらしいけど、まあそういう事もあるよね。

未だ事実を受け止めきれない、いや受け止めたくないハンナは「せめて〈エデン〉の皆と一緒に居たいよー、クラスに1人とか不安でしかないよー」と言って、こうして不安に震えているわけだ。

確かに大きすぎる期待って震えるよな。

ただの村娘だったハンナが1ヶ月でこんな立派になってしまって。どうしてこうなってしまったのか俺にもよく分からない。

とそこへ助っ人が現れた。

「あらハンナさん、こんな所にいらしたのね。探しましたよ」

「アイス先生⁉　あ、あのですね……」

現れたのはこの学園の教諭であり、生産専攻の主幹教諭《しゅかんきょうゆ》を務められているアイス先生。

〈学生手帳〉にも顔写真とプロフィールが載っているレベルの偉い方だ。とても優しい顔をしたお祖母ちゃんという印象。

ハンナを気に掛けている先生の1人らしい。

「さあさあハンナさん、行きますよ。入学生代表の挨拶は考えてきましたか？」

「ふえ！　あ、は、はい。一応は。でも本当に私なんかが」

「なんかとは言ってはいけませんよ。あなたは学園始まって以降初の大きな記録を残した素晴らしい【錬金術師】なのですから。もっと自信を持ってください」

「わ、わかりました」

どうやらハンナは生産専攻の部で入学生代表の挨拶をするらしい。

さすがＬｖ52。先生方からの期待が大きい様子だ。ハンナ本人は目を回す直前のようだが。

昨日の午後、ハンナが自室に籠もっていたのはどうやら入学生代表の挨拶を仕上げていたかららしい。

そしてアイス先生の長年の経験から来る手腕に丸め込まれたハンナはとうとう観念した。

「ゼフィルス君ー」

「頑張れハンナ。応援しているぞ」

俺が手を振って励ますと、ハンナも情けない声を上げながら手を振り返した。

ガンバレとしか言えない。

とそこでアイス先生が俺の方へ向く。

「あら、ごめんなさい。あなたが【勇者】のゼフィルスさんですね。私は〈ダンジョン生産専攻〉で主幹教諭を務めています、アイスといいます。気軽にアイス先生と呼んでくださいね」

「はい、存じています。覚えていただいて光栄ですね。今日はハンナをよろしくお願いいたします。

とても緊張しているようなので」

「こちらこそよろしく。ハンナさんの事はお任せになってくださいな。ちゃんと補佐も付けますから安心してください」

「ふえ？」

アイス先生と挨拶を交わし合いハンナのことを任せた。どうやら入学生代表の挨拶などに補佐を付けていただけるらしい。事がどんどん大きくなっている気がする。

そしてハンナは寝耳に水といった様子。

ハンナ大丈夫か？　とも思うがアイス先生というベテランが請け負ってくれたのだ。大丈夫だろう。

分かれ道でハンナとアイス先生を見送り、俺も攻略専攻の校舎へ向かった。

目指すは〈ダンジョン攻略専攻・戦闘課〉だ。

第2話　新しいクラスにご案内、新しい学生たち。

迷宮学園では各専攻、各課にクラス分けがなされ、在籍する学生は先生の指導の下に職業《ジョブ》を磨き、自分の進む道へと邁進《まいしん》する。

その大切なクラス分けが行われている一つがココ、〈戦闘3号館〉と呼ばれる〈戦闘課〉専門の校舎だ。

この〈戦闘3号館〉は主に〈ダンジョン攻略専攻・戦闘課〉の1年生が在籍する。他の〈攻略専攻〉である〈採集課〉や〈調査課〉、〈罠外課《わなはずし》〉などは別の校舎で行われているはずだ。

全学年で2万人も在籍しているため、もうクラス分けというよりも学舎分けと言っても良い具合だな。

少し遅れ気味に校舎に到着すると、そこは学生でごったがえしていた。

この世界はダンジョン資源で回っているため〈ダンジョン攻略専攻・戦闘課〉に在籍する学生は多い。というより全ての課の中でトップの大人気部門だ。全体の6割弱の学生が〈戦闘課〉を選ぶほどである。

故にここに集まる学生もむちゃくちゃ多い。そして校舎もむちゃくちゃデカい。

さて、完全に出遅れたな。こりゃ俺の番までだいぶ時間が掛かりそうである。

どうしたものか。

目の前の人混みに軽く悩ましい顔をしていると、声を掛けてくる人物がいた。

俺の従者であり執事のセレスタンだ。どうやら俺を待っていたらしい。

「ゼフィルス様、おはようございます」

「……セレスタンか！　おはよう。なんか制服姿が新鮮すぎて一瞬わかんなかったぞ」

セレスタンの格好は白いブレザーに紺のズボンと、この迷宮学園の標準の制服姿だった。

いつも上下がパリッとした黒の執事服を着ているため少し違和感がある。とはいえ似合ってるけどな。

「ゼフィルス様は制服姿がよくお似合いですね」

「ありがとな。セレスタンも制服似合ってるぞ。そういえばセレスタンも〈戦闘課〉だったんだよな。執事だから別の課でもいいと思うんだが」

「僕はゼフィルス様の従者ですからね、それに戦う執事でもあります」

どうも俺に無理して付いてきている様子は無いようだ。【バトラー】、というよりもセレスタン自身が執事なので別の課に行ってもおかしくはなかったが。まあ、セレスタンが良いと言うのだから良いのだろう。

「それと、ゼフィルス様、こちらに。すでにゼフィルス様はクラスが決まっておりますのでご案内しましょう」

「仕事が早いなセレスタン!?」

どうやらセレスタンのおかげであの混雑に並ぶ必要は無いようだ。さすがセレスタン。良い仕事をする。

ちなみに俺たちは早期に職業《ジョブ》に就いていたため、先生方からの確認はある程度免除されていたそうだ。今大混雑中なのは昨日や最近職業《ジョブ》に就いた学生たちらしい。彼ら彼女らはまだクラスが決まっていないとのことだ。どうりで早いはずだ。

先導するセレスタンに付いていき校舎に入った。

「そういえば他のメンバーはどうしたんだ？」

「はい。シズさんやエステルさんたちに連れられて先にクラスへ向かったはずです。ゼフィルス様が最後ですね」

どうやら俺が最後だったらしい。アレだ、ギルドマスター出勤ってやつだ。遅刻ではない。

ハンナがちょっと可愛くごねただけだ。しかしそれを言うのはなんなので適当に言う。

「あ～、来る途中ちょっとしたトラブルがあってな」

「おや、大丈夫でしたか？」

「ああ。多分。問題ない」

大丈夫かは俺も知りたいところだが、とりあえずそう言ってごまかした。

話を変えよう。俺は先ほどから気になっていた事をセレスタンに聞く。

「それよりメンバーの所属クラスを教えてくれないか、ハンナ以外は〈戦闘課〉希望だっただろ？」

「はい。全員〈戦闘課1年1組〉ですよ」

「お、それは何よりだ」

〈エデン〉のメンバーはハンナを抜かして全員が〈ダンジョン攻略専攻・戦闘課〉希望だった。そしてその希望が通り、無事所属。さらにクラスまで全員一緒とはとても幸先が良いな。

クラス分けは職業《ジョブ》の種類、そして職業《ジョブ》Lvと成績で決まる。〈1組〉ならその課で最も優秀なLvと成績を修めた者がクラス分けされるシステムだ。さすが実力主義。まあこれは学力などがまだ不明の1年生だけの処置なんだけどな。2年生以降のクラス替えはまたちょっと変わる。

そして1年生だけで構成されたギルド〈エデン〉のメンバーは全員職業《ジョブ》Lv30以上、初級中位ダンジョンクリア者なので当然のように全員1組だった。実は狙ってた。ハンナはすまん。

「到着しました。こちらが1組です」

「案内ありがとな」

クラスに到着した。

見覚えのある教室がそこにあった。ゲームで見たとおりだ。

俺は心の中でジーンと感動し、これからの学園生活に夢を膨らませる。

セレスタンが優雅に扉を開けてくれたので、背筋を意識してピンと伸ばし、悠々と中に入った。

「あ、ゼフィルスが来たわ！　もう遅いじゃない！」

「おは。ゼフィルス」

最初に出迎えてくれたのはラナとカルアだった。

その声に反応してクラス全員の視線が俺に向く。

今クラスに居たのは15人ほど、そのうち俺とセレスタンを抜いた9人が〈エデン〉のメンバー、5人が制服の上からでも盛り上がる筋肉が分かるほどの筋肉、〈マッチョーズ〉のメンバーである。

あと女子学生が1人、こちらは知らない顔だ。

少しだけ教室内がざわめく。主に〈マッチョーズ〉からだ。

「む、アレが【勇者】か」

「身体は細身だが筋肉は中々」

「ああ。鍛えられているな」

「どんな奴かと思っていたが中々どうして、話せそうだな」

「よし、後で筋肉談義に誘ってみよう」

そこ、聞こえているからな。というか筋肉談義ってなんだ？　参加しないぞ俺は、絶対にだ。

どうやら、1組のクラス分けはまだまだこれからしく、まだ半数しか決まっていないようだ。

まあ1年生の中でもトップの学生を決める作業だからな、学園側も慎重になっているのだろう。

その慎重になった結果に何故【筋肉戦士】が入っているのか俺には悩ましいのだが、この世界では【筋肉戦士】が非常に優良職なのだと認識されているのだから仕方ない。

後何気《なにげ》に【筋肉戦士】たちは訓練によって凄まじくＬｖが高いらしい。少し前に【筋肉戦士】5人のパーティがついに〈デブブ〉を倒し〈幽霊の洞窟ダンジョン〉を攻略したようなのだ。その時に聞いた話では全員が【筋肉戦士Ｌｖ35】だったという。正直めまいがするほど驚いた。どんだけ訓練してるんだこの筋肉たちはと。

まあ、そんなわけでＬｖも高く、成績も初級中位ダンジョン2つクリアとあって1組に決まったようだな。

俺は意図的に筋肉から視線を外し、まず〈エデン〉のメンバーの下へ行く。

さて、では他の学生たちが集まり終えるまで少し談笑でもして待つとしようかね。

筋肉談義には参加しないからな？

クラス分けは1日掛けて行われるためにどのくらい待たされるのかと思ったが、思いのほか早く教員の方が来た。しかも偶然にもよく知る先生である。

どうやら学校案内をしてくれるらしい。

さすがにクラス分けが完全に終わるまで教室で待機というのは効率が悪いため、クラスが過半数近く揃ったところで学園案内が行われるのだという。クラスの全体で校内を歩き回るのも大所帯過ぎるので分ける形だな。

つまり俺たちは前半組。早めに解放されるかも。やったぜ。

「今日から君たちのクラスを受け持つことになりますフィリスといいます。皆さん気軽にフィリス先生と呼んでくださいね」

案内役はお馴染みのフィリス先生だった。ちょっとびっくり、しかもフィリス先生はこのクラスの担任を務めるらしい。

19歳美人教師が担任とか、やったぜ!!（2回目）

ちなみに後で聞いた話では副担任はEランク試験の時に担当してくれた、あの〈轟炎のラダベナ〉先生とムカイ先生が就くらしい。なるほど、ベテランがサポートに付くということだろう。

普通担任と副担任逆じゃないか、とも思うが、何か事情があるんだろうな。

思えば1組には王女を始め、高貴な姫たちが多数在籍している。フィリス先生はリカのお姉さんで侯爵家の長女だ。何かそういう配慮的な問題かもしれない。

俺的にはフィリス先生が担任でラッキーである。

その後、前半組の17人とフィリス先生で校内を始め学園内の主要なエリアをぐるりと回った。

リアル〈ダン活〉に来てからダンジョンばっかりだったため、こうやってリアルの学園を見て回るのは実は初だったりする。学園に来た当時の感動を思い出したぜ。

一通り見終わった時にはすでにお昼だった。主要な場所に絞って見たはずなのにさすが、学園は広い。

途中〈マッチョーズ〉の面々が俺を囲み、購買に売っているオススメのプロテインジュースがどうこうと切り出してきた時は焦った。が「僕、筋肉語、ワカリマセン」と言って乗り切った。

嘘だ。

実はセレスタンに助けてもらった。出来る執事がいて俺は恵まれてる。


昼食後は、午後一番で〈戦闘3号館〉に備え付けられている〈練習場〉に〈ダンジョン攻略専攻・戦闘課〉の学生全員が集まり、そこで入学始業式が行われた。

入学始業式。入学式なのか始業式なのかよく分からないが、時期が微妙なので合わさっちゃったものと思われる。

〈戦闘3号館〉は1年生専用の校舎なのでここに集まるのは全て同級生だ。

広い〈練習場〉にクラス毎に並ぶ同級生たち。俺たちが見て回っている間にすでにクラス分けは終わったらしいな。

先生方、お疲れ様です。

そこから壇上に立った学園長の短い御言葉があった。学園長は全ての課に向かい挨拶を行うので短い言葉で学生を激励した後すぐに去っていった。学園長もお忙しそうだ。

〈戦闘課〉の入学始業式代表の挨拶はラナが務めた。まあ順当だろう。ラナは王女だし。Ｌｖ50だしな。

「我々は世界に資源を供給するとても大切な仕事を担当します。そのためのノウハウや技術を学園から、先生から、そして先輩方から学び取り、自分たちの糧《かて》と致しましょう。また――」

一瞬本当にラナが喋っているのかと疑ってしまった。

壇上に立つラナはなんというか、いつもの無邪気さは無く、とても高貴なオーラに包まれていた。この光景だけを見ればラナが王女だと疑う者は居ないだろう。俺は疑ってしまったが。

ラナも昨日は帰った後忙しそうにしていたが理由はこれだったんだな。と1人納得する。

そんなこんなで式も終わり、今日はこれで終了となった。前半組は。

後半組はこれから学園案内が行われるらしい。連れて行かれる男女13人を見送った。後半組よ、ガンバレ。俺たちは一足先に帰るから。また明日、クラスで会おう。

「あふぅ。疲れたわ～」
「ラナ様、お疲れ様でございます」
「ラナ様、レモンティーです。お熱いのでお気を付けくださいませ」
「ラナ様、ケーキはこちらに置かせていただきますのでご自由にお取りください」
「苦しゅうないわぁ」
「なんだこれ？」

解散した後そのまま帰るのも勿体ないとギルド部屋に来た〈エデン〉のメンバー11人だったが、入学始業式代表の挨拶で気を張りまくったラナが一瞬でテーブルの上にぐでぇと身を預けていた。

すぐにパメラ以外の従者3人がラナの下へ向かい癒やしを与え始める。

エステルが労いながらぐでっとしたラナを起こし、セレスタンがティーを入れ、シズがサービングタワーを用意している。

ってシズ、そんなケーキバイキングとかにありそうな物どっから用意した。

従者の〈空間収納鞄《アイテムバッグ》〉の中はいったいどうなっているのだろうか、ちょっと覗いてみたい。

そんな事を思っているとあっと言う間に貴族のティータイムが完成した。早い。

そんな光景を見てカルアが目を輝かせてラナに言う。

「おいしそう。私も食べていい？」

「もちろんいいわよカルア。皆も一緒に食べましょう？」

ラナのお誘いもあり、皆でティータイムをすることになった。

相変わらずセレスタンの入れるティーは美味かった。さすが、『ティー作製』のスキル持ち。やっぱりスキル持ちの作る料理アイテムは美味いなぁ。今度料理アイテム巡りをしようと心に決める。

他の皆もセレスタンとシズ以外は席に着き、ティータイムが始まった。

ラナはさすが王族という仕草でカップを口に運び、一息つく。

「ふぅ、でも本当に疲れたわ。慣れない事なんてするもんじゃないわよ」

「ですがラナ様はもう少し慣れていただきませんと」

ラナはよほど先ほどの代表の挨拶がこたえた模様だ。最近甘やかし気味だったエステルが珍しく厳しい。

「うぅ〜、癒やしが、もっと癒やしがいるわね。カルア、〈幸猫様〉をここへ」

「ん。わかった」

「ちょっと待とうか、行かせないぞ!?」

癒やしを求めたラナがとんでもない事を言い出したため俺が素早く先回りして立ち上がろうとしたカルアの肩を押さえて止める。

そのままカルアを席に座らせて俺が代わりに取ってくることにした。

「ほら、取ってきたぞ。癒し系ぬいぐるみのペガサスさんだ」

「これ〈幸猫様〉じゃないわ!」

そりゃシエラがルル用に買ってきた普通のぬいぐるみだからな。〈幸猫様〉への魔の手は俺が防ぐ!

「ただいまです〜」

「あ、ハンナおかえり!　こっちで一緒にお茶しましょうよ!　シズ、ハンナの分もすぐに用意してあげて。セレスタンは椅子よ」

「お任せください」

「畏まりました」

そこへギルドにやってきたハンナ。良いタイミングだ。

ラナの気が逸れる。

シズがティーを用意している間にセレスタンが優雅な動作でハンナのために椅子を用意していた。

な、なんて自然な動作なんだセレスタン。俺も見習いたい。

「ハンナ様、こちらへどうぞ」

「う～。ありがとうございます～」

セレスタンが椅子を引いて案内するとハンナがすぐに座り込んだ。

しかし、様子が少しおかしい。あの疲れ知らずなハンナがさっきのぐでっとしたラナのような雰囲気だ。

「どうしたんだハンナ？　なんかすっごく疲れているようだが？」

「そうなの。聞いてゼフィルス君～」

なんか弱っているハンナの事情を聞くと、〈麒麟児のハンナ〉は〈ダンジョン生産専攻〉で大人気だったらしい。

ハンナは成績優秀だし、可愛いし、話しかけやすいから、もういろんな人に囲まれてチヤホヤ状態だったという。そして【勇者《俺》】との仲も根掘り葉掘り聞かれたらしい。

青春しているなぁと感じる。

「大人気かぁ。良かったじゃないか」

「良いけど、良くないんだよ～。あんなに尊敬の眼差しを受けて、私溶けちゃうんじゃないかって思ったもん」

それに加え〈ダンジョン生産専攻〉1年生全員の前での入学始業式代表の挨拶までこなしたハン

ナ。もう今日一日でハンナの許容量は一杯になってしまったらしい。

なんだか聞く限り、順調にお姉様路線を進んでいるように感じた。

いや、ロリのハンナではお姉様は難しいか。

とりあえず頭をなでなでして癒やしを与えておく。ハンナはこれをすると癒やされるらしいからな。

「え、えへへ～」

「あ、ハンナ、それ羨ましいわ！　ゼフィルス、私にもやって！」

「ああ、これくらいなら別にいいぞ、――ってなんで〈幸猫様〉持ってるんだ⁉」

「ゼフィルスが持ってきてくれないから私が直々に取りに行ったのよ」

「いやそこは諦めてくれよ⁉」

ちょっとハンナに気を取られている間に油断も隙も無い王女である。

「もう。ちょっとくらい良いじゃない、ハンナも一緒に癒やされましょ？」

その後〈幸猫様〉のおかげでラナとハンナは無事元気を取り戻したのだった。

〈幸猫様〉にも苦労を掛けます！


クラス分けの翌日、今日から授業が始まる。

〈戦闘課〉の授業は大きく分けて3種類、〈一般授業〉〈戦闘授業〉〈選択授業〉がある。

迷宮学園の授業は各専攻、各課によって異なり、俺たちの通う〈戦闘課〉は一般授業の他に多くの戦闘についての授業が組まれている。

〈一般授業〉の必修科目は国語、数学、歴史の3点。その他は選択授業で学生の伸ばしたいように伸ばす方針だ。

〈戦闘授業〉の必修科目は、ダンジョン攻略、職業《ジョブ》、連携《パーティ》、特産《とくさん》の4点。

これを座学、実技の両方で伸ばしていく。

他、受けたいものがあれば選択授業で受ける形だ。

〈選択授業〉は他の課と合同、専攻毎の括りは取り払われ、自分の好きな授業を選択して受講することが出来る。

たとえ〈戦闘課〉に所属していても生産を勉強したり商売を勉強したりして、将来の自分がなりたいものへの技能を身につけることができるのだ。個性を磨く非常に重要な授業と言えるだろう。

他の専攻の同級生との出会いの場でもあるしな。

と、教壇の奥で新任美人教師のフィリス先生が説明してくれる。

「これから時間割と選択授業のパンフレットを配りますね。1年生の選択授業が始まるのが来週金曜日からになりますので、皆さんは希望する選択科目を選び先生に提出するようお願いしますね」

今は朝のロングホームルーム中。学園生活についてのあれこれをフィリス先生が説明してくれているところだ。

そして窓側には〈轟炎のラダベナ〉先生が座っており、そんなフィリス先生と学生たちの様子を観察している。

そのせいか、学生たちは少し落ち着きが無い。

まあ、今日初めて学園生活がスタートしたわけだし、最初だから浮き立っているだけかもしれないが。

「以上です。何か質問はありますか？　無ければ1人ずつ自己紹介をしましょう」

そう言ってフィリス先生がまず廊下側の壁際に座っている男子の列に紹介を頼む。ちなみに俺が座っているのはその廊下側の席の一番後ろだ。前に居るのは4人なので俺は5番目だな。

ふむ。自己紹介か、この辺は日本の学校とそんなに変わらないんだな。

列の先頭にいる男子がゆっくり立ち上がると、クラスメイトたちに振り向いて自己紹介した。

「我は【大魔道士】のサターンだ。我がクラスを引っ張ってやるから光栄に思うが良い」

まあ、自己紹介の内容は普通じゃなかったが。続いて2番目の男子が立ち上がる。

「ふふ、前の彼は少し品に欠けていますね。僕は【大剣豪】のジーロンです。僕こそがクラスを引っ張っていくにふさわしいでしょう。よろしくお願いしますねみなさん」

すると3番目の男子も立ち上がった。

「おいおい待てよ。俺は【大戦斧士《だいせんふし》】のトマ。俺以外にクラスを引っ張っていくにふさわしい人物はいねぇだろ」

そして4番目の男子も立ち上がる。

「ふん。俺様を忘れてもらっちゃ困るな。俺様は【大戦士】のヘルクだ。俺様こそ先頭に立ってクラスを引っ張るにふさわしい」

なんでこいつらは自己紹介でマウントを取り合ってるのだろうか？

というか最後の俺を忘れてもらっちゃ困ると言っている人物は誰だろう、俺知らないぞ。

なんか睨み合う男子学生たちを見て頭を捻《ひね》る。

ゲーム〈ダン活〉では授業内容なんて当たり前のようにカットされていたため俺にはこれが常識なのかよく分からない。

もしかしてそういうノリなんだろうか。

また一つリアル〈ダン活〉の知識欲が満たされてしまった。

しかし、そこに物申す者が現れる。我らが頼れる王女様、ラナだ。

教室のほぼ中心の席に座っていたラナが立ち上がり、片手を腰に当てる。

「ちょっとあなたたちいい加減にしなさいよ！　そんなドングリの背比べなんてして、まったくの不毛だわ！」

「な、なんだと！」

「ふふ。面白いですね。僕以上の存在がこのクラスに居るとでも？」

最初に紹介した【大魔道士】と【大剣豪】がラナの言葉に過剰に反応する。

なんでこいつらは自信満々なんだ？　あ、ラナがこっち向いた。

顎をクイッとなさって、その顔は言ってやりなさいと告げている。

え？　この雰囲気の中、言うの？　俺が？

……なんだか楽しくなってきた。言ってやろう。

「そこまで自信があるのならＬｖを言ってみてはどうだ？」

「ぬ」

「貴様は！　【勇者】か！」

男子列の最後の席に居た俺が立ち上がってそう言うと【大戦斧士】と【大戦士】の男子がこっちを向く。まだ自己紹介はしていないはずだが向こうは俺を知っているらしい。

すまん【大戦士】。俺は君を知らない。

「この学園は実力主義だ。なら、分かるだろ？」

俺の言わんとすることに気がついた4人が何故か平静を取り戻す。まるで自分たちの方が上だと確信しているかのような振る舞いだ。

え？　絶対そんな事無いと思うが？　俺、代表の挨拶をしたラナと同Lvだぞ？

そんな事を思っていると【大魔道士】のサターンが前に出て言った。

「ほう？　良いだろう。だが【勇者】が下《した》だった場合はそれ相応の扱いを覚悟することだ。聞け！　我はサターン！　【大魔道士Lv17】のサターンである！」

「低っ!?」

思った以上に低かった。思わずビックリしちまったぞ！

しかし、そんな反応をしたのは俺だけだったらしい。他の3人が落ち着きを無くす。

「ふふ。お、おかしいですね。計算と違います」

「17、だと!?　バカな」

「この俺様より上がいるだと!?」

君たちの反応こそバカなである。

後ろを振り返り、そんな3人の様子を確認したサターンは自信満々にこっちを向いた。

「どうかね。教えてくれないか、君のＬｖを」

なんかむっちゃ勝ち誇った顔してる！　俺にはそれがピエロにしか見えない。

え、どうしよう。

言っちゃって良いのこれ？

ラナの方に視線を向けると、とても優しい笑顔で親指が上に立てられた。

ゴーサインが出てしまった。もう告げるしか無い。さらばサターン。

「俺はゼフィルス。職業《ジョブ》は【勇者】。Ｌｖは――50だ」

「…………ん？　すまないがもう一度言ってくれないか？　どうも幻聴が聞こえたようでね」

現実を受け止められず幻聴に聞こえたらしい。

ならば次こそちゃんと聞こえるようハッキリと言ってやる。

「俺はゼフィルス！　【勇者Ｌｖ50】の、ゼフィルスだ！」

「な、なんだとぉぉぉっ!?!?」

サターンの驚愕の叫びと共にざわっと教室内がざわめきに包まれた。

全員の視線が俺に向き、隣の席同士でこそこそ話し合っている。

ちょっと気持ち良い。

見ればサターンの足が子鹿のようにプルプルと震えていた。もう一押しだな。

「ちなみに言っておくと俺たちのギルド〈エデン〉のメンバーは全員Lv30を超えているからな？　つまりこの教室の三分の一以上はLv30超えだ」

「な、なんだとぉぉぉっ!?!?」

サターンに追撃。2回目のなんだとぉぉぉが教室に響いた。

もうサターンのHPはゼロのようだ。ついでに後ろの3人も、

「はいはい。では次にいきましょうね。隣の女子の列おねがいしますね」

ここでフィリス先生が何事も無かったように次に進めた。

促されて席に戻った彼ら4人は、真っ白に燃え尽きていた。

第3話　選択授業の見学へ行こう！　まず〈採集課〉から！

〈国立ダンジョン探索支援学園・本校〉通称：迷宮学園・本校。

本校に通う男子学生は基本的にプライドが高い。

〈ダン活〉の世界では16歳になると職業《ジョブ》に就いて学ぶため、学園に3年間通うことが義務づけられている。

つまり、どの学園に通うのか、というのも大事なステータスになってくるのだ。

迷宮学園本校卒業生、その肩書きだけでも一目置かれるのである。つまり学歴が最高峰。

そう言う意味でこの2万人の学生が在籍する迷宮学園・本校は非常に倍率が高い。

シーヤトナ王国でもダントツでダンジョンの数が豊富で、学び舎の質も高く、優秀な卒業生を毎年輩出する国一番の学園と名高い。本校に入学するには何かしらの才能か、コネのようなものが必要になってくる。

当然、そんな場所に入学出来た学生は増長する。俺は選ばれし子どもなのだと。子どもあるあるな勘違いだな。

まあ、そんな増長も大体は1ヶ月でへし折られる。測定とかで。

しかし、挫折を知らず調子に乗りまくってここまで来てしまった学生はプライドと鼻が高ーく育ってしまうことがあるのだ。特に男子学生。

女子学生はそうでもないのだけどな。もしかしたら〈ダン活〉の特性上、女子の方が強力な職業《ジョブ》に就きやすいがために、強ジョブを持つ男子学生の希少性というか需要とかが上がって、本当に自分のことを選ばれた人間と思ってしまうのかもしれない。

クラスの男女の割合も、女子19人、男子11人だったしな。

まあ、そんなこんなで自己紹介の悲劇（?）は起きてしまったのだった。

すまんなサターン。上には上が居るって事で元気を出してくれ。

さて、色々とあったロングホームルームも終わって少々の休憩時間。

早速俺の席に近寄ってきたラナが言う。

「ゼフィルスよく言ったわ！　面白かったわよ」

王女がナチュラルに良い見世物《みせもの》を見たとでもいうような発言をした事で前の席の4人がさらに灰色に近づいた気がしたが、きっと気のせいだろう。

ラナはそれだけ伝えるとエステルとシズの下へ去っていった。今の、多分俺を褒めてくれたんだよな？　だから4人の同級生よ、強く生きてほしい。撃沈させたの俺だけど。

「ゼフィルス様、参りましょうか」

「ああ、できるだけ多くの場所を回りたいな」

セレスタンが席に迎えに来たので立ち上がる。これから選択授業の見学に向かうのだ。

ロングホームルームでも説明されたとおり、〈ダン活〉の授業には選択授業がある。

毎週金曜日は選択授業の日だ。全6コマを自分の好きなように授業を組んで、将来の夢へと邁進する。

そして今日は5月3日金曜日。上級生が受けている選択授業を自由に見学して良いとのことなので俺はセレスタンとできるだけ多くの授業を回るつもりだ。やはりリアル〈ダン活〉に来た以上、勉強も全力で楽しまなくてはいけない。

「まずどちらから回られますか？」

「戦闘課の校舎以外の近場からどんどん回ろう。実技、座学共に分け隔《わへだ》て無く行きたい」

「かしこまりました」

俺はセレスタンを連れて教室を出た。他のメンバーもそれぞれで行きたい場所があるとのことなので別行動だ。時間は有限だしな。俺の場合、多分今日中に回りきれないだろうし。

とりあえず〈戦闘課〉の校舎で行われている選択授業は普通のカリキュラムで習うだろうし後回しにする。

まず来たのは〈ダンジョン攻略専攻・採集課〉のある校舎だった。

ここでは主に採集をメインとした授業を教えている。〈採集〉とは採取、伐採、発掘、釣り、エトセトラと、戦闘せずに持ち帰れる物全般を指す。

〈戦闘課〉でも特産の授業科目で色々と教えてくれるが、どちらかというとモンスタードロップがメインであり、採集で手に入れる素材や資源の類いはこの部門の方がより深く教えてもらえる。採集出来るダンジョンとか、採集品がどのくらいの値になり何に使われ、どの地域に需要があるのかなどなど。

あと〈戦闘課〉とは関わり合いの深い課でもある。〈採集課〉の全学生は学園側から格安で〈『ゲスト』の腕輪〉を使わせてもらえるため〈戦闘課〉のパーティに付いてくる事がままあるのだ。逆に〈戦闘課〉がこの採集素材が欲しいと〈採集課〉に依頼することもある。

〈戦闘課〉が〈採集課〉をダンジョンの奥に連れていき、対価に〈採集課〉が採れた素材や資源の一部を提供する。将来的にも役立つ持ちつ持たれつの関係である。

そんな学科の選択授業を何個か見学してみたが、残念ながら、あまり手応えは無かった。

俺の〈ダン活〉知識が深すぎるせいで、それ全部存じています状態だったのだ。

自分の知識量が憎い。いや別に憎くない。素晴らしいと思っている。

残念ながらここでは俺の〈ダン活〉知識欲を刺激してはくれないようだ。

しかたない、場所を変えるとしよう。

次に近いのは同じ校舎にある〈ダンジョン攻略専攻・調査課〉だが、ちょっと微妙。〈調査課〉は主に斥候職の集まり処、ダンジョンでの調査、異変などを主に調査したり、〈戦闘課〉とパーティを組んだ時に斥候役をしたりする課であるが、俺にとってはダンジョンは調査するまでも無いのでパスである。

となると次に近いのは〈罠外課《わなはずし》〉だな。こっちは断然興味がある。

「じゃあ次は〈罠外課《わなはずし》〉の方へ行ってみるか」

「かしこまりました。ゼフィルス様は楽しそうですね」

「お、そうか？　そうだろうな。セレスタンも楽しめ。無理に俺と一緒の授業に合わせる必要は無いぞ？」

「いえ、僕は授業を楽しむというのは苦手な性分なので」

「まあ、無理にとは言わないさ。授業が楽しくないという話も分かるしな。だが、どんなことでも楽しんだ者勝ちというのはあるぞ。楽しんだ方が勉強だって早く身につくだろうしな」

「肝に銘じておきましょう」

楽しいと思える授業を見つけるのが今回の選択授業なのだが、セレスタンは堅いなぁ。

まあ、セレスタンが興味を持つ授業が無いか、探してみるのも楽しいかもしれない。

とそこでセレスタンと雑談していると声を掛けてきた人物がいた。

「あ、あの、ちょっとよろしいでしょうか？」

「ん？」

振り返ってみると、ずいぶん小柄な男子学生が目にとまる。いや、男子学生か？　下は俺やセレスタンと同じズボンだが、顔立ちが小顔で若干女の子寄り、正直スカートの方がよく似合いそうな男子だった。ちょっと縮こまり気味で小動物っぽいイメージを抱く。

「今〈罠外課《わなはずし》〉の方へ行くって聞こえて。もしよかったら一緒に行きませんか？　ぼくも〈罠外《わなはずし》課〉の選択授業に興味があって」

なるほど。どうやら先ほどの会話を聞いて声を掛けてきたらしい。

ここに居るということは〈採集課〉の学生だろうか？

「あ、あの。どう、ですか？」

「ああ。いいぞ別に。セレスタンはどうだ？」

「構いませんよ。ゼフィルス様のお好きにどうぞ」

勇気を出して話しかけてきてくれたのだ。せっかくなので一緒に行くことにした。

しかしセレスタンの呼び方に彼（？）が一瞬でギョッとした顔になる。

「え、様って、あのもしかして御貴族様でいらっしゃいましたか!?　ぼく無礼を！」

「ああ違う違う。俺は普通の村人出身だから貴族じゃないぞ。だから普通に話していいから」

土下座でもしそうな勢いだったので手で制する。うーん、ハンナもだったけど、御貴族様ってこういう反応が普通なのか？

「えっと、でも様って、あれ？」

「さ、時間は有限だからちゃっちゃと〈罠外課《わなはずし》〉に行こうぜ」

「あ、ま、待ってください」

なんか混乱しているようなので無理矢理話題を戻して歩き出すとわんこのように付いてきた。

こうして〈採集課〉で出会った学生とセレスタンと3人で〈罠外課《わなはずし》〉へ向かうことになった。

その途中の自己紹介で俺が【勇者】だと知り、彼（？）が悲鳴を上げて驚いたのは面白かった。

「あはは！　そんなに驚くことないじゃんか」

「い、いや、驚きますよ！　【勇者】って言ったらぼくたちの時代の星じゃないですか！　そんな雲の上の存在どころか天空の存在と話すなんて恐れ多いです⁉」

ほう。【勇者】を天空の存在と例えるか。言い得て妙である。ちなみに俺のダンジョン装備は天空シリーズって言うんだぞ。

俺たち3人は〈罠外課《わなはずし》〉へ移動を開始。

その途中に自己紹介したら、思いっきり良いリアクションだったので大笑いしてしまった。

どうやら【勇者】という存在は一般人の同級生にとって遙か彼方の存在という認識らしい。

おそらくハンナも昨日似たような扱いを受けたのだろう。その様子、ちょっと俺も見てみたかったなぁ。

「というか、何故〈採集課〉に来ていたのですか？　【勇者】と言えばもっとこう、高貴な者が通う授業とかに出席するものかと思っていました」

「それは思い違いだな。俺は職業《ジョブ》が【勇者】なだけであって仕事が勇者ってわけじゃないぞ？〈採集課〉に行っていたのはちょっと興味があったからだな。今は無くなってしまったが」

「な、なるほど。確かに職業《ジョブ》と実際の仕事は別物でした。失礼しました」

なんかよく分からないがごまかせてしまった。

素直な子なのだろう。とりあえず落ち着いたようなので自己紹介の続きをする。

「あと、こっちが俺の従者をしている【バトラー】のセレスタンだ」

「セレスタンと申します」

「それで、君は？」

「あ、どうもです。ぼくは【ファーマー】のモナって言います。よく間違われるのですが男です」

あ、気にしているらしい。まあ、声まで中性的だからなぁ。おそらく女装が凄く似合うぞ。

「おう、よろしく。【ファーマー】って事は〈採集課〉か？」

〈ダン活〉の世界では全ての資源がダンジョン素材で賄われている。そのため〈ダン活〉の【ファーマー】は農夫ではなく採集系の職業に分類される。特に〈採取〉に特化しており、採取したドロップの品質上昇や量倍はもちろん、採取ポイントの回復を早めたり、採取ポイントを探知するスキルなどに優れている。また、戦闘職では採取出来ないレア素材が確保出来たり、【ファーマー】でないと採取出来ないポイントなんかもある。ちなみに中位職だ。

あと一応攻略専攻に分類されているため多少はモンスターと戦う術《すべ》も持っているな。

「はい。本当は戦闘職になりたかったのですが、ぼくは体格的にも性格的にも戦闘向きではなくて」

「だろうなぁ」

思わずしみじみと言ってしまった。見た目か弱い系だもんな、モナって。

「それで、なんで〈罠外課《わなはずし》〉の選択授業に？」

「罠外しの技能もあれば採取がより捗ると思って」

〈罠外課《わなはずし》〉は主にダンジョンに潜り、罠を解除&ゲットして持ち帰るのが仕事だ。ダンジョンの罠も立派な資源である。しかも普通の資源よりアイテム寄りなので価値が高い。ダンジョンのトラップも解除出来て2度美味しい。それが〈罠外課《わなはずし》〉だ。

〈ダン活〉ではダメージ床の罠すら持ち帰ることが出来るので、モナはそういった採取系罠を狙っているらしい。

「ですが、ぼくは一昨日職業《ジョブ》に就いたばかりです。まだＬｖ０の新米なので専属も居ませんが、これから頑張る予定です」

ちなみに専属とはギルド間やパーティ間で結ばれる契約で、ギルドの加入とは別扱いになる。

これを結んでいると〈採集課〉の学生は定期的に契約したパーティに同行しダンジョンに付いていく事が出来る。〈採集課〉の学生の安定した収入源であり、ステップアップの機会だ。

まあ専属を結べるのは優秀な学生に限られるが。

専属が結べなければ野良で学園側から依頼《クエスト》のあった採取依頼や、野良募集の一時パーティに参加することになる。こちらはあまり実入りがよろしくなく、競争率も高いらしい。

そのため〈採集課〉の学生は専属を作ることを第一の目標にするのだ。

「そうか。いいなぁモナ」

やる気と目標があってそれを目指して邁進するモナの姿は実に俺の心を刺激してくれる。

俺はこういう目標に向けて頑張っている人、頑張ろうと努力する人が好きだ。なんか手助けしたくなってくるし、報われてほしいと思う。

なので少しだけ手伝ってみようと思う。これも何かの縁だしな。

「そうだな専属はまだ無理だが、モナがこれからも頑張るなら俺の探索に少しくらい連れてってもいいぞ」

「え、本当ですか⁉」

「おう。真面目に頑張るなら、だがな。いいよなセレスタン？」

「ええ。僕は構いません。ゼフィルス様のお好きにしてよろしいかと」

「わぁ！　ありがとうございます！　頑張ります！　ぼく凄く頑張りますから！　よ、よろしくお願いします！」

俺が誘うとまた土下座する勢いでガバッと頭を下げるモナ。

とりあえずここは往来なので手で制する。

「ああ、ゲザらなくていいから。とりあえず連絡先のＩＤを教えてくれ」

「はい！　……あ、あの〈学生手帳〉の使い方がまだよく分からなくて、教えてもらっても良いですか？」

「あははは！　前途多難だなぁ」

モナは〈採集課9組〉らしい。それだけ優秀な人物からは遠い位置に居る。

本当に自分なんかで良いのかと再三確認してきたが、うむと頷いておいた。

とりあえず1組に負けないくらい育て上げてやるから覚悟しておけ。

これで優秀な採取人ゲットだぜ。

あとは、伐採の【コリマー】、発掘の【炭鉱夫】、釣りの【フィッシャー】辺りとも契約したいなぁ。

あとでモナに紹介してもらおう。


「ここが〈罠外課《わなはずし》〉ですかぁ」

「やっぱ最初に見るとビックリするよな。この練習場」

モナが目と口をポカンと開けて見るのは〈ダンジョン攻略専攻・罠外課《わなはずし》〉の練習場だ。

何と言うか独特な建物で、一言で言えばアスレチック。

〈戦闘課〉のだだっ広いだけの練習場とは違い、様々な模擬的な罠がいくつも試せるようになっている、罠のアスレチック施設である。

景観も独特でサーカスのテントっぽい建物に色とりどりで、統一感の無い模様が書き殴られるようにして描《えが》かれている。

選択授業では、主にこの中で無数に設置してある罠を発見、解除、そしてお持ち帰りするために腕を磨くのだ。今は上級生がここで腕を磨いている最中のはずだ。中からなにやら悲鳴が聞こえてくるし。それを聞いてモナがビビる。

補足すると、ここの施設には今まで発見された全ての罠が設置されているという噂だ。

「とりあえず入るか」

「な、なんか威圧感があるのですが」

「大丈夫だって。何か罠に引っかかってもＨＰが全部受け止めてくれるから」

「あの、ぼくＨＰが初期値……」

そんな会話をしつつセレスタンとビビってるモナを引っ張って中に入場する。

中は体育館以上に広い。

様々な罠が目に入り、その前で四苦八苦解除に勤しむ上級生たちが見える。

基本的に罠はスキルで解除可能だが、お持ち帰りするには相応のＤＥＸ値とスキル、技能がいる。

あとアイテムとかだな。結構難易度が高いんだ。その分実入りは良い。

現在ここで授業を受けているのは選択授業を受講した上級生たちなので、本業の学生はいない。

そのせいか至るところで罠に掛かっている上級生が続出しているな。ちょっと面白い。

俺たちの他にも1年生が見学しており、中には体験学習を受けている者もいる。

あ、罠に掛かった。遠くに見えた1年生男子が棘のついた栗に埋もれているのが見える。あ、無事救出された模様。

「あ、あわわ。すごく難しそうですが⁉」

「大丈夫だってＤＥＸが高ければ解除なんて余裕だから」

「あの、ぼくＤＥＸも初期値……」

まあ、俺もそんなに高くはない。

【勇者】には『直感』があるので罠は見つけられるのだが、解除スキルはないので避《さ》けるか、アイテムを使って破壊するかしかない。

ゲームでは解除できるかはスキルやDEXを始めとするいろんな要素によるパーセンテージだった。所謂「この罠を解除できる確率60％」というやつ。解除も破壊も失敗すれば発動します。

上手く解除できれば持って帰れるので、できればどうやって解除するのか、手順や技術を知っておきたい。リアルならなんかその辺も補正掛かってそうだし。技術があればスキルのLvが低くても解除できます的なやつを期待している。

将来的に俺でもアイテムだけで罠解除出来るのか、その辺も知りたいね。

ちなみに罠は初級上位ダンジョンから現れ始める。

中級ダンジョンではそこそこ出てくるようになり、ダンジョンの難易度が上がるに比例して罠の数がどんどん増えていく仕様だ。

ダンジョンで罠の宝箱が生えてくるのは中級ダンジョンからで、たまーに行き止まりなどに宝箱が生えている場合がある。採取ポイントなんかと一緒の扱いだな。

この生える宝箱はたまに罠が仕掛けられているので罠の破壊か解除が出来るキャラが居ると非常に役立つんだ。

今の所、俺たちが見つけた罠ってほぼ破壊か無視しているからな。

出来ればゲットのやり方は習っておきたいところ。

解除できなかった時は身を犠牲にすることになるのだけど。ドカンッ。

そんな事を考えながら見回っていると、とある男性教師と目が合った。

男性教師がニカッと笑ったかと思うと声を掛けてくる。

「そこの1年生、体験してみるか？」

どうやら〈罠外課《わなはずし》〉の教師らしい。

ふむ、せっかくのお誘いだし、体験してみたいと思っていたのでちょうど良い。３人で体験させてもらうことにした。

「「「よろしくお願いします」」」

「おう。俺はガイス。ナイスガイなガイス先生と覚えてくれ」

なかなかユーモアのある先生のようだ。ナイスガイかは、ちょっと分からなかったが。

「とりあえずこれを解除してみようか。罠を解除した経験はあるか？」

そう言ってガイス先生が指さすのは典型的な矢が飛び出るブービートラップのようだ。

ロープが張られ、仕掛けに矢が備え付けられている。

簡単な仕掛けっぽいがとりあえず罠を解除したことは無いので首を振る。モナも同様のようだ。

セレスタンは何故か首を振らない。え、罠の解除経験有るの？

「罠の解除くらい出来なくては良い執事には成れませんから」

「そんな基準は初めて聞いたぞ」

さすが〈ダン活〉、奥が深い。まあセレスタン個人のこだわりだろうけど。

ちなみにセレスタンは『宮廷作法』にSPを振っている関係でDEXをそこそこ育てている。

アイテムさえ万全なら罠解除も出来るだろう。もしかしたら良い鍵開け師になれるかもしれない。

「では、早速やってみます！」

トップバッターはモナだ。上手く解除出来ればロープと仕掛け、そして矢をゲット出来る罠だ。

初歩の初歩らしいがモナにとっては貴重な収入源になり得る事もあって燃えている。

「よし、まずはこれを受け取れ。小道具だ。使い方を説明するな」

ガイス先生から罠外し用のアイテム、〈花の七つ道具〉という花柄の小道具が渡された。

「……あの、ガイス先生。なぜ花柄を？」

「似合いそうだったからだが？」

「……そう、ですか。ありがとうございます」

しかし、先生がまさかの花柄小道具をチョイスした事でモナのテンションは一気に沈下した。女物っぽい小道具を凄く微妙そうに見つめている。女物に何か思うものがあるのかもしれない。

ガイス先生に悪気は無さそうなのでおとなしく礼を言って受け取るモナ。

「よっし、では基本的な事を教えるぞ。そっちの2人もよく聞いておけ」

こうして体験学習が始まった。

「ああ、また失敗してしまいました」

「まあ、モナはまだステが初期値だからな。色々とこれからだろ」

先ほどのブービートラップからいくつかの罠の解除をやらせてもらった。ガイス先生は良い先生だ。あれやりたいと言えばやらせてもらえるし、これやってみたいと言えばやらせてもらえた。罠外しって結構楽しい。

そして現在、モナの手元が滑って罠が発動してしまい頭に鉄球、に似たぬいぐるみがポフっと落ちてきた。幸い模擬的な罠なのでダメージは負わないが、これが本物の鉄球だったらモナは今頃戦闘不能だろう。

とりあえず慰めておく。これからこれから。

「ゼフィルスさんとセレスタンさんは良いですよ、全部成功で。でもぼくは全部失敗じゃないですか。あまり才能が無いのでしょうか」

「いや、最初のブービーは解除出来てたじゃないか」

「いえ、あれは設置された矢を取るだけでしたし。誰でも出来るのでノーカンです」

「意欲あるなぁモナは」

失敗してもへこたれず向上心を見失わないモナ、このまま邁進すればきっと上手くいくだろう。

とりあえずLv上げしようぜ。

「出来ました」

「凄いな1年生。こいつは2年生でも出来ない奴は多いってのによ」

セレスタンの方は、なんだか中級中位ダンジョンで出てくる罠を解除しちゃったらしい。

ガイス先生がむっちゃ驚いている。

マジでセレスタンって何者だ？　リアル執事って凄い。

ちなみに俺は中級下位ダンジョンで出てくる罠をいくつか解除してみたが、意外と全部出来た。ＤＥＸは50にすら届いていないんだが、『直感』の影響か妙に勘が良くって、なんとなくここをこうすれば～的な感じでイケてしまった。俺はいつから天才肌になったのだろうか。リアル能力って素晴らしい！

色々体験させてもらえたので今回はここまでにしておく。いやぁ貴重な体験だった。

モナはもうちょっと〈罠外課《わなはずし》〉で体験したいというのでここでお別れすることになった。

「じゃ、モナまたな。あ、これ渡しておくから後で読んでな」

「なんですかコレ？」

「俺の【ファーマー】オススメ育成論」

モナに渡したのはいつものメモだ。少し違うのは最強育成論ではなくオススメ育成論であるところ。ギルドメンバーに渡すような最強の到達点が書かれているものではなく、こういう風に育てる方法がオススメだよという類いのものでしかないが、下手に育てられると取り返しがつかないので渡しておいた。

何しろモナはＬｖ０のまっさらな状態だ。今からちゃんと育成すれば確実に〈採集課１組〉を超えられると思う。

「はえ？」

モナはそれを聞いてとても可愛い声を出して首を傾げた。ちょっと、本当にモナは男子なのか？

それも少し気になるところではあるが、俺はまだまだ回りたい学科がたくさんある。

モナにはまた連絡すると約束して〈罠外課《わなはずし》〉を出発することにした。

「ゼフィルス様、罠外しの授業はいかがでしたか？」

「大満足だ。早くもここにしようか迷っている！　とりあえず候補だな」

選択授業は最高で6コマ分の受講が可能だ。罠外しの授業は2コマ分なので選んでしまうと早くも残り4コマになってしまう。とりあえず候補にだけ入れておき全部見てから決めるとしよう。

「よっし、どんどん行くぞ！」

「お供いたします」

宣言通り、セレスタンとどんどん回った。

〈生産専攻〉に行き、武器、防具、アイテムの作製を体験したり、〈営業専攻〉ではスーツに着替え、窓口業務なんかも体験した。

〈生産専攻〉では、やはりＤＥＸ値の差はいかんともしがたくセレスタンに惨敗だった。

とはいえ〈腕輪Ｌｖ１〉系の装備で作った初心者装備とアイテムだったのでそんなに差は無いのだが、セレスタンは何故か高品質をいくつかたたき出していた。

ちなみに俺は普通品ばっかりだった。失敗はしなかったので誰か褒めてほしい。

〈営業専攻〉では俺とセレスタンのスーツ姿が何やら脚光《きゃっこう》を浴びた。

俺とセレスタンが同時に「いらっしゃいませ、お嬢様」と言うとフラフラ吸い寄せられるようにして俺たちの窓口に殺到したのだ、女子が。

というか一緒に体験授業を受けて窓口に居たはずの子も何故か並んでいたりした。

なんだろうこれ、これも勇者の力なのか⁉

「ね、ねえあれ。凄くいい」

「うん。カッコイイよねぇ。ダンスとか踊りたい」

「癒やされるわ、あの方々。何者かしら」

「あなた知らないの？　有名な方ですのに」

「え？　だ、誰なのかしら」

「装備してなかったら分かりづらいよね、彼らは今をときめく〈エデン〉のギルドマスター【勇者】ゼフィルスと、あの最高の少年執事、〈微笑みの執事〉セレスタンよ！」

「な、なんですって⁉　はっ、た、確かによく見ると【勇者】君と〈微笑みのセレスタン〉ですわ！　ち、違うんですのよ！　スーツの魅力に抗えなかったんですの！」

「ふふふ、にわかですわね」

なんか女子たちが妙に騒がしかったのが印象的だった。

うーん。〈営業専攻〉はパスしておこう。なんかその方が良い気がした。

その後も各専攻を順番に回っていき、時にはラナとエステルたち従者メンバーズに出会って一緒に体験授業を受けたり、時にシエラとルルと会って一緒に体験授業を受けたりした。なんか学園祭っぽくて楽しい一日だった。

まだ全部は回り切れていないが、そろそろ放課後なので〈戦闘課〉に戻る。

続きは来週に取っておくとしよう。

そこでふと思い出す。

そういえばハンナとは会わなかったな。結構〈戦闘課〉のメンバーとはばったり会ったりしたのだが、未だにハンナを見かけない。どこ行っ――――。

ドゴーンッ！

その時〈練習場〉の方で何やら爆発した音が響いてきた。

巨大な爆発音に思考が一瞬で切り替わる。

「何事でしょうか？」

「あ～、分かった。セレスタンはそんな警戒しなくていいぞ」

一瞬で俺を守れる位置についたセレスタンを手で制する。

この爆発音は聞き覚えがあった。セレスタンを連れて練習場に向かう。

ドゴーンッ！　ドゴーンッ！　ドドドゴーンッ！

近づくまでに断続的に爆発音が響いてきた。そしてやっと到着する。

「やっぱ音の正体はハンナだったか」

爆発音が響く中、練習場に立つ影は俺のよく知っている人物、ハンナだった。

「ゼフィルス君？　わーゼフィルス君やっと会えたー。もうどこ行ってたの？　せっかく〈戦闘課〉に来たのにみんな居ないし、寂しかったんだから！」

「いや、〈戦闘課〉の選択授業は対象外だっていうか……」

どうやらハンナは〈戦闘課〉の選択授業を受けていたらしい。周りを見ると何かで破壊された的が散乱していた。ちょっと焦げている。ハンナの新しい武器は着々と磨かれているらしいな。

ちなみに的はダンジョンの壁みたいなものなので時間が経てば再生するぞ。あ、もう再生し終わってる。早い。

なるほど、ハンナは〈戦闘課〉の選択授業を受けていたから会わなかったようだ。

とりあえず、俺は〈戦闘課〉の選択授業を受講する気は無いと伝える。

「え!? 〈戦闘課〉の選択授業受けないの!?」

「いや、どうせ普通に習うからな。選択授業で取る意味無いし」

「がーん」

ハンナ痛恨のダメージ。

思わぬ展開にハンナは膝から崩れ落ちたのだった。

最後はなんか、締まらなかったけど、これにて今日の選択授業は終了。

第4話　今日は学園が休みだ!　ダンジョン行こうぜ!

楽しい体験学習を受けまくった翌日。

今日は土曜日だ。つまりダンジョンアタックの日である。

早速ギルド部屋に向かい、扉を開けると共に軽快な挨拶を交わす。

「おはよう皆！　今日は楽しい楽しいダンジョンアタックの日だ！」

「そうね！　今日はバンバン倒すわよ！　そして〈金箱〉を当てるの！」

ラナが乗ってきてくれたのでイエーイとハイタッチを交わした。

どうやら最近まで毎日のようにダンジョンに潜り続けていたのに、ここ数日ダンジョンに潜らなかったものだから楽しみが溢れている様子だ。

「あなたたち元気ね。もっと普通に挨拶しなさいな」

「ふふ、いいじゃないですかシエラさん。私もダンジョンに潜れるのを楽しみにしていました」

「……そうね。でもハンナは気をつけなさい。特にあなたは学生の模範となるように言われたのでしょう？」

「あう。あの、未だ私が学年のトップレベルの扱いを受けるのに抵抗があるのですが……」

あまりの俺たちのはしゃぎぶりにシエラからジト目をいただいてしまった。実を言うとシエラのジト目は結構好きだったりする。今日はラッキーな日だ！

また、ハンナは学年トップレベルなので順調に先生方から目を掛けられている様子だ。頑張れハンナ。

一つ落ち着いたのでギルドを見渡すと他にエステル、シズ、パメラ、セレスタンの姿が見える。

シエリア、ルル、リカ、カルアはまだ来ていないようだ。

それを確認してシエラに相談を持ちかける。

「シエラちょっといいか？　全体のスキルアップも進んでるしそろそろ次の方針を決めておきたいんだが」

「構わないわ」

　シエラが頷いたので横の席に座る。

「サンキュ。次の方針なんだが、とりあえずの目先の目標として中級下位ダンジョンの攻略を目指したい」

　今まで攻略してきたのは初級ダンジョン。つまりまだ入門編に過ぎない。

　中級ダンジョンからはまた一気に難易度が上がり、パーティ単位の攻略からギルド単位の攻略に変わってくる。

　前にも言ったかもしれないが固定パーティではキツくなってくるのだ。

　そのダンジョンに合わせた攻略メンバーが必要になってくる。相性の悪いと思われるダンジョンにはメンバーを入れ替えて挑むようになってくるのだ。

　また、中級ダンジョンの数は初級ダンジョンの比ではない。その数なんと30箇所。

　中級下位《チュカ》で10箇所、中級中位《チュウチュウ》で10箇所、中級上位《チュウジョウ》で10箇所のダンジョンが学園内には存在する。

　ちなみにその中の各3箇所を攻略していれば次のダンジョンにステップアップしていける仕組みになっている。

　中級下位ダンジョンの入場制限なら「職業《ジョブ》Ｌｖ40以上」「初級上位ダンジョン3箇所の攻略」「Ｅランクギルド以上の所属経験有り」の三つだな。

今のところこの条件をクリアしているのは俺、ハンナ、ラナ、エステル、シエラの5人だ。〈エデン〉全体を見ても、1年生全体を見てもまだ5人しかいない。

つまり入れ替えが出来ないので中級ダンジョンの攻略は今まで推し進めておらず、後続の育成に努めていたのだ。

ちなみに一番条件クリアに近いのがカルアで、後Lv4つのところまで来ている。

しかし、早く中級ダンジョンには行きたい。楽しいから。

ということで改めて方針を決めて、中級ダンジョン目指してがんばっていこうと決めるのが今回の相談である。

「はあ」

そんなことを熱く相談したらため息を吐かれてしまった。

「後続を引っ張っていくのはいいけれど、私はもう少し〈スキル〉〈魔法〉の練習をさせたほうが良いと思うわ。彼女たちを見ていると、やっぱり急なLvアップに身体が慣れてないのよ。これでLvだけクリアしたからと言って中級ダンジョンに連れて行っても満足に成果を挙げられないと思うわ」

「……なるほど」

確かにシエラの言うことも一理あった。

特に新メンバーは職業《ジョブ》Lv20に到達した翌日にはLv30を突破していたのだ。

身体の動きとかスキル回しとか全然分かっていないだろう。

シエラはまず数をこなし、職業《ジョブ》に慣れさせるべきだと俺に諭《さと》してくれる。

それを聞いて俺は深く納得した。

ゲーム〈ダン活〉時代は全てのキャラをプレイヤーが操っていた。

もしくはセミオートだ。

どちらにしても熟練度なんかはそこそこ高かった。

要は新しく加入したメンバーがいたとしても練習いらずだったのである。

しかしリアル〈ダン活〉では個人の熟練度に依存するため、たとえ職業《ジョブ》とＬｖが良くてもポンコツと言うのは普通にありえる。

ゲーム用語ではこれを養殖、なんて呼んでいたっけ。パワーレベリングの弊害である。Ｌｖに実力が追いついていないという意味だ。

纏めるとだ。

「まずは後続にＬｖ相応の実力を身につけてもらったほうが良い、ということか」

「そうね。〈エデン〉は最強のSランクを目指すのだもの。相応の実力は持ってしかるべきだわ」

「だなぁ。やっぱりシエラに相談してよかったぜ」

「……そう。それと提案なのだけれど、あなた並みの指示や指揮が出来る人物がいた方がいい気がするの。私たち先陣メンバーもあなたの指揮や指示のおかげでスムーズに強くなったのだし、いるのといないのではだいぶ違ってくるわよ」

シエラの話によれば新メンバーと先陣メンバーの違いは俺の指揮や指示にあるとの事。

初期からずっと俺の指揮や指示を聞いていたからこそ今の先陣メンバーはあれだけの実力を手に入れたのだとシエラは言う。

まさかここまで褒められるとは思わなかった。シエラにそう言われると、少し照れるな。

しかし、

「俺並みの指揮や指示が出来る人物か……」

ゲーム〈ダン活〉時代の知識がある俺並みの人物はこの世界にいない。

しかし、だからと言っていないから無理だと決め付けるのは早計だ。知識は俺に及ばずとも、戦略が俺より上手い人物はいるはずなのだから。

ちょっと探してみるかな。

とりあえず、新メンバーは職業《ジョブ》Ｌｖが40になっても中級ダンジョンに行くのはまだ早いという結論に落ち着いた。

シズとパメラも頷いていたので彼女たちにも自覚があったのだろう。

わりと早い段階で職業《ジョブ》に就いていたカルアとリカならともかく新メンバーは色々と慣れと練習が必要だ。

じゃあ当面の間、俺が先陣メンバーに教えていたように指揮を執って新メンバーを育成するのか、というとちょっとそこまでの時間が取れないかもしれないので、新たに戦略に詳しいメンバーに加入してもらうということを目標にするとして話は付いた。

今の話をギルドに集まったメンバーに説明する。

「というわけで、誰か戦略や戦術に詳しい知り合いがいたら紹介してほしいんだが、誰かいないか？」

ギルド部屋で全員が集まったのでミーティングをして、そこで推薦候補を募ってみた。以前新メンバー組を募集したときを思い出すなぁ。

するとまずリカが口を開く。

「そうだな、心当たりがいないでもないが、上級生ではだめなのだろう？」

「ああ。出来れば1年生で揃えたいんだ。職業《ジョブ》は基本的に〈戦闘職〉もしくは【武官《ぶかん》】系で」

「ゼフィルス、【武官】って何？」

希望を伝えると、【武官】というのが耳慣れない言葉だったのだろう、カルアが首を傾げて聞いてくる。

「【武官】系っていうのは軍の階級の名前が付いた職業《ジョブ》群のことだな。【中尉】とか【大尉】とかが該当する」

ちなみに【筋肉戦士】のダビデフ教官は国軍では少佐の地位にいるが、地位《仕事》と職業《ジョブ》は別物である。

……ダビデフ教官って少佐なんだよな、あの若さで。エリートである。さすがこの世界の【筋肉戦士】。

「うーん、聞いたことないかも」

「まあ、公爵しか発現しないしな」

【武官】系は「公爵」のカテゴリーに発現する職業《ジョブ》群である。さすがにカルアが知らないのも無理は無い。

【武官】系は人の上に立つ系統《けいとう》の多い職業群《ジョブ》だった。軍の地位系職業《ジョブ》のほか、【大臣】や【宰相】なんかの職業《ジョブ》を内包する優秀なカテゴリーでもある。できれば「公爵」も〈エデン〉に加えたい。

そんなことを考えているとシエラからツッコミが入った。

「なんであなたが公爵しか発現しない職業《ジョブ》を知っているのよ」

「シエラさん、ゼフィルス君ですもん。いつものことですよ」

それをハンナがいつもの俺発言で援護する。いやあ、照れるぜ。

その後も募ってみたが、残念ながら皆の知り合いには戦略に長けた人物はいないとのことだ。いや、一応リカが上級生には戦略に長けた従姉妹がいるので紹介しようかと申し出てくれたのだが、先ほども言った通りなるべく1年生で揃えたいので見つからなかったら頼むとお願いした。

とそこへ小さく挙手する者がいた、俺の従者をやっているセレスタンだ。

「よろしいでしょうか？」

「もちろんだ」

「知り合いではないのですが、1年生で公爵家の方ならば確か2人ほど在学していたはずです。そちらを当ってみるのはいかがでしょうか」

「お！　そいつはナイスな情報だ。どこにいるかとか分かるか？　早速会いに行ってみるぜ」

さすがはセレスタンだ。こういうのは早いほうが良い、即で立ち上がると、ラナも一緒に立ち上がった。その顔にはありありと不満が溢れている。

「ちょっとゼフィルス！　ダンジョンアタックはどうする気よ！　やっぱ無しなんて許さないわよ！」

「おっとそうだった。まずはダンジョンアタックだな」

俺としたことが、中級ダンジョンに挑みたいがためにダンジョンアタックを後回しにするところだった。そりゃあ本末転倒である。

「では、僕の方からアポイントをしておきましょう」

「そうだな。セレスタン頼む。だけど今日はこれからダンジョンアタックだから後日になる。後で調整しよう」

「かしこまりました」

話は纏まり、次にパーティ分けの話に移る。

今日の目標は「〈エデン〉のメンバー全員の初級中位ダンジョン全クリア」となった。

これで新メンバーも初級中位《ショッチュー》を卒業し、初級上位《ショッコー》へステップアップできるな。初級ダンジョンなら誰を誘ってもどこでも行けるようになるんだ。素晴らしい。

早く中級ダンジョンでもそうなりたい。

というわけで2パーティに分け、片方は3日前と同じように新メンバー5人と俺、エステルで行く。ついでに指示や指揮などをして今日は彼女たちを鍛えるつもりだ。

エステルには悪いがまたキャリー役を頼んだ。

「最近御者《ぎょしゃ》扱いして悪いなエステル」

「いいえ。これはこれで楽しいですから問題ありません。待っている間も探索できますし」

それでもつまらない役回りだろう。

エステルには世話になりっぱなしだ。今度何かで報いようと心に決める。

一方で、別のパーティになってしまって拗ねている人が若干名。

「むう、またゼフィルスとは違うパーティなの？」

「悪いなラナ。明日は一緒のパーティになるから」

「約束よ！　ハンナだって寂しがってるんだから」

「あ、あのラナ様、それは伝えなくて良いですよぉ」

「ダメよハンナ。寂しい時は寂しいって言わないと、構ってもらえないわよ！」

ラナとハンナには明日一緒にパーティを組むと約束をする。寂しがっているのはバレバレなのだが、暴露されたハンナが耳まで真っ赤になった。

あとラナのそれは多分お兄さんに構ってほしかった時のやつじゃないか？

いや、参考になった。ラナが寂しいと訴えてきた時はなるべく構ってあげることにしよう。

それはともかくだ。明日は一週間ぶりに先陣メンバーでダンジョンアタックすることになった。

ちょっと中級下位ダンジョンにチャレンジしてみるのも有りかもしれない。

「それで、私たちは今日どのダンジョンに行こうかしら？」

「リカがまだ攻略してないダンジョンが良いわ！　キノコ狩りに行きましょ！」

シエラとラナがもう片方のメンバーを集めてどこのダンジョンに行くかを相談する。

あちらはカルアとリカのダンジョン攻略の手伝いとボス周回でＬｖ上げをするらしい。

もしかしたらカルアとリカは職業《ジョブ》Ｌｖ40に到達してしまうかもしれないな。

帰ってきたときが楽しみである。

第5話　挑め、初の中級、〈丘陵の恐竜ダンジョン〉！

今後の〈エデン〉の目標やら新メンバーについてを話した翌日。

今日は日曜日だ。

昨日はリカとカルアがとうとう職業《ジョブ》Lv40に到達し、三段階目ツリーが開放された。素晴らしい！

早速昨日は夜遅くまでギルド部屋に残り最強流を伝授した。

普段は真顔なリカとカルアだが昨日はとてもうずうずとした様子だった。早く〈スキル〉を試してみたくて仕方ないのだろう。

分かるぞ。先陣メンバーがみな通った道だ。

また、俺とエステルが担当した新メンバー5人だが、俺が指導することで目に見えて上達していた。たった1日で思った以上の成果だ。

うーむ、【勇者】のスキルに技能を向上させるようなものはないはずだが……。

単に効率的な作戦などに触れて、ちゃんとしたやり方を吸収したのかもしれないな。

ハイレベルのやり方を見ることは良い勉強になるとも聞くし、たとえ付いていけなくても引っ張られてそれなりのレベルに到達するらしいとも聞く。手ごたえがあったので今後も時間があった時は教えていきたい。

またシェリアとシズが指揮に向いているので彼女たちにも少しずつ戦術なんかを教えていこうと思う。

ただ、セレスタン以外はボスモンスターにはまだ慣れない様子だ。スキルの使い方、スキル回しについてもまだまだ拙いので、まずは練習場でスキルの練習をしたほうが良いという結論に落ち着いた。

ということで本日の予定だが、

「ルル、シェリア、シズ、パメラは練習場でスキルの練習だ。一応スキル回しの基本をメモしたから、後でこれを読んで練習してほしい」

ギルドメンバーが揃った朝のミーティングで今日の方針を話す。

昨日のうちに話していたことなので誰からも異論は無い様子だ。

1人ずつ俺が作った職業《ジョブ》毎のスキルの使い方について詳しく書かれたメモを渡していく。

昨日までに基礎的なやり方は伝授し終わっているので後はメモでも大丈夫だろうという判断だ。

すべて俺に言われたことではなく、自分なりに自分の職業《ジョブ》を今一度見直し、考え、進んでいってほしい。

「セレスタンは、今日は用事があるんだったな?」

「はい。本日は自由行動とさせていただければと思います」

「了解だ。だがセレスタンも立ち回りは良いがスキル回しについては改善の余地が有る。時間があるときに練習しておいてくれ。これ【バトラー】のメモな」

「かしこまりました。ありがとうございます、ゼフィルス様」

セレスタンは攻撃を避けるのも上手いし、立ち回りは今のところ文句なしだ。フォローも上手い。ただスキルの使い方がワンパターンなことが多く、もっとスキルの使い方や効率的な運用方法については改善の余地があった。まあセレスタンならばすぐに身につけるだろう。

「次にリカとカルア」

「私たちは昨日振った3段階目ツリーのスキルの試しうちと練習だな。基本的に練習場やダンジョンの浅い部分で練習する予定だ」

「2人で大丈夫か？」

「ん。大丈夫。ダメだったら初級中位《ショッチュー》の方に行くから」

「了解だ。じゃ2人の方針はそんなところで。あとこれ、3段階目ツリーのスキル回しのメモな。ある程度試し終わったらこっちも練習してみてくれ」

「ありがとう。感謝する」

リカとカルアは今日は2人で行動のようだ。この2人は結構馬が合うのか一緒にいることが多い。あとリカが猫耳と猫尻尾が好きだからかな？　視線が結構カルアに向いているのだ、リカは。まあ猫耳可愛いからな。仕方ないな。

2人はまず初級上位ダンジョンの浅い階層で練習するつもりのようだが、ザコモンスターでは職業《ジョブ》Lv40超えである彼女たちの敵ではないし大丈夫だろう。

「さて、最後に残った俺たち先陣メンバー5人だが、一足先に中級下位ダンジョンに挑もうと思う」

「中級ダンジョン！　良いじゃない、行きましょう！」

「待ってゼフィルス。確か私たち5人では厳しいから中級ダンジョンは一先ず見送って後続を育てよう、という話ではなかったのかしら？」

俺の発表にラナが目を輝かせて立ち上がり、シエラが疑問を投げかけた。

「ああ。俺たちで行けそうなダンジョンがないではないんだ。ただこれから行くダンジョン以外ではちょっと厳しいから、今までのようにダンジョンを攻略出来たからと言ってその勢いで別のダンジョンに挑むと痛い目に遭う、そんな理由もあって制限していた。今回行く所は、まあガチで強いが今までの初級とあまり雰囲気は変わらないダンジョンだな」

所謂初級の延長みたいなダンジョンだ。出てくるモンスターは中級下位《チュカ》の中でもトップクラスに強いけどな。何しろ〈ダン活〉プレイヤーからは〈中級下位《チュカ》のガチダン〉なんて呼ばれていた所だ。強いぞ。ただ厄介ではない。

他の中級下位《チュカ》になると大体厄介なモンスターや厄介な罠があるのでできれば索敵や罠を破壊できる斥候職を連れていきたいところだった。正直今のメンバーでそこに挑んだら、ハンナが戦闘不能になると思われる。

俺はシエラの疑問に答えつつ、視線をラナのほうへ向ける。

それにここに1人、中級下位ダンジョンに行ったらハマりそうな人物がいるからな。

それを見てシエラも納得した様子だ。ラナが、また別のダンジョンに行きたいと言い出したら困るのでセーブしていたのだと分かったのだろう。

また、中級下位ダンジョンでは職業《ジョブ》が最大Ｌｖ65まで上がる。

一度中級下位ダンジョンに挑み出したら歯止めが利かなくなってＬｖが上限になるまで挑みまくるとかザラだからなぁ。敢えて初級上位の上限Ｌｖ50でストップさせていた形だ。

ただ、リカとカルアも中級下位ダンジョンに挑めるようになったし、そろそろ開放していってもいいと思うのだ。新メンバーは練習が必要だがリカとカルアは熟練度《プレイヤースキル》的な意味でもかなり優秀だからな。

「まあ、後はギルドの足並みを揃えなくちゃどっち道先に進めないしな」

「そうね。了解したわ、私も中級ダンジョンに挑むのに否はないわよ」

「私もシエラさんに同じです。中級ダンジョンかぁ、楽しみだね」

「私も問題ありません」

ハンナとエステルも問題なさそうなので今日は久しぶりに俺、ハンナ、ラナ、エステル、シエラの初期メンバーで中級下位ダンジョンに挑むこととなった。

久々で嬉しいのかラナがすっごく笑顔だ。まぶしい。そして期待に満ちた様子で聞いてくる。

「それでどこのダンジョンに行くの⁉　確か中級ダンジョンっていっぱいあるのでしょ？」

「ああ。俺たちがこれから行くのは罠が比較的少ない代わりにモンスターが強いと言われているスポット、〈丘陵《きゅうりょう》の恐竜ダンジョン〉だな」

別名：〈ジュラシックパーク〉と呼ばれている恐竜モンスターが徘徊するダンジョンだ。

「ここが〈中下《ちゅうか》ダン〉？　〈初ダン〉とそんなに変わらないわね」

「ああ。中級ダンジョンの入口である門はその位階毎に3箇所に分かれて配置されているからな。ここは中級下位ダンジョンが10門あるだけの〈ダンジョン門・中級下伝〉通称：〈中下ダン〉だ」

ラナが〈初ダン〉そっくりの建物を見て頭にハテナを浮かべて聞いてきたのでそれに答える。

まあ、ゲームなのであまりに別物にするとプレイヤーが混乱するため同じ規格の建物となっているわけだ。唯一違うのは建物の色合いとデカイ表札くらいだな。ここの表札には〈ダンジョン門・中級下伝〉と書いてある。

ちなみに初ダンの方にもちゃんと〈ダンジョン門・初伝〉と描かれた表札が飾ってあるぞ。

俺たちのパーティは朝のミーティングを終えてその場で解散した後、その足でこの〈中下ダン〉に来ていた。

皆の装備やアイテムも問題無し。アイテムはハンナが張り切って生産しまくったのがたくさんあるからな。

「楽しみね！　早速入りましょ！」

ウキウキとしたラナが先頭で建物に入り、俺たちも続く。

「おお？　1年生パーティ、なのか？　ひょっとしてギルド〈エデン〉か？」

「そうよ！　そういうあなたは誰かしら？」

俺たちも建物に入ると先頭のラナが作業服の男性に呼び止められた。

男性はビックリしたような顔で俺たちを見回す。

しかし、ラナの回答を受けると豪快に笑い出した。

「そうか！　はっはっは！　もうここまで来たのか！　俺はゼゼールソン、ここ《中下ダン》の説明係をしている者だ」

どうやら〈中下ダン〉を管理する職員の方のようだ。

そういえばゲームでもいたな。各〈ダンジョン門〉にはこうしてダンジョンの中の情報を教えてくれる人材が配置されている。

聞けばそのダンジョンの特徴や攻略するのにオススメの職業《ジョブ》などをアドバイスしてくれるのだ。

一応初ダンにも配置されていたが、そういえば俺たちとはタイミングが合わなかったのか一度も会わなかったな。まあ、会っても聞くべき事はないのだが。俺が知っているし。

「まさかもう1年生がここに来るとはなぁ。期待の星だ。何か中級下位《チュカ》で聞きたい事があれば遠慮なく聞いてくれ。答えられるものなら教えてやれるぞ」

「そうなの？　私たちはこれから〈丘陵の恐竜ダンジョン〉に行こうと思っているのよ。どんなところなの？」

おいラナ、俺の説明役を取らないで？

「〈ジュラパ〉かぁ。あそこを最初に選ぶとはなかなかやるなぁ。モンスターが強いから入る学生は少ないが、罠はほとんど無いから腕っ節さえ自信があればオススメのダンジョンだ。【筋肉戦士】とかメンバーに入れておくといいぞ」

いえ、【筋肉戦士】は結構です。

ちなみに〈ジュラパ〉とは〈丘陵の恐竜ダンジョン〉の別名〈ジュラシックパーク〉の略だ。ここのダンジョン門《〈中下ダン〉》なら〈ジュラパ〉で通じる。

【筋肉戦士】は要らないわ。でもアドバイスは受け取るわね。ありがとね、えっとゼルソーン？」

「はっはっは。ゼゼールソンは言いにくいよな。好きなように呼んでくれ」

説明役の方が大らかなようでよかった。ラナの言い間違いにも嫌な顔一つせず流している。大人だ。

それからいくつか出てくるモンスターなどを聞いたのち、出発することになった。

「がんばってこいよ1年生！　応援しているからなぁ」

「もちろんよ！　私は負けないわ！」

ゼゼールソンさんの激励を受けて、ラナが燃えていた。

それを見守りながら横にいるシエラと話す。

「あの人が優しい人で良かったな。もし俺に聞けなかったらあの人にダンジョンのことを聞くといい」

「そうね。でも私はあなたからダンジョンの事を教わりたいわ」

「そ、そうか？」

「ええ。だからそんな落ち込まないでよ」

「お、おう」

励まされてしまった。なんだか少しドキッとする。

俺はしょんぼりしていたのだろうか。していたのかもしれないな。

シエラに励まされて少しやる気が向上した。

「でも、不思議な所ねここ。〈初ダン〉とそっくりな造りなのに雰囲気が少しピリつく感じがするわ。それに視線も集めているわね」

シエラの視線の先には多くの上級生がいた。ほとんどが2年の男子学生のようだ。

ここにいるということは、ほとんどがEランクギルドの学生だろう。

1年生に追いつかれ、内心恐々としているんじゃないか？　少し耳を澄ましてみよう。

「ひぃぃ！　い、1年生だ！　1年生が登ってきたぞ！」

「落ち着け。まだ抜かされると決まったわけではない。冷静になるんだ」

「お、おれ。入学1ヶ月の学生に抜かされるのか……」

「いやだぁ！　1年生に抜かされるのはいやだぁ！」

「せめて後1年待ってくれぇ。その頃には俺もDランクだからぁ！」

「いや、あれはギルド〈エデン〉だ。多分Dランクでも抜かされてると思うぞ」

「ひぃぃ！　なんでぼくはあと1年遅く生まれなかったんだ！　そうすればぼくだって高位職に就けていたかもしれなかったのに⁉」

ふむ。軽い阿鼻叫喚といったところだろうか。

むっちゃ嘆いていた。

今年の1年生は俺がリークしたおかげで高位職の発現率が3割を超えるらしいからな。

学生数で見れば大体2000人ほどが高位職に就いている。

2年生としては迫ってくる1年生集団に戦々恐々だろう。もしかすれば1年後には勢力図が逆転し、今の2年生が格下扱いされているかもしれない。

1年後、下の学年に劣る最上級生の出来上がりだ。就活に多大な影響を与えてしまう！

端的に言って非常にピンチな2年生。いや、ピンチなのはサボっていた学生だけだな、さすがに1年のアドバンテージがあるのだから真面目に努力し続けた2年生なら大丈夫だろう。今Eランクギルドにいる2年生は、ちょっと努力が足りていない。

他人事だが頑張れとしか言えない。恨まないでくれよ。

俺は耳を澄ますのを止め、燃えるラナたちと一緒に目的のダンジョン門を潜ったのだった。


「ここが〈丘陵の恐竜ダンジョン〉！　……なんだか思っていたより普通だね？」

「そうね。もっとこう、ジャングル的なものを想像していたわ」

辺りを見渡して先に感想を述べたのはハンナだった。

続いてラナも同意する。

まあ、起伏のある草原だからなここは。

〈ジュラシックパーク〉の名でイメージするようなジャングルのようなものは無い。

ただ、大型系を相手にするとこういう開けたところの方がやりやすいんだぞ？

ある程度皆がダンジョンの光景に馴染んだところで声を掛ける。

「よし、それじゃ出発するか」

「ゼフィルス、ここを含めて中級ダンジョンと初級ダンジョンの違いなどの詳しい説明が欲しいのだけど、いいかしら？」

いつも新しいステージに来る度俺が説明していたからだろう、今回の説明は無いの？　とシエラが聞いてくる。

シエラにそう聞かれると先ほどの事もあって少したじろいでしまう。

「そ、そうだな。歩きながら説明しようか。中級ダンジョンは初級ダンジョンに比べて1層1層が倍近く広く大きいからな。探索しながら説明する方が効率的だ」

「お願いするわね」

皆ダンジョン探索にも慣れた様子だし歩きながら話しても頭に入るだろうと、そう提案するとシエラもコクリと頷いた。

なんだろうねこの感覚は、俺の説明を聞いてくれてちょっと嬉しい。

まずは中級ダンジョンと初級ダンジョンの違いについて、軽くレクチャーする。

「やっぱり大きな違いというのならモンスターがアクティブスキルを多用してくるようになるところだな」

「え？　モンスターがスキルを使ってくるの？」

「ああ。初級でも〈スキル〉や〈魔法〉を使ってくるモンスターを見かけることはあった、しかし今後はこれがさらに増える」

後ろにいたハンナに答える形でより細かな点を教える。

スキルや魔法は、言わなくても実感しているとおり非常に強力で多様性に富んでいる。

今後はスキルや魔法を使ってくるモンスターがどんどん増えてくる。

ダンジョンによって相性が分かれる最大の理由だ。

「なぜこのダンジョン《ジュラシックパーク》を選んだのかというと、ここに登場する通常恐竜モンスターは魔法を使ってこないし、スキルも比較的使わないからだな。フィールドには罠もほとんど無いし、つまり初級ダンジョンとあまり変わらない感覚で挑む事が可能だからだ」

「なるほどね。でもゼゼールソンさんはここのモンスターは強いとおっしゃっていたけれど？」

「そうだな。他の中級下位ダンジョンとは違ってここのモンスターはステータスが段違いに高いんだ。ステータス特化ダンジョンとでも言おうか。その代わりさっき言った通りスキル魔法そして罠は少ない配分だ。〈丘陵の恐竜ダンジョン〉を攻略したければそれなりのステータスが求められる」

シエラの質問にも答えつつ注意点も説明していく。

〈丘陵の恐竜ダンジョン〉のモンスターはステータスが高い筋肉系だ。俺たちはほとんど高位職の集団なのでステータス面では問題無い。つまりここは俺たちのメンバーにとっても攻略しやすいダンジョンと言えるだろう。

また、今回挑む〈丘陵の恐竜ダンジョン〉では採取でポーション素材を始め錬金で使える素材がたくさん採れるためそっち方面でも期待している。

これまで大変お世話になっていた〈優しいスコップ〉も〈サボテンカウボーイ〉からドロップし

た〈三段スキル強化玉〉で『採取Ｌｖ６』に上げたのでまだまだ現役だ。

元々〈優しいスコップ〉の『採取』はＬｖ３だったので初級上位《ショッコー》までしか使えなかったのだが、〈優しい採集シリーズ〉は非常に使い勝手が良い『量倍』スキルを持つ。〈スキルＬｖ〉を上げるならまず〈優しい採集シリーズ〉を上げるべきだとギルドに相談し、満場一致で通った形だ。

『採取Ｌｖ６』なら中級上位《チュウジョウ》まで使用することが出来る。

これからも採取をしまくってやるぜ。

「あ！　モンスターがいたわ！　皆、戦闘準備！　『守護の加護』！」

お、早速第一モンスター発見だ。発見者はラナ。なんで『直感』持ちの俺より早く見つけられるのか未だに不明だ。まだ結構距離があるのに。

とりあえずここのモンスターはステータスがＳＴＲ方面に高いのでラナには防御力バフの『守護』を頼んでおいた。ある程度近づくと向こうもこっちに気が付いて駆けて来る。

「結構速いわね。もう接触するわ『ガードスタンス』！」

モンスターは二足歩行でスリムな体型をしたラプトル型モンスター〈トルトル〉だ。

それが３体。足が速く、ラナが見つけた時はまだ遠くに居たはずなのに俺たちが準備を終えた頃にはもう間近に迫っていた。

「牽制します『ファイヤーボール』！　『フレアランス』！」

「ギャーウ！」

ハンナの今日の装備は〈マナライトの杖〉。『能玉』は〈フレアロッド・魔能玉〉のようだ。

真っ直ぐ接近する〈トルトル〉２体を牽制し、１体のみを引き寄せる。

「ギャーウ！」

「っ」

１体の〈トルトル〉がシエラに飛びかかり、その大きなカイトシールドにガツンと当たる。

しかし、シエラにはあまり効いていないようだ。

「確かに強いわね。でもこれくらいなら問題無いわね」

さすがシエラである。心強い言葉だ。

まあステータスが強いといえど上層のモンスターだしな。シエラの敵ではないだろう。

そのまままもう一度飛びかかってくる〈トルトル〉を受け流し、ひっ倒してスリップダウンをとってしまうほどには楽勝のようだ。

「『プレシャススラスト』！」

「ギャ!?」

「む、少し硬いですね」

そこにエステルの攻撃が突き刺さり大きくダメージを与えたが、これまでのザコモンスターなら一撃で屠れていたのに対し、耐える〈トルトル〉を見てエステルが不満そうに呟いた。

「エステル、通常攻撃を意識して混ぜてみろ。相手の耐久力が高いからスキルばかりバンバン使うとすぐＭＰ切れを起こすぞ」

「はい！　了解しました」

俺とエステルの通常攻撃であっと言う間に〈トルトル〉1体を屠ると、残り2体を相手にしているシエラの方へと向かい、〈トルトル〉を相手にした。

そしてさほど時間も掛からず、最初の戦闘は勝利したのだった。

第6話　中級ダンジョンから始まる中ボス。フィールドボス！

「さすが中級は強いわね」

「はい。それに初級ダンジョンよりMPの消費が大きいです。意識してセーブしなければ簡単にMP切れになりますね」

初の戦闘終了からしばらく、現在〈丘陵の恐竜ダンジョン〉第3層、戦闘が終わったところで思わずといった風にシエラが呟いた。

それにエステルが同意し、これまでの戦闘について感想を話し合う。

「特に足の速い〈トルトル〉と力の強い〈サウガス〉が一緒に来た時が少し厄介だわ。気のせいかしら、モンスターが連携を取っている気がするのよ」

ちなみに〈サウガス〉は四足歩行で胴体がデップリしているサウルス型モンスターだ。足は遅いが攻撃力が高く、シエラも少し手こずっている。

しかし、さすがシエラだ、よく観察している。俺はシエラの話に加わって答えた。

「そりゃあ気のせいじゃないぞシエラ。中級ダンジョンのモンスターは少なからず連携を取り始めるからな」

正しく言えば連携っぽくなっているだけで連携を取っているわけではないのだが、本当に連携してくるタイプのモンスターも出てくるため嘘は言っていない。

足の速い〈トルトル〉と力の強い〈サウガス〉はゲーム時代も一緒に出てくるパターンが多かった。

動きの速い〈トルトル〉は行動パターン的に遠距離から飛びかかってくることが多い。

それに対し、〈サウガス〉は鈍いけど力強い突撃が主な攻撃だ。

戦闘中は足の速い〈トルトル〉を後回しにして、動きの遅い〈サウガス〉をまず屠るのがやりやすいが、そのためにこちらも足を止めたりすると遠距離から〈トルトル〉が飛びかかってくるパターンが組まれている。

そのためシエラはやりづらそうにしているわけだな。

対抗手段や立ち回り方をいくつかシエラに説明しておく。シエラも連携に対する対抗手段はいくつか知っているとのことなので今度から試してみるそうだ。

次にエステルだが、

「あとエステルの言うとおり、中級ダンジョンからはモンスターが強くなるからと言ってスキルに頼りすぎてもいけない。だが、使わなさすぎるのもダメだ。その辺は戦闘しながら通常攻撃とのバランスを探っていこうな」

「はい」

「当面、エステルは『ロングスラスト』を多用してみるといいぞ」

「一段階目スキル《ロングスラスト》ですか？」

一番弱い攻撃スキルを提案された事にエステルは戸惑った様子を見せた。

しかし『ロングスラスト』はかなりコストパフォーマンスに優れたスキルだ。

一段階目ツリーのスキルなので消費ＭＰはたったの４しかないし、スキルＬｖ５なので威力もそこそこ高い。

二段階目ツリーの『プレシャススラスト』が消費ＭＰ７なのでちょっと使いにくいのだ。

『プレシャススラスト』を１回使うより『ロングスラスト』を２回使った方がダメージは遙かに高いため、俺は『ロングスラスト』を多用することをオススメする。通常攻撃とも混ぜやすいしな。

どうせ上層のモンスターであっても『プレシャススラスト』の一撃で屠れないのだ。つまり２発掛かるということ、ＭＰ計算なら14の消費だ。１体を屠るのに使うＭＰ量としては中々高い。

『ロングスラスト』でも通常攻撃を混ぜれればスキル２発で倒せる、ＭＰ消費はたったの８だ。

ＭＰ６の差は大きい。今後はどうすればＭＰ効率が良くなるのかも考えていかなければいけない課題だな。そんなことを説明する。

「なるほど、了解しました。『ロングスラスト』を中心に戦術を組んでみます」

「ま、別に『プレシャススラスト』を使うなというわけではないから。折り合いは付けていこうな」

中級ダンジョンは初級とはやはり勝手が違う、広さも強さも色々違うため最初はゆっくりならしていこう。

「ねえゼフィルス、このダンジョンって凄く広いけど何階層まであるの？」

話が終わるのを待っていたのか後ろからラナが質問してきた。

おお、ラナよ。俺に聞いてくれるのか？　良いだろう。なんでも答えるぞ！

「〈丘陵の恐竜ダンジョン〉は30階層だな。前に説明したかもしれないが10層毎に転移陣があってダンジョン門と行き来出来るぞ。さらに10層と20層の辺りにはフィールドボスというのが配置されていてな。これは倒しても倒さなくても階層自体は通ることが可能だが倒さないとショートカット転移陣が利用出来ないという仕様で――」

「ちょ、ちょっと待ってゼフィルス。なんでそんな早口なのよ！　一気に言われても分からないじゃない！」

おっとしまった。ラナが頼ってくれて少し舞い上がってしまったみたいだ。

「あははは、すまんすまん」

「もう」

その後ちゃんと噛み砕いて説明する。

「初級と中級で大きく違う点の一つが、最奥のボスとは違う、中ボスが登場するようになるところだな。その名もフィールドボス。10層毎に登場するようになりショートカット転移陣を守護するボスだ。これを撃破すれば1層にある地上との出入り口付近に転移するショートカット転移陣を起動することが出来る」

最奥のボスとはまた違うボスだが、撃破したときの報酬は大きく変わらない。宝箱も素材も落とすし、転移陣まで起動する。

そう、今後は10層毎に一時的に帰還できるようになるのである。素晴らしい。

「それだけじゃなく、何でショートカット転移陣と呼ばれているかというと、実はこの転移陣、なんと相互通行が可能なんだ!!」

俺は背後にジャカジャン！　とテロップが出そうな勢いで言った。すごいことだぜ、つまり初級とは違い、中級からはダンジョンの続きから始めることが出来るのである！

つまり10層から再開することが可能！　すごい便利！

それを聞いたラナの反応は、

「あ、それは知っているわ。結構有名だもの」

「あ、知ってたの」

うんまあ……そういうこともあるよね。

「でもフィールドボスね！　強いのかしら？」

「コホン。普通に強いな。フィールドボスにも色々と種類があるが、どいつも一筋縄じゃいかないぞ。例えば——あっとそうだ。ちょっと全員聞いてくれ！　徘徊型のフィールドボスには気をつけろ。これだけは絶対覚えておいてくれ」

ラナの質問に答えている途中で思い出したことがあったので全員に伝えておく。

「徘徊型？　って何？」

「徘徊型っていうのは決まった場所に留まらずにその辺をうろうろと跋扈《ばっこ》しているボスのことだな。

このタイプとは突発的戦闘になりやすい、構えがちゃんとできていない状態でぶつかるから被害を受けやすいんだ」

各10層の倍数に登場する守護型とは違い、常に徘徊してプレイヤーを見つけたら襲ってくるという凶悪なボス。歩いていたら遭遇戦になるのがこのタイプ。ＨＰをマメに回復させていないと最初からピンチの状態でボスに挑む事になる場合もあるから気をつけろ。

俺も昔はこまめに回復するのが面倒で、ボス部屋の前で準備万端に回復して挑むタイプだったので徘徊型との遭遇戦には何度か痛い目に遭った。襲われて普通に全滅したりするので周知徹底させる。ただ徘徊型は下層にしか登場しないのでそれまでは安全だけど、一応な。

それだけ徘徊型が怖いボスなためしっかりと説明していく。

「あと徘徊型で危険なのは小型のボスだな。大きいボスは見た瞬間、あっボスだ、って分かるんだが小さいタイプは普通のザコモンスターかなぁって思って挑んでやべぇ事になる場合がある。見たことの無いモンスターに出会ったらまずボスを警戒しろ」

ゲーム〈ダン活〉ではＢＧＭですぐ分かるのだがここはリアル。もしかしたら分からない事があるかも知れないからな。

そんな説明をしつつ、少しずつ階層を降りていく。

まず目指すは10階層だ。

歩き続けてしばらく、俺たちは午後2時、目標階層の10層に到着した。

「やっと10階層に到着ね！」

「ラナは元気だなぁ。気持ちはすごく分かっちゃうが」

もうね、ゲームしてたら元気になるよねっていうね。

女の子がスイーツを食べれば問答無用で元気になるのと同じだろう多分。

まだ10層なのにも拘わらず時間は午後2時なのはこの中級下位《チュカ》の階層自体が広いからだ。故に1層を探索するのに結構時間が掛かってしまう。それに、やはり初めての中級ダンジョンだ、モンスターに慣れたり罠に慣れたりする必要もあったため、ゆっくりめに攻略していた。

なんだか初めてゲーム〈ダン活〉をプレイしていた時を思い出したぜ。

また、進行の途中いくつか宝箱も発見した。

中級ダンジョンでも行き止まりに宝箱が湧く場合がある。

俺の経験則からこの辺かと当たりをつけて確認したところ今までに三つの宝箱をゲットできた。

まあ全部〈木箱〉だったのだが。ちなみに罠は一つだけあった。俺は〈罠外課《わなはずし》〉での練習の成果を活かし、罠外し用のアイテムで華麗に解除して見せたのだ。

その時の女子の反応は、とても気持ちの良いものだった。チヤホヤだ。もう一回こないかな？

隠し扉の方も順調に開放中だ。

10層までに2箇所の隠し扉があり、そこの宝箱もゲットしてある。ちなみに〈銀箱〉が二つだ。

〈銀箱〉の一つはこのダンジョンのマップだった。第二層で手に入る。

もう一つの〈銀箱〉からは釣り用アイテムの〈耐久ロッド〉だった。いつか釣りをするときにでも使おう。

採取の方も順調だ。このダンジョンは人気が低いという話は本当だったようで、手がつけられていない採取ポイントが数多く残っていた。というかまったく手をつけられていなかった。こりゃラッキーだな。

普通ならこの〈丘陵の恐竜ダンジョン〉はキャラのステータスさえ高ければさほど難しくないダンジョンだし、採取ポイントも豊富なので俺の感覚ではかなり優良のダンジョンなのだが、このリアル〈ダン活〉ではその高ステータスを誇る高位職が少ない。

そのため人気の低いダンジョンに認定されてしまっているわけだな。

今後1年生が追いついてきたら人気のダンジョンになるだろうし、今のうちにたくさん採取しておこう。『量倍』付きの〈優しいスコップ〉で大量ゲットだぜ。

「ねえゼフィルス君、10層にはボスがいるんだよね？　でもボス部屋が無いよ？」

ハンナが辺りを見渡し不思議そうに聞いてくる。

「ああ。さっき言ったとおりここ《10層》にいるのはフィールドボスだからな。ボス部屋みたいなものは無いんだ。ボスは門番として次の階層の入口付近にいるな」

たどり着いた10層はこれまでと同じ普通の階層だ。

ボス部屋と救済場所《セーフティエリア》があるのは最奥の空間だけだな。途中の階層はいつもと同じ。

普通に探索してフィールドボスとも戦わなくちゃいけないので少しばかりハードである。

さすがは中級ダンジョン。

俺は先ほど隠し部屋でゲットしたダンジョンマップを広げ、大体ボスはこの辺にいると指で示す。

「ねえフィールドボスと戦いたいわ！　早く行きましょ！」

「待て待てラナ、フィールドボスがいるのはこの階層の終わりだって言っただろ。まずはこの階層を探索しよう」

「そんなの待ちきれないわ。1層くらい探索を飛ばしても良いじゃない！」

おっと、久しぶりのわがまま発揮である。いや、ラナは割といつものことだったか？

最近はラナのわがままをわがままと思わなくなってきた俺がいます。

エステルやシズたち同様、俺もラナに魅了されてきたとでも言うのか？

ジッとラナを見つめてみる。

「……な、何よ」

銀色の髪を靡《なび》かせてラナがたじろぐ。

確かにラナは可愛いし明るいし、笑顔がとても似合うし素敵である。

学園には「王女親衛隊」やら「王女の笑顔を守り隊」なんてものが存在するらしいしラナの魅力にやられる人は後を立たない。不思議な魅力があるのだ、ラナは。

というか魅力度が最初会ったときより上がってないか？

「まあ、いいか」

「いいの？　やったわ！　さ、エステル、ハンナ、シエラも行きましょ！」

そして俺もそんな笑顔にやられている存在の1人なのかもしれない。

結局許可を出してしまった。

ラナに対して相当甘いな、俺もエステルたちのことは言えない。

笑顔いっぱいに喜んで先へ進むラナを見るとまあいいかと思ってしまう。ちょっと緩みすぎているのだろうか、気を引き締めなければ。

「あ、おいラナ、そっちじゃないぞ。フィールドボスがいるのはこっちだ」

でもポンコツ具合は変わっていないので道を間違えていらっしゃった。

慌てた様子で戻ってくるラナが顔を真っ赤にしている。

「ちょ、ちょっと慌てちゃっただけよ。もう気付いたからセーフだわ」

「なんの言い訳だ?」

それと多分セーフではないと思うぞ?

とりあえず正しい道を指し示すと、ラナは足早にそっちに進んでいく。照れ隠しだろうか?

「私たちも行きましょうか」

「だな。多分、ラナは道わかってないだろうから」

シエラに促されて俺たちもラナの後を追った。

ただ思ったとおり、ラナはすぐに戻ってくることになる、道を聞きに。

分からないなら先頭を進むなよ。

相変わらずラナはポンコツンデレだ。でもそれがいい。

直線距離で15分ほど。途中何度か戦闘を行いウォーミングアップを済ませたところで俺たちはそいつと出合った。

「ね、ねえゼフィルス？　なんだかすごく怖いわよアレ？」

さっきの勢いはどこへやら、ラナが恐竜型のボスを見てちょっとビビッていた。

まあデカイ恐竜ってビビるよな。思ったより大きいし。

「あれが話に聞いていたフィールドボスね。道中に出た〈サウガス〉のボスかしら」

「シエラが正解だな。突進力が増してるから十分注意してくれ。攻撃力だけはかなり高いから」

10層のフィールドボスは道中に出た〈サウガス〉型のボスモンスター〈ジュラ・サウガス〉である。四足歩行でトリケラトプスのような胴体をしているが、首はダチョウのように長く辺りを油断なく見渡している。

まだ距離は遠いが、近づくとアクティブモンスターになって襲《おそ》い掛かってくる。

また、道中のザコモンスターと違いボスはスキルを多用してくるのでそこも警戒が必要だ。スキルは通常攻撃と違って強いからな。

スキルや行動パターンも含め掻い摘んで皆に周知する。

「なるほどね。分かったわ」

「じゃ、準備が出来次第挑むとしよう。ラナ、全員の回復を頼む」

「任せて。『回復の祈り』！」

そうして挑む準備を済ませ、俺たちはフィールドボスへ戦いを挑んだ。

「ギュラララララッ！」

〈ジュラ・サウガス〉が唸り声を上げる。

近づく俺たちに気が付いたのだ。

それまでおとなしかったボスが身体全体をこちらに向け、全力で威嚇行為をする。今にも突撃してきそうだ。

獲物ではなく完全に敵とみなされているな、なんでかは知らない。

このボスとは初対面で敵対した記憶は無いのだけど、もしかしたら俺たちが倒す気満々だと肌で察知したのかもしれないな。

「なかなか鋭い奴だ」

「ゼフィルス、冗談言ってないでやるわよ。『挑発』！」

シエラの挑発スキルで戦闘は始まった。

フィールドボスは最初のタゲをランダムで選ぶ。そのためにまずタンクがヘイトを稼ぐのがセオリーだ。まあ今までとそう変わらない。

「ギュラララララッ！」

「散開！」

タゲがシエラに固定され〈ジュラ・サウガス〉が吠える。続いて黄色っぽいエフェクトが少しの間〈ジュラ・サウガス〉を包み込んだ。モンスターの〈スキル〉アクションだ。

これは四足系モンスターに多い『突進』スキルだな。

〈ジュラ・サウガス〉が黄色く光るエフェクトを纏いながらダッシュしてくる。

とても見え見えな初歩のスキルなので回避《かいひ》するのはたやすい。

しかし、シエラはこれを敢えて盾で受け止めた。

「ぐっ。重いわ」

ガツンと大きな音が鳴り響き、シエラがやや苦《く》の感情を吐露《とろ》して少し引きずられる。

スキルも無しの単純な受け止め。スキル攻撃に対してあまりにも頼りない受けであったが、しかしシエラは言葉とは裏腹に難なく受け止めた。さすがシエラである。

「バフを掛けるわよ！　『守護の加護』！　『回復の祈り』！」

それを見てようやくラナがバフと回復を掛ける。例のごとく、初撃だけは普通に受けさせてほしいとはシエラに言われていたため、今のタイミングだ。

全員にバフが掛かり、少しダメージを負ったシエラもラナの回復によりすぐさま全回復する。

「ギュラララララッ！」

突進を止められた〈ジュラ・サウガス〉が首を横に振って鞭打ちのような動作にでる。これもスキル『頭打《あたまう》ち』だ。シエラはこれに対し盾を構えつつ後ろにバックステップして回避する。

「動きが止まっているぞ！　少しずつ攻撃していけ！　『ライトニングスラッシュ』！」

「了解です！　『ロングスラスト』！」

「『フレアランス』！」

「ギュラララガガッ!!」

初めての中級ボスモンスターということでまずはその動きを観察するメンバーたちを促し、少しずつ攻撃に加わらせる。

エステルはまだ〈ジュラ・サウガス〉への警戒度が高いためすぐに離脱できるよう硬直が短くや間合いの長い『ロングスラスト』で行ったな。いつでも回避できるように努めるのは良いことだ。

俺は〈ジュラ・サウガス〉の行動パターンを熟知しているし、仮に攻撃を受けたとしても手ひどいダメージは負わないと分かっているため最初から大技で行く。

ハンナは〈マホリタンR〉の力を借りて魔法で攻撃する。しかし、いつでも換装できるように心構えだけはしっかりしているようだ。ハンナのボス戦バリエーションは多い。

「む、周囲攻撃だ！　回避！」

「了解っ！」

「はい！」

「ギュラ！　ギュラッ！」

俺の声に反応してエステルとシエラがバックステップした直後〈ジュラ・サウガス〉が尻尾と頭を振り回しながらその場で半回転する。そしてもう一度半回転。ボスの周囲にいれば吹き飛ばされていただろう。

回転攻撃は初歩にして回避の難しい攻撃だ。今回掛け声が間に合ったおかげで無事全員が回避に成功する。

回転攻撃は当たれば吹き飛び、回避するには離れなくてはいけないため近接アタッカーは仕切りなおさざるを得ない、ちょっと嫌な攻撃だな。

しかし、後衛アタッカーからしたら格好の餌食である。何しろその場でクルっと回っているだけなのだ。しかも前衛が退《の》いたので射線も確保、狙いたい放題である。

「チャンスね！　『聖光の耀剣』！　『聖光の宝樹』！　『光の刃』！　『光の柱』！」

「ギュララガガッ⁉」

ラナの魔法が光る。大技を連発したことによりこりゃ相当なダメージが入ったな。

さすがはうちの魔法アタッカーだ。

ただしこれで終わりではない。

後衛はもう1人いる。ハンナはいつの間にか〈マナライトの杖〉をその場に置いており、その空いた両の手には1本の筒状のアイテムと1本の杖型のアイテムが握られていた。

「いっけぇぇ‼　錬金砲ー‼　錬金杖ー‼」

ハンナが両腕をボスに向けると、筒からはパンッという音と共に黄緑色のエナジーボールが、杖型のアイテムからは炎の光線が放たれた。そして見事に命中。

「ギュラララララッ⁉」

ドカンドカンッと大きな音をたてて爆発するハンナの攻撃。アレがハンナの〈爆弾〉系アイテム。お披露目だ。

筒の方が〈筒砲：エナジー〉、杖の方が〈炎光線の杖〉。

両方とも回数制限のある攻撃アイテムである。

どう見ても爆弾ではないが、〈爆弾〉とは攻撃アイテムのカテゴリーなので〈筒砲〉も〈杖〉も一応は〈爆弾〉に分類されている。

ちなみに本物の爆弾っぽいものもあったのだが、ハンナが投げるのが壊滅的に下手だったので『スロー』系装備が手に入るまで実戦の出番は無い。早く『スロー』欲しい。

ハンナは射撃系なら素早い〈ウルフ〉にも当てられるくらいにはコントロールが良いからな。

『スロー』系装備が手に入らなかったため、とりあえず射撃型の〈筒砲〉と〈杖〉のみ運用である。

素材と生産というコストは掛かるもののその威力はかなりのもの、なんとラナの『光の刃』並の威力を誇る。クールタイムも無いので撃ち放題だ。回数制限はあるけどな。

盛大に撃ちまくった影響で〈ジュラ・サウガス〉のＨＰが目に見えてガクンと減っていた。

「つつつ強い!!」

ハンナが自分で使ったアイテムの未だかつて無いダメージにビックリしていた。今までのハンナじゃ出せない威力だったのだ。

攻撃アイテムの回数がなくなるギリギリまで撃ちつくしたハンナの与ダメージ数はラナに迫っていた。半端無い。

しかも途中でクリティカルが発生し〈ジュラ・サウガス〉がクリティカルダウンしていたのも大きかった。おかげでハンナの攻撃は全て吸い込まれるように〈ジュラ・サウガス〉に命中したのだ。

ちなみに俺も遠距離から魔法を撃ち込み、ハンナの攻撃が止《や》んでからはエステルと共に全力の攻

撃を叩き込んだ。

大きくダメージが入ったためヘイトが入り乱れてしまったが、シエラが全力でヘイトを取りに行きすぐに戦況は安定。その後はボスの強力な攻撃にもシエラは崩れずに耐え切ったため安定したままボスを削ることが出来た。

そしてボスのＨＰがレッドゾーンへと至り、怒り状態になる。

「ギュラララララ!!!!」

「威力と速度が５割増しになるぞ！　だがあとほんの少しで倒せる！　全員全力で行け！」

「「はい!!」」

中級ダンジョンからのボスは怒り状態になると攻撃の威力が５割増しになるだけではなく速度も上がる。

その速度に即対応出来なければ戦闘不能に追い込まれることもあるため中級からは特にボスの難易度が上がるのだ。

「行かせないわ！　『城塞盾』！」

シエラが後衛の方へ行きそうな〈ジュラ・サウガス〉の正面に割って入り、その場で壁と化す。

「ギュラララ!!」

そこに突進する〈ジュラ・サウガス〉。先ほどとは違い非常に強力な一撃だ。防御力の低い素のラナなら７割以上はＨＰを削られるだろうその一撃。しかし、シエラも先ほどとは違う。今回は『守護』のバフに加え『城塞盾』という防御スキルを使っているのだ。

ではどちらが勝ったのかというと。

「ふ！」

「ギュラ⁉」

シエラ、微動だにせず。完全にシエラが防御勝ちする形となった。

攻撃したはずなのに逆に弾かれた〈ジュラ・サウガス〉が蹈鞴《たたら》を踏んでよろける。

「攻撃しろ！『ライトニングスラッシュ』！『ハヤブサストライク』！」

「『プレシャススラスト』！『閃光一閃突き』！『ロングスラスト』！」

「ギュララガガッ‼⁉」

「！　周囲攻撃だ！」

「はい！」

俺とエステルによってガツンと削られた〈ジュラ・サウガス〉が苦し紛れに回転攻撃をして追い払おうとするが、そりゃよくない一手だな。

「チャンスよハンナ！『聖光の耀剣』！『聖光の宝樹』！」

「はい！　倒されちゃってください！　錬金砲！」

俺とエステルが急いで離れた直後、ラナとハンナの大威力が襲った。

「ギュ……ガ……ラ……」

そしてとうとうＨＰがゼロになり、膨大なエフェクトと共に〈ジュラ・サウガス〉は沈んで消えた。

そしてその場所には、金色に輝く〈金箱〉が鎮座していたのだった。

第7話　お馴染みの〈金箱〉回！　最初の〈金箱〉はギルドマスターが開ける！

はい。毎度お馴染みの〈金箱〉回です。

テンション上げ上げでお送りさせていただきます。

「「〈金箱〉！」」

早速後衛のラナとハンナが声を上げて走り出す。

なんとなく俺も走った。近接アタッカーだった俺が最初にたどり着く。

「ふはは、俺が一番だ！」

「ちょっとゼフィルス卑怯よ！　ゼフィルスは近くにいたじゃない！」

「そ、そうだよゼフィルス君、大人気ないよ」

なぜかラナとハンナがプンスコ怒っていた。どんだけ本気なんだこの2人は。

俺も本気だけど。

「今回の〈金箱〉だが、俺が開ける」

「横暴よ！　そんなの許さないわ！」

「そうだよゼフィルス君、話し合い、話し合いしよう？」

中級ダンジョンに入って初めての〈金箱〉だ。今回ばかりは俺も譲らない。

「これは中級ダンジョンで初めての〈金箱〉だ。最初だし、まずはギルドマスターが開けるのが筋だろ？」

「そんなことないわ、聞いたこと無いもの！　ここは王女の私に譲るべきよ。王女が先に開けるべきだわ！」

「ラナ殿下の話も聞いたことがありません。もちろんゼフィルス君のもだよ。ここは間を取って2人とも開けないというのはどうかな？　代わりに私が開けるよ」

「「却下（よ）」」

何と言うことだ。

いつもと違い俺が本気で立候補しただけでラナとハンナと俺の3人が対立してしまった。

〈金箱〉とは恐ろしい魔性のアイテム。

それを開けたいがために争いが起こり、もう誰にも止められない。

「何やってるのよ、あなたたち。さっさと開けなさい、時間が勿体無いわ」

そこへシエラがやってきて呆れた様子で窘める。さすがシエラ。この争いに怯みもせず介入するとは。

俺とハンナはシエラの目に圧《お》されて口を閉ざしたが、それでも主張する者が1人、ラナである。

「シエラ聞いてよ！　ゼフィルスは中級ダンジョン最初の〈金箱〉を自分が開けるって言うのよ！　私も最初に開けたいわ！」

「……ラナ殿下、〈金箱〉は我慢してください」

「うぐぅっ⁉」

ぴしゃりと告げた。シエラの有無を言わさない圧《あつ》の一言にぐぅの音が洩れるラナ。鬼だ、シエラが鬼に見える。

何故シエラに向かっちゃったのだろうか。そのせいでラナが今回の〈金箱〉を開ける展開は無くなってしまう。シエラの圧が少し上昇した気がした。気のせいであってくれ。

「ゼフィルスとハンナは何か言いたい事はあるかしら？」

何か言えば開ける事は出来なくなる恐怖が俺とハンナを襲う。先ほどの醜い争い（？）の雰囲気は霧散し、ただただシエラの目に留まらないよう直立不動になるしかなかった。

横を見ることは出来ないがハンナの方からも同じ雰囲気を感じる。

「ないのかしら？　では私が決めるけど構わないわね？」

シエラはサブマスターに就いてからこう、責任感が増したな！　すごく成長が見られる。何故だろうか、それが「あなたがはっちゃけるからよ」と言われている気がしてならない。気のせいであってほしい！

無言の肯定をするしかない俺とハンナに、シエラはにっこりと微笑みながら判決を下すように告げた。

「ゼフィルス、今回はあなたが開けなさい。ハンナは次の〈金箱〉が出たらね。喧嘩してはダメよ？」

「ありがとうございます！」

許可が出た瞬間思わず感謝の声が出た。

やったぞ！　俺は〈金箱〉を開ける権利を勝ち取ったのだ！　何に勝ったのかはよくわからないが。

「これで解決したかしら。ラナ殿下はハンナの次ね」

「う～、ゼフィルス君羨ましいなぁ」

「ハンナはまだ良いわよ。私なんて次の次よ。多分今日は出ないわ。もうこのメンバーで攻略するのだって滅多になくなってしまうのに……」

ラナは災難だったが自業自得でもある。触らぬ神に祟りなしという言葉もあるのだ。

「では、ありがたく開けさせてもらおうか、〈幸猫様〉良い物をお願いいたします！」

なんとなくこの勝ち取った〈金箱〉からは良い物が出そうな気がする。そんな気分の中しっかりと〈幸猫様〉に祈ってからパカリと〈金箱〉を開けた。全員が宝箱の中を覗きこむ。

中に入っていたものは、一振りの片手剣だった。

「おお～!!〈滅恐竜剣《めっきょうりゅうけん》〉か！」

俺はそれを早速取り出して眺めると、ラナが待ちきれないといった様子で聞いてきた。

「めつ？　って何ゼフィルス、これは当たりなの？」

「ああ。中々の当たりだな。そうか、ここで〈滅恐竜剣〉が出るか。どうしようかなぁ」

俺は〈滅恐竜剣〉を見て物思いに耽《ふけ》った。

〈滅恐竜剣〉は特効系の装備だ。恐竜型モンスターに対し、通常攻撃で約2割増しのダメージが出る強力な武器である。

詳細はこちら、

〈滅恐竜剣：攻撃力67〉
〈『恐竜キラーLv5』『恐竜斬りLv7』〉

『恐竜キラー』はパッシブスキル、恐竜型モンスターへのダメージが上がる。

『恐竜斬り』はアクティブスキル、恐竜型モンスターに特効ダメージを与える。

〈丘陵の恐竜ダンジョン〉でしか使わない専用装備にはなってしまうが非常に強力な武器である。

武器のカテゴリーが〈剣〉なので俺が装備可能だ。

さてどうしようか。

ちなみに今俺が装備している〈天空の剣〉のステータスがこちらだ。

〈天空の剣：攻撃力85、魔法力51、聖属性〉

天空の剣は非常にシンプルだ。付与スキルなどは無いが、その分ステータス値が非常に高い。

しかし、〈丘陵の恐竜ダンジョン〉を攻略するのなら〈滅恐竜剣〉の方が強いだろう。何しろ特効を持っている。

もし装備を替えるのだとしたらシリーズ装備のスキル『状態異常耐性Lv3』も消えてしまうが、

〈丘陵の恐竜ダンジョン〉では状態異常にしてくる敵はいないので問題ない。

あと見た目が剣と鎧で配色のバランスが悪くなってしまうが、このダンジョンだけの話なのでまあ良いだろう。〈滅恐竜剣〉は黒寄りの茶色をしているのだ。

後は魔法力がゼロなので〈魔法〉の威力が大幅に下がってしまうのが一番のネックだな。

ただ、『恐竜斬りLv7』が使えるようになるため手数の面では何とかなる。

なら、と俺は決めた。

「武器を交換してみようか」

久しぶりの武器チェンジだ。

第8話
学園・情報発信端末・誰でもチャット掲示板9

213 ：名無しの賢兎1年生
大変大変聞いて聞いて!
ビッグニュース!
なんとあの〈エデン〉のメンバーと〈マッチョーズ〉が
同じクラスになっちゃったの!
もちろん戦闘課1組だよ!

214 ：名無しの神官2年生
マジでビッグニュースだなそれ!?

215 ：名無しの冒険者2年生
ついに争い勃発か!?
というかクラスの平穏は大丈夫か!?

216 ：名無しの賢兎1年生
それがね、なんか〈マッチョーズ〉の人たち勇者君と筋肉について
語り合いたいって言ってたよ。
ちなみにクラスは至って平穏です。

217 ：名無しの神官2年生
〈マッチョーズ〉ってやっぱり筋肉のことしか頭に無いんじゃないか!?

218 ：名無しの魔法使い2年生
ライバル視していたのではなかったかしら?
いつの間にか仲良くなりに行っているのだわ。

219 ：名無しの賢兎1年生

なんか〈マッチョーズ〉曰《いわ》く勇者君は話せそうだって言ってたよ。
多分筋肉について。

220 ：名無しの剣士3年生

なんだって？　まさか勇者もそっち側なのか!?

221 ：名無しの錬金2年生

というかやけに詳しいけど同じクラスの子なの？
すごく羨ましいのだけど。

222 ：名無しの支援3年生

こちらの情報では勇者氏は至ってノーマルらしい。
突如として上半身裸になったり学園をうさぎ跳びで
1日回ったりする奇行は確認されていないな。
おそらく〈マッチョーズ〉が勇者氏と話したいだけだろう。
前にうさぎ跳びで話題になったときは30人の学生が
筋肉談議に花を咲かせていたらしいからな。
その学生たちは元々ノーマルだったのに〈マッチョーズ〉のせいで
筋肉の素晴らしさに目覚めたらしい。

223 ：名無しの剣士3年生

マジかよ。筋肉って感染するのか!?

224 ：名無しの斧士2年生

むしろ汚染ではないか？

225 ：名無しの支援3年生

いずれにしろ勇者氏が危険だな。
まさかあれだけの美少女たちのいるギルドにいながら
筋肉に目覚めるということはないと思うが、筋肉は暑苦しいからな。
しかも同じクラスに5人の【筋肉戦士】がいる。そして筋肉について語り合いたいといっているときたものだ。

226 ：名無しの冒険者2年生

むちゃくちゃ危険じゃねぇか!?
俺の知り合いはマッスラーズの筋肉接待を受けて
筋肉に目覚めちまったんだぞ!?
この学園にはそうやって筋肉に目覚めた男子は多いんだ!
もし勇者が筋肉もりもりになったら……。

227 ：名無しの斧士2年生

洗脳に近いな。
もしかしてコレは【筋肉戦士】流の【勇者】攻略術なのではないか?

228 ：名無しの冒険者2年生

【筋肉戦士】流の搦め手ってやつか!?
正攻法で勝てないなら筋肉に漬け込めば良い的な!?
そうやって筋肉は勢力を広めていっているというわけなのか!?

229 ：名無しの支援3年生

あながち、間違っているとは言いがたいのがな……。
皆も知るとおり〈筋肉は最強だ〉ギルド、
通称：マッスラーズはそうやって勢力を広げた。
実はマッスラーズのメンバーは全員筋肉ではあるが【筋肉戦士】の
職業《ジョブ》についているのはリーダーのマッスル氏の他には2名だけだ。
その他のメンバーは様々な職業《ジョブ》に就いている。
どちらかといえば筋肉好きが集まったギルドなんだ。
だが、筋肉というのはあらゆる意味で強い。
あの圧倒的な筋肉を前面に押し出しておいて
魔法を連発してくる猛者もいる。
筋肉をもりもりさせて迫ってきながら魔法を連発してくるのだ。
トラウマものだぞ。

230 ：名無しの斧士2年生

筋肉戦術か、聞いたことあるな。
横一列に並んだ5人の筋肉が二人三脚のごとく
腕を組んで走ってくる筋肉ビルドローラーなる技も有名だな。
あれに轢かれてトラウマになった奴もいる。

231 ：名無しの錬金2年生

あれに勇者君が加わるって言うの!?
そんなのありえないわ!　ありえちゃいけないわ!

232 ：名無しの賢兎1年生

そんなこと、私たちがさせません!
クラスメイトとして勇者君は私たちが守ります!
早速クラスメイトや〈エデン〉の女子には〈マッチョーズ〉を
不用意に勇者君に近づかせないよう情報共有しました!

233 ：名無しの剣士3年生

おお!　頼もしい!

234 ：名無しの魔法使い2年生

同じクラスならではね。

235 ：名無しの錬金2年生

お願いよ!　私たちの勇者君を守ってあげて!
でも必要以上に勇者君に近付かないでね!

236 ：名無しの冒険者2年生

おい!?　最後に素が出てたぞ錬金よ!?

237 ：名無しの賢兎1年生

それは約束しかねますね。
何せ私は同じクラスですから!

238 ：名無しの錬金2年生

くうっ!　なんて羨ましい言葉なの!

239 ：名無しの神官2年生

なんで掲示板はこんなに荒れているのに【勇者】のクラスは至って平穏なんだ?

240 ：名無しの賢兎1年生

それはね、他にも濃い男子がいるからなのよ。

241 ：名無しの神官2年生

それもっと酷くなるやつじゃね!?

ますますわかんなくなったんだけど!

第9話　中級から登場レアモンスター!!　一撃で、仕留める！

武器をチェンジするのは〈天空の剣〉を手に入れたとき以来だ。

俺は〈初心者ダンジョン〉から〈天空の剣〉でここまで来たため、ほぼ初めての武器チェンジとなる。

〈滅恐竜剣〉は〈天空の剣〉に比べて重く、幅広の剣だ。

振ってみるが少し違和感がある。

やっぱりゲームとはいえリアルでは剣が違うと感覚も違うらしい。

これはこれで面白いなぁ。

「〈天空の剣〉の方が格好良かったわね！」

「私は今の武器もワイルドで良いと思うわ」

「大きな剣だね」

「そうですね。実に実戦向きの武器だと思います。対人ではなく対モンスター用の武器だからでしょう」

俺の新しい剣を見てラナ、シエラ、ハンナ、エステルの順に感想を言う。

ラナの言いたいことは分かる。〈天空の剣〉と〈滅恐竜剣〉、見た目良しなのはどっちかと聞かれれば大多数の人が〈天空の剣〉と言うだろう。

〈滅恐竜剣〉も結構良いデザインしているのだが、相手が悪いな。

それはともかくである。

今回、〈金箱〉からは俺の武器を替え得《う》るほどの強武器がドロップした。

今までの初級ダンジョンではいくら強くても〈天空シリーズ〉や〈姫職〉の初期装備には敵わなかったので大きな進歩である。これが中級よ。

まだフィールドボスのドロップでこれだ。最奥で待つボスのドロップを考えると思わずニヤけてしまうほど楽しみだ。

「あ、あそこ光ってるわよ！　何かしら？」

「お、あれが地上に帰るための転移陣だな。逆に地上からここへショートカットも出来る」

「あれがそうなのね」

ラナの声に反応して見ると、11層への入口の脇に見覚えのある転移陣を見つけた。

最奥のボスの転移陣は一方通行なのに対し、フィールドボスの転移陣は相互通行可能な転移陣だ。

そのため光はやや薄く、形も少し違う。

そして面白いのがフィールドボスを倒さないとこの転移陣を使うことが出来ないところだな。フィールドボスは上手く立ち回れば回避も出来るため、戦わずして先に進むことが可能だ。ただ、こういう恩恵なんかが得られなくなるので俺はとりあえず戦うようにしている。

「さて、道は開けたし、先に進むか」

「そうね！」

11層への入口に立ちはだかっていたボスも倒したので先に進むとしよう。

現在、午後2時半。このペースなら20層にはたどり着けそうだ。そこを今日の終着点としよう。

時間的に間に合わなければエステルの〈馬車〉で進もうかとも考えていたが大丈夫そうで安心する。

そうして俺たちは順調に階層を進んでいった。

違和感を覚えたのは14層の中程まで進んだときだった。

何と無しに俺の『直感』が小さく囁いたのである。

「なんだか、この先から変な感覚がするのよね」

ラナが呟く。俺と同じくラナも何か感じ取るものがあったらしい。

おかしいな、ラナはこれと言って『直感』系のスキルは持っていなかったはずだが……。

しかし、感じるものが2人もいるということは気のせいということはなさそうだ。

「全員静かに、その場にしゃがんで、声を出したり不用意に動かないでくれ」

「え、何？」

「しー、ラナ殿下、ゼフィルス君の言うとおりにしてください」

「わ、分かったわよ」

俺が素早く指示を出すとラナ以外のメンバーがすぐに従った。すばらしい。

だがラナは目をぱちくりするだけだ。ハンナがサポートしてすぐにその場にしゃがみこみ、その理由を聞いてきた。

「ねえ、いったいどうしたのよ。もしかしてさっき言っていた徘徊型のフィールドボスかしら?」

「いや、それよりよっぽど貴重だ。おそらくだが、あの丘の向こうにレアモンスターがいる」

「……え?　本当!」

「こら、大きな声を出さない」

「それは、ごめんなさい。でも本当なの?」

「まだ確証を得たわけじゃないけどな」

レアモンスター。

それは中級ダンジョンから登場する、普通の階層にたまに出没する希少個体の総称である。

レアボスのザコモンスターバージョンと言えばいいだろうか、いやレアボスより出会う確率は低いのでレアボスよりも貴重だな。

レアモンスターは倒すことが出来ると非常に有用な物をドロップしてくれる。

デカイ換金アイテムであったり、経験値5倍であったりな。ちなみに経験値は一番ハズレのドロップである。

また生産に必要なレア素材を落とすこともあり、それで作った武器、防具はスキルの付与なんかが付いたりするため、希少価値が高い。

じゃあそんなレアモンスター早く仕留めに行けよと思うかもしれないが、俺たちがこうしてこそこそ見つからないようにしているのには理由がある。

レアモンスターはレアボスと違い、なんと逃げる。

しかも逃げ足が速いのだ。某鉱山に住むメタルなアレ並に。

故に見つかる前に不意打ちで突撃し、逃がす前に仕留めなくてはならない。

ああ、スピードの速いカルアが欲しい。無いものねだりだけどな。

まだ姿は確認できないが、ゲーム〈ダン活〉では道で『直感』が発動すれば多くの場合でレアモンスターの気配を感じたということなのでおそらく間違いないと思う。レアモンスターはこっちに気が付くと逃げるので、気が付かないうちに『直感』スキルがある程度教えてくれるのだ。

これも俺が『直感』スキルのＬｖを上げている理由だな。

「さて、じゃあ全員、ゆっくり進むぞ。なるべく音を立てないようにしてくれ」

「了解よ」

シエラの答えに皆頷き、丘までゆっくりと移動。そしてひょこっと言う擬音が似合いそうな風に少しだけ頭を出して確認した。

「発見。あの金色に輝いているのがレアモンだな」

「わぁ、話には聞いたことがあるけど本当に金色に光っているのね」

予想通りレアモンスターを発見。教えてやると横でラナが目を輝かせていた。今にも飛び出していきそうな雰囲気にエステルがラナの肩を押さえている。

〈ダン活〉レアモンスターはちゃんとそれが希少個体だと分かるように金のエフェクトを常時溢れさせているのですぐに分かる。

眼下に見えるのは金のエフェクトを振りまく小型の恐竜型レアモンスター、〈ゴールデントプル〉。四足で〈サウガス〉に似ているがかなり小さい。その辺にいる野猫《ノネコ》と同じくらいのサイズだ。見た目にそぐわず逃げるスピードがかなり速い。そして倒した時のドロップは……、ふはは！

「ねえ、どうやって仕留めるの？」

「それが問題なんだよなぁ」

問題は倒す手段である。

レアモンスターはＨＰがかなり低いので一撃二撃入れれば倒せるのだが、その一撃を与えられないのだ。近づけば逃げる。

「じゃあ遠距離から仕留めればいいじゃない」

「レアモンスターはデフォルトで『魔法完全耐性』持ちだから魔法は効かないんだ」

どう考えても中級入り立てで『魔法完全耐性』持ちのモンスターとかおかしいのだが、ゲームでは割とこういうことがよく起こる。某鉱山に住むスライムとかな。

ということで仕留め方は限られてくる。遠距離から通常攻撃やスキル攻撃で仕留めるか、ハイディングなどで気配を消して近づくか、もしくは【スターキャット】のように一瞬で距離を詰めて逃げる前に仕留めるとか。

全部今出来る方法ではない。

ということで唯一〈ゴールデントプル〉を仕留めうる可能性を持っている人物に声を掛けた。

「さ、ハンナの出番だぞ。アイテムであいつを撃ってくれ」

「……ふえ？」

いきなり振られたハンナが一瞬理解が出来なかったのか呆けた声を出した。

「確か吹き矢的なアイテムがあっただろ、吹くタイプじゃないやつ。アレを使おう」

「吹くタイプじゃない吹き矢って何？」

ラナが横で何か言っているが聞こえなかったことにしてハンナを急かす。

「え、ええ？　本当に私のアイテム使うの？　ゼフィルス君がやってくれるの？」

まさかという顔で見るハンナに俺は力強く頷いた。

「何言ってんだ、俺は発射系アイテムはまだ使ったことが無いからぶっつけ本番は無理だって。ハンナが仕留めるんだよ」

「む、無理ぃ！」

「無理じゃない。やってみよう。今アレを仕留められるのはハンナしかいないんだから。やろうハンナ」

「ひぇ、絶対無理です、出来ません。もし間違えちゃったら、いえ緊張で手が震えて間違えてゼフィルス君撃っちゃうかもしれないよ⁉」

「最初は誰でもそう言うよ。ハンナはいつも通り撃てば大丈夫だから。いつも通り撃ってみよう」

「ぜ、ゼフィルス君が話を聞いてくれないよぉ」

少し雑になってしまったが、なんとかハンナの説得に成功。

ちょっと自棄《やけ》になったハンナが筒砲を取り出して構えた。その構えはロケットランチャー風。出る弾はでっかい矢だけどな。これが〈筒砲：スピアー〉だ。

結構デカイダメージが入るが単発なので実戦には少し不向きなアイテム。音がほとんど出ないのでこうして狙撃するのに向いているアイテムだな。

「うぅ。外れても文句言わないでね？」

「何言ってんだ。ちゃんと言うから外さないようにな？」

「ひぇ、なんかゼフィルス君が鬼のようだよぉ」

せっかくのレアモンスターである。逃したくない。

なんだかんだ言いつつハンナは遠距離攻撃が上手い。上手くなった。

だから俺はハンナを信じている。さあ仕留めるのだハンナよ！

「じゃあ、い、行くよ。えい！」

ハンナの掛け声と同時にシュポンッと軽く空気が抜ける音と共に矢が発射された。そして、

「ジュイッ⁉⁉」

眼下からレアモンスターの断末魔の声が聞こえてきたのだった。

な、さすがハンナだろ？

眼下を見れば金色のエフェクトが発生してモンスターが消滅するところだった。

直後に周りから「わぁ！」という歓声。

俺は早速ハンナを褒め称える。

「ハンナナイス！　思った通りだったぜ」

「うー。よ、よかったぁ、当たったぁ」

眼下にいたレアモンスターを見事狙撃し仕留めたハンナだったが、その表情は歓喜より安堵の方が大きい様子だ。これはいけない。

「おいおいハンナもっと喜べよ。何しろハンナはレアモンスターを倒したんだぜ？」

「そうよ！　これは快挙よ！　もっと喜ぶべきだわハンナ」

「ええ。見事な一撃だったわよ」

俺、ラナ、シエラの順にハンナを褒め称える。

エステルも後ろでコクと頷いていた。それを聞いてハンナの目にもようやく理解の色が宿る。

「そ、そっか。私、レアモンスターを倒したんだ。ね、ねぇゼフィルス君、これって凄いことなんだよね？」

いまいち自覚が足りないのか、確認するようにすがる視線を向けてくるハンナに俺は大きく頷いた。

「当たり前だろ？　誰にでも出来ることじゃない。特にこのメンバーの中ではハンナしか出来なかったことだ、胸を張っていい」

「え、えへへ」

やっと自分のした事を認識したのか、ハンナの頬が紅潮し笑みがこぼれる。

「よし、じゃあドロップ確認に行こうか。レアモンスターはそれはそれは良い素材をドロップするからな」

「うん！　楽しみだね」

ハンナを連れ、全員で丘を下ると、そこには未だに金色のエフェクトを放ち続ける物が目に止まる。これは、

「黄金の、お肉⁉」

「いやハンナ、これは金色のエフェクトが出ているだけのお肉だ。黄金じゃないぞ」

ハンナがそれを見て勘違いしたのを正す。

レアモンスターの素材というものは他と識別するためなのか金色のエフェクトがずっと放出されているんだ。レアモンスター素材だって一発で分かるな。

そしてこれは、ハンナが言った通り肉だった。デカい葉っぱの上に金色エフェクトを振りまく肉が鎮座していたのだった。軽く見て5kgはありそうな塊だ。金色なので美味しそうに見えないが。むしろ眩しい。

加工したりスキルを使ったりするとエフェクトが収まってしまうので、料理すれば普通の見た目に戻るだろう。

「お肉……、ゼフィルス君、これ恐竜のお肉だよね、お、美味しいのかな?」

「俺も食ったこと無いから分からんが、少なくともレアモンスターの肉はどれも凄まじく美味いらしいぞ。ほれ、ラナの方を見てみな」

「ふえ?」

俺に促されハンナが後ろを振り向くと、そこには目を爛々と光らせたラナが居た。

「ハンナ良くやったわ!　これは凄い大当たりよ!　勲章ものの快挙だわ!」

「ふ、ふぇぇ!? ら、ラナ殿下、目が怖いですよぉ!?」

ぐいっとハンナに近づきその手をがっしり掴むラナ、そのガチな眼にビビるハンナ。

「ラナ様、落ち着きますよう。ハンナさんが驚いておりますよ。それとレアモンスター討伐で勲章が出たことは今まで一度も無いはずです」

素早くエステルが近づきラナを窘めた。勲章は出ないらしい。

俺も美食に関してはそこまで知っているわけではないので、とりあえず近くにいたシエラに聞いてみた。

「そんなに凄いのか、このお肉」

「……ゼフィルスが聞きに来るのはなんだか新鮮な感じがするわね。そうね、少なくとも〈ゴールデントプル〉のドロップ肉は非常に美味で知られているかしら。私も2度食す機会があったのだけど、舌が蕩けるほど美味しかったのを覚えているわよ」

「おお、マジか。そりゃ是非とも食べてみたいな!」

珍しく長文で説明してくれたシエラ。そしてあのラナの反応を見る限り相当美味《うま》いらしい。後で聞いた話ではラナの大好物なのだとか。

ゲームの時は非常に強力なバフと特大の回復をしてくれる料理アイテムの素材、というだけでしか無かった。

故に俺は少し、ここのレアモンスターで残念に思っていたのだ。だが、思い出す、ここはリアル。

味わうというゲーム〈ダン活〉時代とは別の楽しみがある場所だ。

美食かぁ。やっべ、断然楽しみになってきた。帰ったら早速料理ギルドに調理してもらおう！

ラナの熱い視線を受けながら肉を仕舞い、再出発する。

その後の攻略は、少し順調とは言いづらい感じになってしまった。

全部、ラナがいつも以上にモンスターセンサーをビンビンに張り巡らせていたせいだ。

どうもラナはレアモンスターからドロップする美食に目がないらしい。

王宮《実家》でも滅多に食すことは出来ない物だったらしく、その目は爛々と終始レアモンスターを探していた。

何か気配を掴めば誰よりも早く反応しモンスターを見つけてくるのだ。

おかげでいつもより増々《ましまし》でモンスターを狩ることになってしまった。ラナはどんなセンサーを持っているんだろう？

まあ、たまにはこういうのも有りか。楽しかったしな。

途中、隠し扉二カ所に立ち寄って〈銀箱〉を二つゲットし、行き止まりの宝箱から〈木箱〉を三つ回収しつつ、俺たちはさらに進んでいった。

〈銀箱〉からは【調理師】系の生産職に恩恵のある〈調理器具5点（中）〉と【鍛冶師】系の生産職に恩恵のある〈鍛冶用具3点（中）〉が手に入った。

〈鍛冶用具〉はともかく〈調理器具〉の方は今後使い道が無いため売るかどうか迷うところだ。今のところ〈エデン〉に【調理師】をスカウトする予定は無い。

職業《ジョブ》持ってないけど普通に使えるものだからハンナに渡しても良いが、売って普通の調理器具を揃えるという手もある。というかその方がコスパが良い。

しかし、隠し扉の宝箱産は一度開けたら二度と手に入らない。使わないけど手元に残すか悩みどころだ。

とりあえず保留で。

そんなこんながありつつも、午後5時半過ぎ、俺たちは2体目のフィールドボスが居る階層までたどり着いたのだった。

階層は20階。

〈丘陵の恐竜ダンジョン〉では2体目のフィールドボスが出る階層だ。

ここで番をしているボスも、〈ジュラ・サウガス〉の時と同じく21層への入口で待ち構える守護型だ。つまり移動はしないので準備万端で挑む事が出来る。

「2体目のボスも守護型なのね。さっき言っていた徘徊型？　のフィールドボスは出ないの？」

「良い質問だなラナ」

20層を最短距離でボスまで進む途中ここのボスを説明しようとしたところで、ラナから鋭い質問が飛ぶ。

「実は出ないわけじゃない。〈丘陵の恐竜ダンジョン〉にも徘徊型はいるぞ。ただ出てくる階層が21層から29層の下層地帯なんだ」

徘徊型は守護型と違い、倒しても転移陣が利用できるようになるわけではない。どちらかというと、そう簡単に最奥に到らせないための妨害担当という位置づけだ。

それ故に〈丘陵の恐竜ダンジョン〉では二つのフィールドボスを倒してやっと下層へ突入、もうすぐ最奥のボスだ、というところで襲ってきたりする。

ちょっといやらしいが、ゲームではこういうアクションはよくあるのだ。

ゲーム〈ダン活〉時代、これによってしばしば全滅させられることもあった。リアルではより注意しないとな。

「じゃ、話を戻すな、2体目の守護型ボスについてだ」

一通り徘徊型について説明し終えたので、もうすぐ遭遇するだろう守護型ボスについても説明する。

「次のボスは道中出た二足歩行型の〈トルトル〉のボス型で〈ジュラ・ドルトル〉。素早いステップに加え鋭い爪《そう》攻撃、そして遠距離からの飛びかかり、踏みつけや叩き付けなどを行なってくるな。厄介なのはこれまでのボスがしていなかった『ステップ』を行なってくる点だ」

「ステップ？　ダンスのような？」

「いや、どちらかというと戦闘のステップだな。サイドステップやバックステップを多用してくるのでとにかく攻撃が当たりづらくなるんだ。聞くだけじゃ多分分からないと思うが、そうだなちょっとやってみるか」

俺は話の途中で立ち止まり有言実行するようにスッとサイドステップを踏んだり、ピョンとバックステップをしてみせる。

「こんな感じだな」

「なるほどね。確かに今までのボスと感じが違うわね」

俺のステップを見たシエラが思案顔で言う。

このステップが来るとしっかり分かっていないと結構攻撃が当たらなかったりするんだ。

相手が行動して、その行動先も含めて攻撃する。そういう意識を持たなければいけない。

さらにいくつか注意事項を全員に通達したところで、とうとう見えてきた。

〈トルトル〉とは似ても似つかないほど大きな身体。大体3メートルはあるだろうか。

今まで道中に出たザコモンとは明らかに異なる大きさ、そして威圧感。

今がゲームならボスパートのBGMが流れていたところだ。

シエラが先頭になって進むと〈ジュラ・ドルトル〉がこちらを向いた。

「ギャン！」

「行くわよ、『オーラポイント』！」

シエラの挑発スキルと共に戦闘が始まった。

一直線にシエラに向かってくる〈ジュラ・ドルトル〉が一瞬のタメの後、大きく跳躍する。

飛びかかり攻撃スキル、『恐竜キック』だ。

助走が付いているので打っ飛ばし効果がある。直撃すればダウンを取られかねない一撃だ。

まあ、シエラにはボスの行動パターンは教えておいたので余裕で対処可能だろう。

正面からシエラをどうにかするには〈ジュラ・ドルトル〉では格が足りない。

さて、シエラはどう対応するだろうか。受け止めるか、受け流すか、はたまた避けるのか。

しかし、シエラはそんな予想の上を行く。

「『カウンターバースト』！」

シエラの選択は反射スキルの『カウンターバースト』だった。タイミングが厳しいが決まれば敵に大ダメージとノックバック効果を与える強力なスキル。それを初見の相手に使用するか。しかも、

「ギャンッ⁉」

見事成功。確かに飛びかかりは予測しやすい攻撃だが初見の敵の、しかも初手で合わせに行くとか、さすがシエラなんですけど。

シエラの反撃を受けて〈ジュラ・ドルトル〉が大きくノックバックして思いっきり硬直する。もちろん俺はその隙を逃さない。シエラが『カウンターバースト』を選択した時からこうなることを予想していたので問題無く対応可能だ。

「ナイスシエラ！　『勇者の剣《ブレイブスラッシュ》』！　『ハヤブサストライク』！」

「ギャウアァッ⁉」

〈滅恐竜剣〉の特効が加わった高威力の〈ユニークスキル〉を叩き付けたことで〈ジュラ・ドルトル〉がノックバックダウンする。大チャンスだ！

「総攻撃だ！　『ライトニングスラッシュ』！　『恐竜斬り』！」

「『聖光の耀剣』！　『聖光の宝樹』！　『光の刃』！　『光の柱』！」

「アイテムは強いんだよ。行っけぇ――錬金砲――！」

俺の特効攻撃に加え、ラナの高威力魔法、ハンナのアイテムによる攻撃が刺さり、がっつりとダメージが入ったな。

そしてエステルだが、

「今日はこれで最後みたいなので使ってしまいますね。『姫騎士覚醒』！」

奥の手を発動しちゃった。

確かにこのボスで帰還する予定だったけど、そうだな。いつ使うの？　って聞かれたら、今でしょっ！　だよな。

ということで哀れ〈ジュラ・ドルトル〉。

ボス戦が開始されて早々、良いところ無しでダウンを取られ、MPを使い切る勢いのエステル本気攻撃の連打にあっけなくそのHPをゼロにしてしまうのだった。

ええ、もう終わりなの⁉　と言わんばかりに目を大きく見開きながら、〈ジュラ・ドルトル〉は膨大なエフェクトの海に沈んで消えた。

エステル、またラナに叱られるぞ、絶対。

第10話
学園・情報発信端末・誰でもチャット掲示板10

888 ：名無しの魔法使い2年生
ニュースよ。
〈エデン〉が〈中下《ちゅか》ダン〉に現れて2年生が阿鼻叫喚に
なったらしいのだわ。

889 ：名無しの冒険者2年生
ついに、この時が来たか。
というか来ちゃったのか……。

890 ：名無しの釣師1年生
ああ、冒険者さんが黄昏ています。
いったい何があったのでしょうか?

891 ：名無しの斧士2年生
1年生には関係ないかもしれないが2年生には色々あるのだ。
特に今年は色々と特殊な年だからな。
俺もそうだ。

892 ：名無しの薬師3年生
〈エデン〉はとうとう中級下位ダンジョンの攻略に乗り出したのね!
今までギルドの戦力増強に注力していたみたいだけど、
やっと進む気になったのね!

893 ：名無しの冒険者2年生
うおー!　もうちょっとゆっくりしていてもいいだろう!?

まだ入学して1ヶ月だぞ!?　慌てすぎなんじゃないか!?

894 ：名無しの釣師1年生
わあ、冒険者さんが爆発しました!

895 ：名無しの魔法使い2年生
よくあることなのだわ。
1年生は気にしなくていいのよ。

896 ：名無しの冒険者2年生
お願い!　すっごく気にして!?
追い抜く側も少しは手加減して!?

897 ：名無しの錬金2年生
何甘えた事言ってるの、もう少し努力すればいいじゃない。
それに大丈夫よ。〈エデン〉は特別なギルドだもの。
抜かされたとしてもどうと言うこともないでしょう?
むしろ冒険者は〈エデン〉に勝つ気だったの?

898 ：名無しの冒険者2年生
……考えてみたらそうだったわ。
1年生に抜かれるとばかり考えていたけど、
〈エデン〉に抜かされるのならしょうがないって思える不思議。

899 ：名無しの生産2年生
そうやってまあいいかで済ましているうちに他の1年生集団に
抜かされるのですね、分かります。

900 ：名無しの冒険者2年生
うおー!　やっぱり抜かされるのは嫌だぁ!

901 ：名無しの調査3年生

こら生産ちゃん。あんまり苛めないの。

902 ：名無しの釣師1年生

あ~、なんとなく分かってきました。

冒険者さん。強く生きてください。また釣りに行きましょう!

903 ：名無しの生産2年生

そしてのんびり釣りをしている間に抜かれるのですね。

分かります分かります。

904 ：名無しの冒険者2年生

うおー!　俺はもう釣りにはいかねぇぞ!

905 ：名無しの釣師1年生

ええ!?　冒険者さん!?

906 ：名無しの斧士2年生

2年生にはもう遊んでいる暇はなくなっちまったんだなぁ。

907 ：名無しの魔法使い2年生

1年生の時遊んでいたからこうなるのだわ。

自業自得なのよ。

908 ：名無しの冒険者2年生

世の中がきびしすぎる!?　もっと俺に優しくしてください!

909 ：名無しの釣師1年生

冒険者さん、無理をなさらないでください。

気晴らしに釣りにでも行きましょう!

910 ：名無しの冒険者2年生
やめろぉ！　俺を誘惑しないでくれぇ！

911 ：名無しの釣師1年生
ええ!?　優しくしたのに!?

11 ：名無しの神官2年生
〈エデン〉は〈ジュラパ〉に潜ったらしいぞ。

12 ：名無しの斧士2年生
〈ジュラパ〉だって？
でもあそこはモンスがとびきり強くて有名だぞ。
初級から上がってきて最初に乗り込むには不適切なダンジョンだ。

13 ：名無しの支援3年生
実はそうでもない。

14 ：名無しの神官2年生
支援の先輩だ！

15 ：名無しの戦闘2年生
我らの支援の先輩がおいでなさったぞ！

16 ：名無しの魔法使い2年生
支援の先輩、どういうことなのかしら？
確か〈恐竜ダンジョン〉は3年生もダンジョンに入ることを
拒むことで有名なダンジョンだったと思うのだけど。

17 ：名無しの支援3年生
そうだな。
確かにモンスター1体1体が強力でタフ。

さらに21層以降は徘徊型ボスによって全滅させられることが多いダンジョンだ。

その全滅率、中級下《チュカ》位でトップを誇る。

罠よりモンスターの方が全滅のリスクが高いのだと教えてくれるダンジョンだ。

18 ：名無しの神官2年生
普通は別のダンジョン行くよな。

罠は多いけど全滅のリスクが少ない〈薬玉《くすだま》の遺跡ダンジョン〉とか。

あそこは罠が天井、足元、壁の全てにあるから周囲を満遍なく警戒しなくちゃいけない、けどモンスターは弱いし、〈罠外《わなはずし》課〉と連携すれば比較的攻略はしやすい。

19 ：名無しの支援3年生
確かに比較的楽に攻略できるダンジョンはすでに周知の通りだ。

他には〈三本の木橋《もくばし》ダンジョン〉や〈盗鼠《とうねずみ》の根城ダンジョン〉なんかが有名だな。

特徴として、これらはモンスターが出にくいか、非常に弱い傾向にある。

20 ：名無しの斧士2年生
そんな中、一番攻略が難しいと言われているのが、
モンスターが非常に強力な〈丘陵の恐竜ダンジョン〉だ。
とにかく全滅するからな、あそこは。
近寄る2年生は皆無《かいむ》なんじゃないか?

21 ：名無しの支援3年生
うむ。

だが、学生にとっては攻略が難しくても教員にとっても同じとは限らない。

22 ：名無しの斧士2年生
ん?　どういう意味だ?

23 ：名無しの魔法使い2年生
攻略に対する視点、目線が違うということじゃないかしら？

24 ：名無しの支援3年生
その通りだ。
とある筋からの情報によれば〈丘陵の恐竜ダンジョン〉は10箇所の
中級下位《チュカ》の中で一番攻略がしやすいらしい。

25 ：名無しの神官2年生
はあ!?　なんでそんなことに!?
俺は〈丘陵の恐竜ダンジョン〉に挑んだことはあるが、
5層まで行ってこれ以上は無理だって引き返したら途中で全滅したぞ!?
あそこのモンスターはボスでもない通常モンスターがとにかく強いんだ!
2人いたタンクが両方吹き飛んだぞ!

26 ：名無しの支援3年生
そうだ。
同Lv帯で挑めば十中八九全滅する。
だからと言ってLvを上げて挑めば経験値の旨《うま》みが薄い。
敬遠される理由だな。
では同Lv帯だがこちらのステータスが勝っているのならどうか？

27 ：名無しの斧士2年生
何？

28 ：名無しの神官2年生
それは……。
力関係が逆転するな。

29 ：名無しの魔法使い2年生
そうね。しかも〈丘陵の恐竜ダンジョン〉は罠は少なく、地形は緩やか。
他の中級下位《チュカ》よりかなりやりやすいわ。

確かに、唯一の脅威たるモンスターが格下扱いできるなら攻略はスムーズに行くかもしれないわね。

---

30 ：名無しの支援3年生

言いたかったことが全部持っていかれてしまったが、
つまりはそういうことだ。
【勇者】は強い。強力な職業《ジョブ》だ。
加えて〈エデン〉はほぼ高位職のみで構成されたギルド。
ステータス面でも恐竜モンスターに勝っているのだとすれば、
これ以上攻略のしやすいダンジョンは中級下位《チュカ》には無いだろうな。

---

31 ：名無しの魔法使い2年生

なるほどね。それは盲点だったのだわ。
ということは【勇者】君はダンジョンにも明るい見識を
持っているのね。

---

32 ：名無しの支援3年生

今までの動向から見ても勇者氏の動きには無駄が無い。
まるで全てのダンジョンの攻略の手口を知っているかのようだ。
〈ダンジョン馬車〉の件も記憶に新しい。
上位のギルドはすでに勇者氏の攻略方法に目をつけ始めている。
今後、勇者氏の真似をするギルドが増え、
もしかすれば上級ダンジョン攻略の糸口が見つかるやもしれないぞ。

---

33 ：名無しの戦士3年生

なんだか壮大な話になってきたな。
つまり、どういうことだ?

---

34 ：名無しの戦闘2年生

お前バカだな!?
つまり勇者を見習って攻略の仕方を盗めってことだろ!?

35 ：名無しの支援3年生

そうだ。
特に〈ダンジョン馬車〉の運用は素晴らしいの一言に尽きる。
あれはダンジョン攻略にとって画期的なアイディアだぞ。
何しろ道中のモンスターも罠も全て無視して攻略優先でことを
運べるのだ。
未だ人類がほとんど足を進められていない魔境、上級下位《ジョーカー》。
ここを攻略するためにアイテムや体力の消費を抑え、攻略を飛躍的に
推し進められることが期待されている。

36 ：名無しの神官2年生

ゴクリ。今まで攻略が遅々として進んでいなかった上級下位《ジョーカー》。
あれが攻略できるようになっていくって言うのか!?
マジで壮大になってきたな!
というかマジで勇者って何もんなんだ!?

37 ：名無しの支援3年生

それは分からないが、今以上に〈エデン〉が注目されることは
間違いないだろうな。
今後、周りに遅れないためにも〈エデン〉の動向には
注視しておいた方がいいぞ。

38 ：名無しの神官2年生

了解だ!
さすが支援先輩、貴重な情報をありがとうございます!

39 ：名無しの斧士2年生

学園全体が〈エデン〉に注目し始めている?
いったい何が起こっているというのだ?

第11話　ラナ拗ねる。エステルの訪問。

「まったく！　エステルったら、本当にまったくもう！」

「ら、ラナ様。お許しくださいませ」

「エステルは全然分かっていないわ！　なんでもかんでも早く倒せば良いってものじゃないのよ！もっと楽しむべきなのよ！」

予想通り、ボスモンスター〈ジュラ・ドルトル〉があっけなくエフェクトの海に沈んだ直後、ラナがぷくっと頬を膨らませてプンスコ怒り出した。

その可愛らしい顔に俺はほっこりしたが、それを向けられたエステルは情けない顔をしている。これが格差か。

ボス戦はあっさり終わった。始まって1分掛からなかったんじゃないだろうか？

まあ『姫騎士覚醒』を使うとよく起きることだ。ボスよ、南無。

今までボス戦のために節約していたMPを全部使いきる勢いで放出するのは気持ち良いんだよなあ。俺もゲーム時代たまにやった。

仕留めきれないとMP枯渇とヘイト増大で大変なことになるが、成功したら凄く楽しいんだ。このスリルもまた良き。

そんなことを考えていると、気が付けばラナが縋《すが》るような表情で俺を見つめていた。なんだ、どうした？　なんでも縋ってくれ？

「ねえゼフィルスお願い、もう1戦やりたいの。リポップ、させて？」

そのお願いの仕方は俺の心にハートブレイクショットだった。思わず胸を押さえて「おっふ」したくなるのを歯を食いしばって耐える。

ぐぅ。や、やるじゃないかラナ。多分素だと思うが今のはいい一撃だった、なんでも言うことを聞いてしまいたくなる。

だがしかし、俺にも応えられないお願いはあるのだ。

「う、残念だがラナ、フィールドボスはリポップできないんだ」

ちょっと呻き声が洩れたがなんとか告げる。

最奥のボスとは違いフィールドボスは人為的なリポップは不可なのだ。つまり〈公式裏技戦術ボス周回〉が使えない事を意味する。

というのもフィールドボスは最奥と違い、ボス部屋に敷居が設けられていない。つまり、人数制限が無いんだ。

ボス部屋は人数5人までしか受け入れられない制限があるがフィールドボスなら何人でも参加が可能。

フィールドに登場するボスは、実をいうと複数のパーティで討伐することが可能なボスなんだ。

最上級ダンジョンのボスになると結構ヤバい、完全にギルドで攻略することが前提になっている大人数《おおにんずう》強さをしているし。

まあこれは上級や最上級ダンジョンに行った時にまた説明するとして。話がそれた。

とにかく、複数のパーティでボッコボコに出来る特性上、〈公式裏技戦術ボス周回〉はむちゃくちゃ難易度が下がってしまう。苦労せずLv上げとアイテム収集が可能となってしまう。

それはさすがに開発陣が認めるわけも無く、〈公式裏技戦術ボス周回〉はボス部屋のみ可能な戦術となっているわけだ。

〈公式裏技戦術ボス周回〉はあくまで開発陣の苦肉の策だということを忘れてはいけない。出来れば有りとしたくない戦術なのだ。開発陣にとっては、だが。

これが初級ダンジョンであれば最奥に行くのは簡単だが、中級以降は最奥に到達するにも一苦労だ。苦労とはゲームを楽しむ上で重要なスパイス。そこらへん、上手くバランス調整されている。

つまり途中のフィールドボスでLv上げされて楽々攻略されてはたまらない、ということだな。

しかし現在の状況ではできればリポップ機能をつけてほしかったと思わざるを得ない。

裏話を省略して掻い摘んで説明したところ、ラナがガーンと背後に雷を幻視するほどショックを受けていたからだ。

おおう。普段元気いっぱいのラナに影が……。相当落ち込んでいるっぽい。

「う、うう～」

「ああ、ラナ様……」

まあ、エステルのあの対応も攻略という意味ではベストを尽くしたと言えるのだが、ラナはボス

戦を楽しみにしていたのであんなにあっさり終わらせたくは無かったんだな。まさかここまでショックを受けるとは。

その後、落ち込むラナをエステルを除く全員で励ましてみたが、どんよりとした影が晴れることは無く、その日は帰還となったのだった。

〈ジュラ・ドルトル〉を倒したことにより20層の転移陣が起動し、それに乗って今日の攻略を終える。

〈中下ダン〉に帰還すると何やら周りが喧騒に包まれていて、その視線は俺たちに注がれているような気がしたが、気にしている余裕は無く、ラナとエステルはそのまま貴族舎に帰ると言うので3人でそれを見送ったのだった。

ハンナも錬金のノルマがあるとのことでここで別れ、後にはシエラと俺が残された。

「ちょっと心配ね。ラナ殿下も早く切り替えられればいいのだけれど」

「楽しみを奪われた子どもみたいだったな。いや、ラナは子どもだけどさ」

「あなたもでしょう。楽しみを奪われて平静でいられるかしら?」

「うーむ。不可能かもしれない」

「ほら、あなたも同じじゃない」

シエラの言葉に反論出来ない件。

ラナの反応を大げさに思ったりもしたが、自分の身に降りかかったらと思うと笑えなくなった。

ベストを尽くしたエステルではあったが、ちょっとタイミングが悪かったな。

「早く仲直りしてほしいわね。あの2人が仲違《なかたが》いをしているところなんて見たくないもの」

「まあ、それに関しては同意だが。大丈夫だろ、小さい頃からの付き合いだって言うし」

俺はこの時楽観的に考えていた。

ゲームで落ち込んだりテンション振り切れたりなんて日常茶飯事《にちじょうさはんじ》だ。だから今は落ち込んでいようともすぐにまた戻るだろう。そう思っていた。

夜になり、部屋にエステルが訪ねてくるまでは。

「ゼフィルス殿、どうかラナ様との仲直りの方法を伝授してほしいのです」

俺にも伝授出来るものと出来ないものがあるぞエステル？


初めてリアルで中級ダンジョンに挑んだその夜のことだ。

1人のとても発育の良い女子が俺の部屋へと訪れていた。もちろんエステルのことだ。

少し落ち着きなさそうにソワソワしながらチラチラと部屋を窺う彼女。

その部屋にいるのは1人の男子と1人の女子だけ。

こんな時間に1人で男子の部屋にお邪魔するなんてどういうつもりだろうか。

しかも、その格好がいつもの姿と違いすぎる。

なんと彼女はピンクのパジャマ姿だったのだ。とても夜の男子の部屋にお邪魔する格好ではない。

いや、むしろ正装なのだろうか？　俺には難しすぎて判断がつかない。ごくり。

俺が部屋で寛ぎつつ〈学生手帳《スマホ》〉を使って日課の情報収集をしていると、アポ無しで部屋がノックされ、開けて見ると今の格好の彼女がいた。なんの前触れも無かったから驚いたものだ。

さすがにその格好では立ち話はまずいので部屋に招きいれて今に至る。

果たしてどんな用件だろうか。いや、最初に言われたから分かっている。だが、部屋に訪ねるための建前という可能性もある。ごくり。

若者がハイになる夜という時間にパジャマ姿で男子の部屋に訪れたのだからな。別の理由も無きにしも非《あら》ず、そう想像を膨らませるには十分だった。しかし、現実は違った。

「ラナ様との仲直りの方法を伝授してほしいのです」

本当にそれだけらしい、思わず「帰れ」と言いそうになった。

「エステル。男心を弄《もてあそ》んで楽しいか？」

「⁇」

「いや、なんでもない」

主共々天然すぎやしないだろうか？

なんてことは無い。ただの相談であった。
※〈ダン活〉は年齢制限Ｂ（12歳以上）のゲームです。
ふぅ。ちょっと落ち着こう。

エステルは小首を傾げていてさっぱり今の状況の持つ意味合いが分かっていない様子だ。さすがラナの従者、清《きよ》い。

エステルは従者という立場上、普段は俺たちのパーティでも1歩下がった位置にいる。

それ故に目立つことはあまり無いが、普通に美少女である。しかも女性が10名も在籍する〈エデ

ン〉で一目瞭然な圧倒的発育力を誇る美少女だ。とある攻撃力でも〈エデン〉のトップに君臨している。

またラナによれば、同学年という括りですらエステルを越える逸材には未だ出会ったことが無いとのことだ。つまり同学年でもトップクラスの大きさということ。それは見れば誰もが納得するだろう。

普段はドレスアーマーという装甲に隠された人類の装甲は、現在パジャマをダイナミックに押し上げている。とても目のやり場に困る光景だ。

そんな彼女がパジャマ姿で部屋にやってきたのだから期待するなと言う方が難しい。

結局思い違いだったみたいだけど。

まあ、頼られること自体は嫌いじゃないので追い返すことも無く相談を聞くことにした。

「それで、まだラナとは喧嘩中なのか？」

「い、いえいえいえいえ！　喧嘩なんて滅相も無いです。ただ少し仲違いというか、口を開けていただければ『も～、も～』と言うばかりでして。その」

王族《ラナ》と喧嘩という言葉にエステルがすごい勢いで否定する。

どうやらラナはご立腹《りっぷく》過ぎて牛になってしまったみたいだ。

まだラナが落ち込んでいるのは継続しているらしく、エステルは怒られてばかりなのだそうだ。

「その、『も～』と怒られるのも、新鮮で良いのですが」

「お、解決か？　相談は終わりだな」

「い、いいえ。申し訳ありません。とても困っております。どうにかラナ様に普通に口を利いていただく方法を伝授していただきたいと参上いたしました！」

なにか寝ぼけた発言が飛び出したがエステルが困っているのは本当らしい。

まあ、最近エステルには御者ばかりさせてしまいすごくお世話になっている。

困っているというのなら助けてあげたい。

ただちょっと、満更でもないというか、少し楽しそうなのがなぁ。本当に困ってる？

……まあいい。

「今の話を聞く限りラナは落ち込んでいるだけだろう。だから無理矢理にでもテンションを上げることができれば解決しそうだな」

「さ、さすがゼフィルス殿。すばらしい洞察力です」

ふ、褒められるのは嫌いじゃない。

むしろもっと褒めて良いまである。

「問題は下がったテンションをどうすれば上げられるかだが」

「それならラナ様の好きな物で釣ればいけそうですね」

「エステルも釣るとか言うんだな」

「いえ。今のは言葉の綾です。忘れていただければと」

とりあえずご機嫌取りをすることに決まった。

ということでプレゼントを選ぶ。

「そういえばラナって何が好きなんだ？」

「そうですね、……実はラナ様は、かわいい物が好きです」

知ってます。

そんな、意外にも……みたいな雰囲気出されても周知の事実だからなそれ。

「あとは恋物語全般がお好きですね。毎日必ず何かしらのご本をお読みになられています」

「へぇ、毎日読むほどか、そいつは知らなかったな」

恋物語が好きという話は以前小耳に挟んだが毎日読むほどというのは初耳だった。

そういえばラナたちがいつも何をしているのかとか何も知らなかったな。

今度はその辺のコミュニケーションも取ってみようと決める。

「じゃあ恋物語の本でもプレゼントするか。ラナが好きな物の方向性は分かるんだろ？」

「それはもう、護衛の嗜《たしな》みとして。ですがラナ様の積読《つんどく》はかなりの量でして。ダブってしまわないか心配です」

「あ～。なるほど。じゃあ別のにしておくか」

護衛の嗜みかは分からないがエステルはばっちりラナの好みは把握しているらしい。しかし蔵書《ぞうしょ》量までは把握していないとのこと。仲直りのためのプレゼントがすでに持っているやつとか目も当てられない、やめておいた方が無難かな。

ちなみに積読とは蔵書している未読の本のことである。

「じゃあ、可愛いものでも贈ろうか。確かシエラがルル用にってたくさんのぬいぐるみを買っていたはずだから分けてもらったらどうだ？　もしくは売っている場所を紹介してもらうとか」

「あ、そうですね。それは良い考えです。早速行ってみます」

「おう、気をつけてな。というかその姿を他の男に見られるなよ〜」

貴族舎は1階と2階が男子部屋、そして3階と4階が女子部屋である。同じ寮なので行き来は出来るがこの時間に女子部屋のある階に男子が潜入するのはよろしくない。

ということで俺が出来るのもここまでだ。

あとは、エステルにその格好《パジャマ姿》を不用意に他の男子に見せないよう言っておいた。あまり理解しているようには見えなかったが。

「⁇　はい。ゼフィルス殿、ご相談に乗っていただき誠にありがとうございました」

「いいっていいって気にするな。じゃあまた明日な」

「はい。また明日、教室で」

そう言ってエステルは去っていった。

なんだったんだろうか今の相談は。無駄に緊張した。主にエステルの格好に。

まあでも解決しそうで良かったよ。

ふう。


その後の話である。

結局エステルはあの後、言われたとおりシエラの部屋に行きぬいぐるみを譲ってもらい、ラナにプレゼントしたらしい。

そして無事に気に入ってもらえて仲直り出来たそうだ。良かったなエステル。

第12話　クラスメイトと交流。男子だらけのダンジョン探索。

週明けの月曜日。

今日からは通常授業がある。学園に入学して1ヶ月以上経ったが、ようやく普通の授業である。

まあ普通の授業があるのは〈戦闘課7組〉までで、それ以降の〈戦闘課8組〉から〈戦闘課127組〉まではまず戦闘訓練でLv上げの授業が組まれているらしい。

〈戦闘課〉の中でも7組までの210名ほどしかLv上げをしていないということだな。

8組以降は職業《ジョブ》に就いただけでLv0の学生たちだ。

つまり、それだけですでに授業に開きが出来ていることに他ならない。

この学園ではクラスの番号が若くなるほど優秀な者が集められる。その筆頭が1組だな。それ故に授業の質が変わってくる。1組に近づくほど授業の質は高くなり、127組に近づくほど低くなるといった案配。

127組に近いほうが授業は楽だが、就活は難航するということだな。

今後の人生をより豊かにするためにも、8組以降の学生たちはこの差を覆そうと日々邁進しなければならない。何しろ授業の質に差が有るのだ。何もしなければ上の組との差はどんどん開いていくだろう。

また現在は上位のクラスに在籍している学生も油断は出来ない。

今回《1年生》のクラス分けはまだドングリの背比べに過ぎないのだから。

努力を怠れば簡単に転がり落ちていくだろう。２年生になった時のクラス分けが今後の人生を決めると言っても過言ではない。

故に〈ダン活〉の学生は非常に勤勉である。というのがゲーム〈ダン活〉の設定だった。

しかし、そんな背景をものともしない輩が約４名、朝から俺に絡んできた。

「ダンジョン攻略を一緒にする？」

「そうだ。我は確かに今の貴様よりＬｖが低い。認めよう。だが実力なら貴様以上だと自負している」

そう語るのはその４人の男子学生の中で最も職業《ジョブ》Ｌｖが高いサターンだ。

なぜそこまで自信があるのかが俺にはさっぱり分からない。

いや、さすがに差は歴然だと思うぞ？

「ふふ、驚くのも無理はありませんね。ですが彼だけではありません。僕も実力ではあなたを凌駕していると思っています。その証拠に、僕はこの数日で【大剣豪Ｌｖ20】に昇華しています」

不敵に笑うのは【大剣豪】に就いているジーロンだ。

Ｌｖ20になったから、なんだと言うのだろうか？

「先に言われてしまったな。俺たちはここ数日、地獄の特訓を重ねてきた。今なら負けはない」

続いて腕を組みながら自信満々に言うのは【大戦斧士】のトマ。

すでにＬｖが負けているのですがそれは？

「俺様を忘れてもらっちゃ困るな。先頭に立つのはいつだって戦士の役割だって事を教えてやる」

俺様が一人称のちょっと忘れられやすい彼は【大戦士】のヘルク。

いや結構です。絶対俺のほうが詳しいし。

今日の朝、朝礼もまだの時間にいきなり俺の席を囲んだかと思うと、彼らは切り出した。

「どうだゼフィルスよ。今日は我らと共にダンジョンへ行かないか？」

今日の放課後、一緒にダンジョン攻略しようという内容のようだったが、彼らの話を聞く限り自分の力を見せ付けてマウントを取りたいだけに見える気がするな。

というかプライド高いな！

アレだけの差と失態を経験すればへし折れるかと思っていたが、元気バリバリのようだ。ずいぶんと、図太い。プライドが。

まあ、へこまれるよりは良いのだろう。猛特訓したみたいだし。良い方向に転がっている様子だ。

聞いてみると、サターンが【大魔道士Ｌｖ22】に、他の男子は全員Ｌｖ20に上がり二段階目のツリーが開放されたそうだ。

なるほど。それで自分は強くなったと増長した彼らが絡んできたのだろう。

だが、残念ながら二段階目ツリーと三段階目ツリーの間には越えられない壁がある。どうやっても俺に勝てないと思うぞ？

「どうしたゼフィルス。我らとダンジョン攻略したくないのか？　俺たちさえ組めば初級ダンジョンなど恐れるに足りない」

サターンが代表して言う。

まあそりゃあそうだろう。俺は昨日の探索で【勇者Lv51】になったし、すでに初級ダンジョンを卒業した身である。むしろ俺1人で無双出来るから君たちいらないまであるぞ。

まあ本当のことを言うと傷付けてしまうかもなので言わないけど。

ふむ、そうだな、何で俺とダンジョン攻略したいと言い出したのか考えてみよう。

うーん。……パッと考えつくところだと、俺と交流、ないし仲良くしたいのかな？

彼らもあの自己紹介でやらかした手前、〈エデン〉のメンバーとは気まずい溝が出来てしまっている。ギルドマスターと対立（？）したのだから当然だ。

しかし、このクラス1組はその三分の一以上が〈エデン〉のメンバーである。これではクラスで肩身が狭いだろう。

故に和睦《わぼく》という意味で俺と仲良くしている風に見せたいんじゃないか？

教室で話しかけてきたのがその証拠だ。絡みづらい相手に勇気を持って遊びに誘ってきたのだと思う方がしっくり来る。

言い方はプライドが高すぎて素直になれなかっただけだろう。まだ16歳だしな。

そういうことならば俺も遊びに行くのはやぶさかではない。クラスメイトとは交流しておいた方がいいだろうしな。

「いいぞ。一緒にダンジョンに行こうか」

「！　ふふ。決まりですね」

ジーロンは頭に「ふふ」と付けるのがクセなのだろうか？

でも笑っているし、少し嬉しそうだ。と思う。

「あ、そうだ。ついでにあと1人誘っていいか？」

「ぬう？　この5人でパーティだ。これ以上は人数オーバーだぞ？」

トマの言うとおり、俺を含めれば5人パーティの完成だ。

〈ダン活〉はパーティの人数は5人まで、普通ならもう1人増やすことなんて出来ないが、何事も例外はある。

「いや〈採集課〉の知り合いも誘おうかと思ってな。どうせ行くなら採取は出来た方がいいだろ？」

「なるほど。〈『ゲスト』の腕輪〉だな。俺様に異論は無い」

お、ヘルクは〈『ゲスト』の腕輪〉のことを知っていたらしい。何気に博識だ。

他の3人は知らないようなので軽く説明して了承してもらった。

「戦いに参加しないのならば構わない。せいぜい我の足を引っ張らないことだな」

「ふふ、ではまた放課後に」

そう残して彼らは席に戻っていった。

さて、金曜日から間が空いてしまったが、早速モナを誘ってダンジョンに行くか。

俺は懐から〈学生手帳《スマホ》〉を取り出した。

「あの、本日はお誘いいただきありがとうございます！　感激です！」

「おう。よろしくなモナ」

授業も終わって放課後。場所は〈戦闘課〉と〈採集課〉の校舎の中間あたり。ここでモナと合流していた。

先ほどチャットを交わして無事オーケーがもらえたので、モナとも一緒にダンジョンへ遊びに行くことになった。

ちなみにだが、今日の授業は通常授業だった。国語、数学、歴史が2時間ずつである。

正直、超面白かった。

特に国語と歴史、俺の知らない〈ダン活〉の設定がてんこ盛りだった。

もうむしゃぶりつく勢いで教科書を読破してしまったよ。

特に歴史が最高だった。今度〈大図書館〉でそっち系の本をたくさん読ませてもらおうと決意する。むしろ決定事項。データベースとしてこれは譲れない！

しかしそれに比べ、数学は大したことなかったな。小中学生レベル？　まあ今まで村人だった一般人には難しいかもしれないが、現代日本で受験なども経験した俺の敵ではなかった。ハンナ大丈夫かなぁ。少し心配だ。

確か、村は学校こそなかったが一般教養を教えるための施設はあったらしく、ハンナもそこで勉強はしていたらしいが。まあ、泣きついてきたら教えてあげよう。幼馴染だからな。

ふう。学校の授業が楽しすぎて少しはしゃいでしまった。

そして楽しい時間はまだまだ続く。今度はダンジョン攻略だ！

「そいつがさっき言っていた〈採集課〉の学生か？」

俺の後ろについてきていたサターンが聞いてくる。

「ああ。モナって言うんだ、少し引っ込み思案だが仲良くしてくれ。——モナ、こいつはサターン。少し変なやつだが気にしないようにな」

「は、はい！」

「おい！　変な奴とはどういう意味だ！」

サターンがなにやら叫んでいるが、華麗にスルーして残りの3人も紹介していく。

ちなみに言葉の通りの意味である。

「とりあえず今日はこれから初ダンに向かおうと思うんだ」

「おい！　さっきの話がまだ終わっていないのに何を先に進もうとしているのだ。いや、むしろ仕切るのは我の仕事だ！」

「ふふ、待ってください。仕切るのはどう考えても僕の仕事でしょう」

「おいおい寝ぼけたことを言うな。俺こそがリーダーだ」

「俺様を忘れてもらっちゃ困るぜ。俺様こそが真のリーダーだ！」

なんかいきなりリーダー争いをし始めた俺のクラスメイトたち。何をやってるんだろうか？

「ほへぇ。仲が良いんですねぇ」

どうやらモナにはこの口論がじゃれているように見えるらしい。

そう考えると遊んでいるように見えるような気がしてくる。

まあ、落ち着くまで放っておこう。とりあえず足だけ動かして俺たち一行は〈初ダン〉へ向かう。

「あ、そういえば僕ようやく【ファーマーLv2】になりました！」

「お！　おめでとう！」

有言実行。モナも訓練を頑張っているらしい。

スラリポマラソンは身内《ギルドメンバー》にしか教えていないので悪いがモナは対象外である。

そのため訓練でLvを上げるしかないが、Lv2まで上げるのは結構キツイ。俺も経験したから分かる。それをこの短期間に上げてきたのだからモナの努力は本物だ。

これからも頑張ることができればその時は専属契約を交わしてもいいと思っている。

ま、全てはモナの頑張り次第だな。〈採集課9組〉という低い位置にいるが、1組にも負けない採取マスターになれることを祈っている。少なからず俺も手伝う予定なので多分負けないだろうと思うが。

とそこへ、俺たちの会話を聞いていたサターンが話し掛けてきた。

「ちょっと待て。俺たちがこれから行くのは初級中位ダンジョンだぞ。Lv2じゃ入れないだろう？」

「ん？　ああ、そこは安心してほしい。〈『ゲスト』の腕輪〉で問題なく入れるから」

〈『ゲスト』の腕輪〉は装備した者のLv関係なく、パーティの平均Lvと同等の扱いを受ける。

つまりモナはLv2だがこのパーティの平均、Lv26相当と認識され、ダンジョンについていくことが可能なのだ。そうじゃなきゃモンスターと戦えない生産職や採集職はダンジョンに潜れないからな。

もちろん攻略者の証も必要ないぞ。

ただ一点、条件を満たしていないダンジョンに入ると、出るまで〈『ゲスト』の腕輪〉は外せなくなるので注意だ。モンスターを攻撃して故意に破壊することは出来るがあまりオススメしない。だって普通に危険だから。モンスターに狙われるようになる。

そんな話をサターンほか、〈『ゲスト』の腕輪〉のことを知らない2人にも説明した。

サターンはモナの腕に装備してあるそれを感心したように見つめて言う。

「ほう。便利なアイテムなのだな」

「だなぁ。これ下手な〈金箱〉産より価値があるからな。――あ、当然破壊されたら学園に弁償だから。ウン百万請求されるだろうから絶対壊すなよ」

「も、もちろんですよ」

モナが表情を引きつらせて壊れたおもちゃのようにブンブンと頷く。

「まあ、そんなわけで俺たちはモンスターを蹴散らすからモナは採取を頼むな」

「ま、任せてください！　それで、今日はどこに行くのですか？」

「今日は採取も出来る初級中位ダンジョン。〈野草の草原ダンジョン〉に行こうと思う」

というわけで、本日はゴブリン狩りだ！

「フッハハハハハハ！　これが我の力、【大魔道士】の力だ！　受けてみよ軟弱なゴブリンめ、『メガフレア』！」

「ゴビュ！」

高笑いをしながらサターンがゴブリンを一撃で屠る。

「次は僕の番でしょう。あなただけに良いところは渡せませんよ。『三斬《みかぎ》り』！」

「ギャギャギャ⁉」

「は！　一撃で屠ってこそ強者の証！　故に斧こそが最強だ！　うぉぉぉ『大斧割《だいふわ》り』！」

「ビュッ⁉」

「俺様を忘れるな！　俺様が敵を引きつけるからこそお前たちが安全に戦えると理解しろ！　さあザコ共俺様の下へ来い、『ファイトー』！」

ジーロンが〈ゴブリン〉を三連続斬りで切り捨て、トマが大きな振りかぶりからの一撃で屠り、そしてヘルクが無駄に挑発スキルを使って残り1匹になったゴブリンを引きつける。

「はわわ。1組の〈戦闘課〉ってこんなに凄いんですか⁉」

「いや。あれはまだまだ初心者だぞ」

全員MPの配分が全然出来ていない。それぞれが好き放題ぶっ放しているだけだ。

まあ派手には見えるが、ゴブリン相手にはオーバーキルだな。

ヘルクなんてもうヘイトを取る必要も無いのに過剰に取っている。ほら、すぐにジーロンにゴブリンが斬られて戦闘終了だ。最後の『ファイトー』を使った意味が無い。

しかし、ふむ。これがこの世界の普通の戦闘なのだろうか？

確かにこんな戦い方をしていれば中級ダンジョンで手をこまねいているというのも分かる。

いやいや、そんなはず無いな。スタミナ配分なんて初歩の初歩だ。

つまりまだ彼らが職業《ジョブ》を使いこなせていないだけだろう。

まだ職業《ジョブ》に就いて長くても一ヶ月だからな。

どうしようかなぁ。教えてやろうか迷う。しかし、どうせ学園の授業でも習うだろうし、俺が教える必要は無い。

でもなぁ。クラス対抗戦ギルドバトルなんかがあるからなぁ。クラスメイトが弱いとそのしわ寄せが俺たちに来るんだよなぁ。

俺がサターンたちの事について思い悩んでいると、一仕事終えてきたといった風に髪をかき上げてサターンが言う。

「ふっ、どうだったかな、我の戦い方は。何か参考になったなら嬉しいな」

「くっ⁉」

サターンの顔がピエロとダブった！　笑いを耐えるのが大変なんだぞ。いきなりボケをかまさないでくれ！

ふう、なんとか落ち着いてきた。少し参考になったな。こういう初心者がクラス内に多いかもしれないと分かったし。

とりあえず聞かれたので答える。

「サターンは全くの初心者だな」

「な、なにおう⁉」

まさか初心者呼ばわりされると思っていなかったのか、サターンが目を見開いて素《す》っ頓狂《とんきょう》な声を上げた。

自覚がなかったかぁ。

あれだけやっていて自覚がないとか相当だが、しかし高火力の職業《ジョブ》だとよくこういうことがあるらしい。何しろ全部一撃だからな。自分がどの程度の強さなのか分かってないことが多いのだ。多分聞いたら、俺は最強だと答えるだろう。間違いない。

しかたない。クラスメイトのよしみで少し教えてやろう。

「ゴブリン相手に『メガフレア』の連発しかしないし、というかＩＮＴ凄く高いみたいだから『メガフレア』の二つ下の『フレア』で倒せるからＭＰの無駄遣いだ。もう8層まで降りてきているのに改めようともしないし、そんなんでは最下層に着く前にＭＰ切れを起こすぞ。とても賢い攻略とは言えないな」

「な、な、なん、だとぉ⁉」

「あと後衛の【大魔道士】なのに前に出すぎだ。なんで前衛に近い位置にまで前に出てるんだ、もっと後衛にいろ。あと倒すばっかりに傾倒しすぎだ、もっと他のメンバーのフォローもしろ、パーティ戦だぞ。あとあんなに近くで撃っていたのに何回か外していたな。射撃の練習が足りていないんじゃないか？　遠くから撃って回避されるなら分かるが、サターンのは狙いがズレている。調整した方が良い。まだあるぞ——」

少し教えてやるつもりが、言い出したら止まらなくなってきた。

サターンは職業《ジョブ》の強さに引っ張られすぎて戦闘訓練を怠っていた様子だ。

その心意気は買うが、最低限の練習はした方がサターンのためだろう。

ここは心を鬼にしてサターンに直すべき場所を伝える。別にクラス対抗戦ギルドバトルの足手まといを減らしたかったというわけではない。

「う、うう。ううう――」

俺に改善点を言われている間、サターンは妙に静かだった。

ふと我に返って彼を見つめると、何故か膝を地面に突け、顔面をめり込みそうになるくらい強く地面に押しつけているサターンがいた。

何をしているんだろうか？　何故かすすり泣くような声が聞こえてくる気がしたが、多分気のせいだろう。

「ふ、ふふ。お、おかしいですね何故か足に震えが」

「あんなになるまで説教するなんて、鬼かよ」

「ありゃひでぇ。凹みすぎて顔面が地面にめり込んでやがる。プライドへし折る気かよ」

何故か風評被害を受ける俺。他の3人から何か恐ろしいものを見たような視線を受けた。

おかしいな。まるで俺がしでかしたみたいな言い方だ。

ちなみにモナは今さっき見つけた採取ポイントで採取している最中で聞いてはいない。

「さて、サターンはこんなところだろう。――次は」

「「「次……、次ぃっ!?」」」

最初理解を拒むかのように俺の発言を繰り返し、その後意味を理解して驚愕する3人に俺は向きなおる。

ついでだ。これから1年間同じクラスなのだし、俺も彼らとは仲良くしたい。

〈ダン活〉については任せてくれ。誰よりも知識はあると自負している。

「君たちにも山ほど修正点があるぞ。教えてやるからよく聞いてくれ」

「「「いいっ⁉」」」

その日、少年たちは成長した。俺のアドバイスのおかげだな！


「ふふ、ふふふ、フフフフ――」

「悪魔だ。あいつは悪魔だ」

「マジ鬼だぜ……。俺様にここまで言うなんて。親にすら怒られたことないのに……」

何故かアドバイスを送ったら他の３人もサターンの後を追った。

こいつら、メンタルが凄く弱いな！　びっくりしたわ！

挙げ句の果てには、そこまで言うなら実力を見せてみろ、とか言い始めたのでちょうど襲ってきたゴブリン3体相手に通常攻撃のみで秒殺したら大人しくなった。地面に膝を突いたとも言う。

ふう、俺もだいぶ成長したなぁ。Ｌｖだけじゃなく、プレイヤースキルもだいぶ上達してきた気がする。

自分の戦果に満足している俺とは違い、彼らの凹みっぷりは地面にめり込むレベルだった。

ちょっと、初心者に言い過ぎたか？

「ゼフィルスさん。これはいったいどうしたんですか？」

採取の旅から帰ってきたモナが、大の男４人が膝と頭を地面に付けている光景を見てキョドる。

「職業《ジョブ》を効率よく運用出来るようアドバイスを送ったら、自分がいかにへっぽこなのか自覚してこうなった、みたいだ」

「ありゃぁ～。ゼフィルスさんって本当に凄いですから。僕もあのメモを最初に読んだ時、雷に打たれた思いでしたし」

何か経験があったのかモナが納得顔で彼らを見る。

しかし、元々プライドが高くなりすぎた彼らだ、この程度で折れはしなかった。

歯を食いしばるような顔をしてこちらを向く。

「へっぽこ……。このサターンが、へっぽこ、だとぉ！」

「ふふ。その言葉は、聞き逃せませんね」

「俺を舐めたこと、後悔させてやる」

「俺様をここまで凹ました奴は貴様が初めてだ！」

おお！　さすが1組男子。負けん気が強い。もう復活したぞ。

そうこなくっちゃな！

「よしその意気だ！　今日は俺がビシバシ指導してやるからな。頑張って上手くなろうぜ！」

俺も彼らのやる気に応えようとしっかり指導することを約束する。

しかし、約束された彼らに一瞬凄い影が差した気がした。なんだろう、絶望感？　悲愴感？　そんな感情が表情に表れた気がしたがきっと気のせいだろう。

証拠にサターンが決意を込めて言う。

「くっ⁉　いや、この我が、このサターンが負けるものか！　いいだろう、その指導とやら、耐えきってみせるぞ！」

サターンが言えば他の３人も続く。

「ふふ、ふふふ。僕だって負けませんよ。サターン、君にだけ先に行かせるわけがないでしょう」

「俺だって負けけん！　この中で俺こそがトップの強者だと思い知らせてやる！」

「俺様を忘れてもらっちゃ困るな。俺様こそが真の強者だとすぐに分かるだろうぜ」

ライバルには負けられないと言ったところか。３人が奮起する。青春を感じるなぁ。

いいだろう。初の野良パーティだし少し彼らに合わせようと思っていたが、彼らが全力で学びたいというのなら俺も応えてやろうと思う。同じクラスのよしみだ。

まあ野良だからさほど時間も無いし、色々詰め込むのでハードかもしれないが頑張ってほしい。

じゃ、続きと行こうか。


「ほらサターン、狙いが甘いぞ！　ちゃんと狙え！　デカい魔法に頼るな！」

「ぐおおぉぉぉぉ！　『フレア』ぁぁぁ‼」

サターンの魔法がゴブリンに飛来するが狙いが甘く、避けられる以前に当たる軌道にすらなっていない。当然ゴブリンをスルーして飛んでいき、サターンの魔法は無駄に終わる。

先ほどからサターンには後衛から魔法を撃たせているのだが、思った以上に命中率が低い。というか一発も当たってない。

彼が前衛付近まで前へ出ていたのは、この命中率の無さをごまかすためだったみたいだ。

当たれば一撃な『フレア』だが、当たらなければ無意味である。

サターンは今までその圧倒的な攻撃力のみでモンスターを殲滅していたみたいだが、それはザコだから通じる手段だ。今後中級ダンジョンに挑んだら確実に詰むな。

今のうちにちゃんとしたやり方を身につけておいた方が良いだろう。

ちなみに他の3人だが、こいつらは前衛なので攻撃が当たらないなんてことは無い。

そのため俺の指導によりここ数時間でなかなかの成長を見せていた。半ばやけくそみたいに見える時もあるが。

というわけでまったく成長の兆しが見えないのはサターンだけだ。

「クソぉぉぉ！　やってられるかぁ！　『メガフレア』ぁぁぁ！」

ついに癇癪を起こしたサターンが二段階目ツリーの『メガフレア』を使ってしまう。

しかし、ゴブリンに当たらない。命中率が悪い。

「ノオオォォォォォ⁉」

サターンが膝から崩れ落ちた。

渾身の一撃も命中せず、凹み度が進行している。

「我は、サターン、偉大な【大魔道士】、サターンなのだ――――」

ついには地面に向かって自己紹介まで始めた。

相当キテいるかもしれない。

「うーん。こりゃダンジョンの前にまず命中率を上げる練習をしなくちゃどうしようもないな」

今のままでは戦力外だ。良くこれでここまで来られたものである。逆に凄い。

あと前衛組の視線が痛い。

「ふふ、また凹ませていますね」

「悪魔かよ」

「俺様だからこそ耐えられるのだ。こんなスパルタ指導をされればああなるに決まっているというのにな」

いや、そんなハードな事言ってないぞ？

むしろそれ以前の段階だ。

結局MPが底を突いたサターンには休んでいてもらい、前衛組たちだけでその後は進んだ。

そして夕方、俺たちは最奥の救済場所《セーフティエリア》にたどり着き、少しの休息の後、ボス戦へと突入したのだった。

「ゴ、ゴビュゥゥ……」

ナイトゴブリンが膨大なエフェクトをまき散らして沈んで消える。

ナイトゴブリン戦は簡単に終了した。

俺が本気を出した結果だ。１分持たなかったな。

他の５人は呆然とそれを眺めていた。モナ以外は若干引いていた気もする。

いや、実はボス戦に挑む前にちょっとしたトラブルがあったのだ。

最初は彼ら４人にボス戦をやらせようと思ったんだけどな。だけど気がついた、俺、今日は全然ダンジョンで楽しんでないって。

だから最後のボス戦くらい俺も参加しようと思ったわけだ。

だけど、そこで４人から意見が上がった。

「まず貴様の実力を見せてもらおうか。我に散々ダメ出しをした貴様の実力を、な。もし大《たい》したことが無ければ相応の扱いをさせてもらおう」

そんなことをサターンが言い始めたのが切っ掛けだった気がする。

さっきまで凹んでいたはずなのに復活だけは早いなサターン。まあ、言いたいことは分かる。

その意見に他の３人も同意を示した。

「ふふ。ちょうどボス戦ですし、いい機会ですね」

「俺たちにあれだけ言ったのだ。まさか口だけでは無いよな？」

「なんなら俺様にリーダーの枠を譲ってくれてもいいんだぜ？」

確かに口だけの人にあーだこーだ言われたくないというのは分かる。ならば証明して見せようではないか！　手始めに俺はサササッと今までの実績を胸に着ける。

行くぜ？　俺の胸に光るこの攻略者の証が目に入らぬか⁉　キラリ。

「くっ⁉　だが、それは仲間が良かっただけかもしれないだろう。〈エデン〉は伝説の職業《ジョブ》ばかり、だからな！」

俺の耀く証を見つめて一瞬怯んだサターンが苦し紛れに言い訳を放つ。彼の足が震えている気がするのは気のせいだろうか？　いや、気のせいでは無い。ふふふ、効いてる効いてる。

ついでに俺がここのレアボスをソロで倒したと知ったらどんな顔をするだろうか、ちょっと見てみたい。

ということで言ってみた。

「俺はここのボスに初挑戦する時ちょうどレアボスがポップしてな、ソロで倒したんだぜ？」

「ふふ⁉　ふふふ。そんな、ありえませんね。計算するまでもありませんよ」

「つ、吐《つ》くならもっと、マシな嘘を吐いてほしいものだな……」

「俺様もソロは無謀だと分かるぞ。そ、そんな嘘には惑わされない！」

否定しつつもキョドる３人。全員目が泳ぎまくっている。

なんとなく今の話が実はマジだと分かったのかもしれない。

サターンなんて顔色が青くなっている。

「まあ、４人の意見は分かった。なら俺も本気で挑もう。次のボス戦は俺も参加する」

ということで俺も戦闘メンバーに加わることにしたのだ。

彼らが知りたいのは俺の実力だろう。

確かに、教える側が貧弱では教わる側も思うところがあるだろう。

故に、今回は本気を出すと決めた。

モナには門を潜ったところで待っていてもらい、いざ戦闘開始。

俺はやってくるお供ゴブリンを無視してナイトゴブリンに肉薄すると、ユニークスキルを二つ発動して一気に叩き込んだ。

「行くぜ！　これが【勇者】の本気だー‼　『勇気《ブレイブハート》』！　からの――『勇者の剣《ブレイブスラッシュ》』！」

「ゴブオオオ⁉」

ぶった切られて一気に大ダメージを負ったナイトゴブリンがクリティカルダウンしたのでチャンスとばかりに猛攻撃を掛けたらそれでＨＰがゼロになり、戦闘が終了してしまったのだ。

呆気ない戦闘であった。やっぱり初手でクリティカル決まったのが大きかったな。

こういうのも楽しいから良しだ。

ちなみにお供はボスが消えた時点で一緒に消えている。

「こんなところだが、足りていたかな？　俺の実力は」

そう聞くと、唖然としていたモナ以外の４人がブンブンと首を縦に振って頷いた。

ちょっとやり過ぎたかなぁと思ったが、ちゃんと認めてくれて良かったよ。

「じゃ、とりあえず今日はお疲れ様。また明日も頑張ろうな」

「！」

「ふ⁉」

「きょ、今日だけじゃないのか⁉」

「俺様はもう十分だと思うぞ！」

何故か明日も遊びに誘うとビクッとする4人。ちなみにモナは目を輝かせている。

「明日は練習場に行こう。サターンのこともあるが、まだまだ君たちはスキルの使い方が分かってないからな。それに今後取得した方が良いスキルも説明したいし、放課後空けておいてくれよ」

「「「「いぃ⁉」」」」

一度やり始めると育成って止まらないんだよなぁ。

まあ、俺も〈エデン〉の事があるのでたまにしか出来ないだろうが、せっかく仲良くなったのだし彼らともたまにダンジョンに行こうと思う。その前に要練習だけどな。

モナも、今日は少ししか教えられなかったからまた時間を作ろう。

そんなこんなで今日はここで解散。明日の楽しみが増えたな。

今日のドロップは全部売却して後日山分け予定。採取物についてはモナが8割、連れてきた俺たちに2割としていたのだが、今日のお礼と言って〈魔力草〉を結構多めに分けてくれた。

モナ、超良いやつ。

「さて、じゃあ今日の本番と行きますかね」

俺以外の全員が転移陣で帰還するのを見届け、俺は1人救済場所《セーフティエリア》に戻っていた。

彼らからは訝しがられたが、1人でやりたいことがあるからと言って帰ってもらった。

俺はバッグから〈笛〉を取り出す。

せっかく〈野草の草原ダンジョン〉に来たのだから、久しぶりに〈エンペラーゴブリン〉と遊ぼうかと思ったのだ。

今はソロなので、〈笛〉の代金が多少嵩《かさ》んでも報酬は独り占め出来るので収支はギリプラスになるだろう見込みだ。

ということで、8回全部使ってしまおう。さて、何回〈エンペラーゴブリン〉ツモれるかなぁ。

早速1回目を吹いた。

「〈エンペラーゴブリン〉、あっそぼうぜ！」

第13話 〈エンペラーゴブリン〉戦再び。やべぇなドロップ3連発！

「やべぇな」

〈野草の草原ダンジョン〉のレアボス〈エンペラーゴブリン〉と久々に遊ぼうかなと思ったのだが、その出現率の高さに思わずそんな言葉が洩れた。

レアボスの出現率を高める〈笛〉を用《もち》いても、レアボスが出る確率は70％。

8回も吹けば5回か6回は出る確率だ。

しかし今回はなんと、8回吹いて8回出現した。もうビックリだよ。どんだけ遊びたいんだ〈エンペラーゴブリン〉は⁉

ゲーム時代を思い出しても8回連続というのは、あまり記憶に無いぞ⁉

しかも、そのドロップもやばかった。

〈ビューティフォー現象〉は残念ながら出なかったが。〈金箱〉が2回も来た。

つまり合計4箱。ソロなので全部俺のものだ！　ふはは！

さらに、その内2箱にまた〈レアモンの笛（ボス用）〉通称〈笛〉が入っていたのだからマジやばい。

これで合計〈笛〉は4本。〈エンペラーゴブリン〉ってこんなに〈笛〉落とすっけ？

ゲーム時代を思い出しても〈笛〉をこんなにドロップした事は無い。何かリアルの補正のようなものが働いているだろうか？

〈エンペラーゴブリン〉で〈金箱〉がドロップしたとき何故か片方に必ず〈笛〉が入っている件。

ちなみに後の2箱の〈金箱〉には〈エンペラーゴブリンの魔杖〉と〈エナジーフォース〉という装備が入っていた。

〈エンペラーゴブリンの魔杖〉の方は前回ドロップした〈魔剣〉と同じボス装備だな。

こいつはとりあえず倉庫行きだ。

〈エナジーフォース〉はアクセサリーだ。能力は〈魔法力22、『MP＋100』〉という魔法職に非常に有用なステータスを持っている。

誰かに貸与してもいいが、今回はソロ攻略なので俺が装備することにした。〈シルバーバングル〉を外して代わりに〈エナジーフォース〉を装備する。

俺、パワーアップ！　ふははは！

さて、これからどうしようか。

時刻は19時。予定では〈笛〉を8回吹いたら帰ろうと思っていた。

時間的にもそうだが初級中位《ショッチュー》ボスでは経験値にならないし。

しかし、〈笛〉がドロップしてしまった。あと8回出来ます。さあどうしよう。

悩むまでもなかった。

俺はゼフィルス。〈ダン活〉をこよなく愛する者。

8回吹けるのなら、吹くのが〈ダン活〉プレイヤーだ！

ということでバッグに入っていた軽食で腹ごしらえしたのち、ボス戦を再開したのだった。


「やべぇな」

本日2回目の「やべぇな」である。

俺の目の前には1本の――――〈笛〉。

またドロップしちゃった⁉

さらにレアボスのツモ率――やはり100％。

いつの間に〈笛〉の成功率は100％になったのだろうか。

現在16連続である。〈エンペラーゴブリン〉出すぎ⁉

これは検証しなければならない。

幸いにも〈金箱〉がまた1回出て〈笛〉がドロップした。

あと4回出来る。

ならば使うのが〈ダン活〉プレイヤーだ！


「やべぇな」

本日3回目の「やべぇな」入りました！

現在20戦目。目の前には〈エンペラーゴブリン〉。

20回連続レアボスツモである。

ゲーム時代を思い出しても20回連続は経験したことの無い領域だ。

何が起こっているのか、本当に〈笛〉の効果が変わったのだろうか？

なぜ〈笛〉がこんなに落ちるのか、誰か説明して！

いや、犯人は目の前にいるんだけどさ。

「〈エンペラーゴブリン〉よ。戦うのが楽しいか？」

「ゴブ」

ボス部屋。中央付近で足を止めた俺と〈エンペラーゴブリン〉。

俺はなんと無しにそう聞くと、〈エンペラーゴブリン〉はしっかりと頷いた。

頷くのを見た。

「意思疎通が出来るのか？　え、マジで？」

ゲーム〈ダン活〉時代、言葉をしゃべるボスはいるが、〈エンペラーゴブリン〉と意思疎通が出来るなんて要素はなかった。

いや、なんとなく戦っている時から意思のようなものは感じていたけど、まさか質問に答えが返ってくるとは思わなかった。

ボスには明確に意識がある？

いや、無いボスもいるだろう。

少なくとも獣や植物系は本能のままに行動している節がある。意思は感じられなかった。

だとすれば〈エンペラーゴブリン〉が特別なのか？

そういえばゲーム時代はこうしてプレイヤーがボスに話しかけるなんてコマンドはなかった。

もしかすれば、元々意思疎通の出来るボスだったのかもしれない？

ヤバイな。もっと知りたくなってきた。

「なあ〈エンペラーゴブリン〉。もうちょっと話をしないか？　ちょっと、いや、山ほど聞きたいことがあるんだけど」

「ごっぶ」

俺の問いに対して〈エンペラーゴブリン〉は首を横に振る。

そして高まる威圧感。戦闘の構え。

むう。どうやら答えてはもらえないようだ。

俺も盾を前に出す格好で構える。

なるほど、そこで俺は理解する。

ボス部屋ではボス戦をするのが常道。

そこに言葉による会話は無い、ということか。

むしろ拳で感じろと言わんばかりだ。

なんかバトル漫画っぽい。

そういうのも嫌いではないが、もうちょっと知識欲を満たしたかったな。

「ゴッブォォ!!」

「おっしゃ、再開だー!」

そしてまたバトルが始まった。

〈エンペラーゴブリン〉とはずいぶんLvに差が出来てしまったが、相変わらずワクワクさせてくれる。

〈エンペラーゴブリン〉戦は何度やっても面白い。俺は、もしかしたら対人戦が好きなのかもしれないな。

そして、今回も俺の勝ちだった。

ドロップしたのは〈銀箱〉。

どうやら、今日はここまでのようだ。

俺は名残惜しむように「じゃあな! 〈笛〉、ありがとよ」と言って転移陣に乗り込んだのだった。

学園が始まってからの日常は瞬く間に過ぎていった。

月曜日、なんかサターンたちに遊びに行こうと誘われて、せっかくなのでモナもつれてダンジョンへ挑んだ。

しかしサターンたちの戦闘があまりに初心者だったので、俺が少し基本的なことを教えてやると約束した。彼らは感涙にむせび泣きながら打ち震えていた（？）のが印象的だった。

その後は、レアボス連続20周という未だ経験したことのない未知の現象に遭遇。

レアボス〈金箱〉６個ドロップして全部俺のものになった。ふははは！


火曜日。授業も楽々進み、むしろもっと〈ダン活〉を学びたいまであったため〈大図書館〉で色々と借りる事にした。特に歴史が面白いです。

放課後は約束通りサターンたちに少し教えることにした。何故か脂汗を出しながら我に練習の必要は無い、とか言い出したサターンたちを無理矢理引っ張って練習場に連れていき基礎を教えてあげた。

なかなか上達しなかったので少しスパルタ気味になってしまったが、おかげで多少は命中率が上がった。その調子だサターン、頑張れ！

ただ、やはり１日では焼け石に水なので明日も練習すると告げると彼らは感涙していた。

泣くほど嬉しがってくれて俺も嬉しい。

夕方にはマリー先輩の下へ昨日のドロップを売りに行ってツッコミを頂いた。

レアボス素材20体分はマリー先輩もどう扱ったらいいのか分からないみたいだ。ちょっと気持ちよかった。

しかし、その後〈私と一緒に爆師しよう〉ギルドで笛の回数を回復させようとしたら、お値段50万ミール×20回、計1000万ミール請求で撃沈。さすがにポケットマネーで今すぐ全ては払えないので、当初予定していた8回分（2本）だけ回復してもらい、残りは〈エンペラーゴブリン〉素材の査定が終わり次第回復する予定だ。

水曜日。その日はダンジョン攻略の専門授業があった。

ただ、まだ座学だな。本当に基礎的なことのおさらい、ダンジョンの心構えなんかを教えてもらえた。

うーむ。ゲームで知っていたこととはいえ、改めてリアルで言われると気がつくことも多い。ためになる授業だった。

放課後はサターンたちと練習場だ。

今日も何故か言い訳をしていた彼らだったが、時間も限られているので昨日同様引っ張っていき、最初からスパルタで教え込んだ。そのおかげでサターンも10回に9回は的を外さずに撃てるようになった。すばらしい進歩だ。

他の男子たちの成長も目覚しい。まあ、今まで正しいやり方を知らなかっただけなので教えてやればこのとおりである。とは言っても、ここからさらに成長するのが難しいんだけどな。

「フハハハハ！　どうだ！　これほどの遠距離でも外さなくなっているぞ！　これこそ我の真の力だ！　だからもう練習は必要ない」

「ふふ、ふふふ。初めて気が合いましたね。僕も強くなりました。練習はもう十分だと思います」

「ああ。俺も異論は無い。これほど成長をしているんだ。練習は必要ないと思うぞ」

「俺様としても準備万端だ。十分強くなったしいつでもダンジョンに行けるな。だから練習はもう必要ない。無いと思う」

何故か口を揃えて練習は必要ないと言う4人だが、俺からすれば正しいやり方を知ったばかりの素人なので練習は続行だ。

またも感涙する4人と共に青春の汗を流した。


木曜日。今日の授業は職業《ジョブ》について今判明しているこの世界の常識的なものを教わった。

ただ、近頃その常識が大きく変わったばかりなので教科書の大部分が役立たずになってしまった。

それ故、先生も学生からの質問にたじたじになっていた。

まったく、誰だ常識を変えたのは。おかげで授業がなかなか進まなかったではないか。

しかし、まだまだ高位職の波紋は広がり続けているようで研究所も先生方も事態を飲み込むだけで精一杯の様子だ。新しい情報をリークするのはもう少し後にしたほうが良いかもしれない。

またパーティの連携についても授業があった。これについてはまだ基礎の部分なので省略。

放課後は、サターンたちの強い希望でダンジョンに行くことになった。

もちろんモナも連れてきている。

ただ今回行くのは〈筋肉殺し〉と名高い〈幽霊の洞窟ダンジョン〉だ。〈採取〉の出番はあまり無いので今回モナは〈ポーター〉として経験を積んでもらおうと思う。

これだけでも【ファーマー】には経験値が入るのでモナも喜んで〈ポーター〉を引き受けてくれた。

しかし〈幽霊の洞窟ダンジョン〉を攻略する上で大切なことがある。

属性武器だ。〈幽霊特性《ゴースト》〉に属性無しの物理攻撃は効きにくい。

それ故に属性武器の使用が推奨されているが、あいにくジーロンもトマも属性武器は持っていないとの事だった。それでは役に立てない。

サターンは魔法を使うので相性は抜群。【大戦士】のヘルクはタンクなので属性武器は必要無いが、アタッカーのジーロンとトマが属性武器を持っていないというのはいただけない。

ということで、今日のダンジョン探索限定だが〈エデン〉の武器を貸してあげることにした。

「ふふ、ふふふ、ふふふふふ。よ、よくも僕にこんな装備を……」

「ブハァ！　ジーロン、よ、よく似合ってるぞ。ブハハハハ!!」

ジーロンが持っているのは〈燃えるキノコソード〉。

火属性を持つネタ武器の大剣だった。まさか出番が来るとは思わなかった。

完全に見た目がキノコなそれを構えるジーロンに、サターンが腹がよじれるくらい笑う。

トマにもどこで出たか思い出せない〈銀箱〉産〈斧〉装備を貸してあげて、そのまま攻略。〈デブブ〉も無事倒したのだった。

なんか〈エデン〉と違ってこういう、同級生と一緒に狩りをするのも良いもんだと、そう思った1日だった。

第14話
学園・情報発信端末・誰でもチャット掲示板11

234 ：名無しの支援3年生
連日勇者氏がクラスメイトとダンジョンに潜ったり
練習場で汗流している件について、何か知っている者はいないか?
なんでもいい。情報求む。

---

235 ：名無しの賢兎1年生
はいはい!　私知っていますよ!
でもなんでそんな情報欲しいのです?

---

236 ：名無しの筋肉1年生
どうもこうも無い。
クラスメイトは皆高位職だ。
また〈エデン〉がパワーアップしないか、彼らは心配なのさ。

---

237 ：名無しの神官2年生
おい!?
筋肉1年って、まさか勇者のクラスメイトのか!?

---

238 ：名無しの筋肉1年生
おっと、特定は控えてもらおうか。
俺の筋肉が光るぜ?

---

239 ：名無しの戦士1年生
特定しなくてもわかってしまう件。
うさぎ跳びではお世話になりました!

240 ：名無しの筋肉1年生
おう。また一緒に筋肉作ろうぜ!

241 ：名無しの神官2年生
突っ込まない。俺は突っ込まないぞ……。

242 ：名無しの魔法使い2年生
ここにも筋肉さんが来たのね。
歓迎するわ。
確か今は初級上位《ショッコー》に到達したのよね?

243 ：名無しの筋肉1年生
うむ。
我らの筋肉を持ってしても〈デブブ〉を倒すのに多大な時間を取られた。
だが「筋肉殺し」を倒した我らに、もはや敵なし!
今は〈付喪の竹林ダンジョン〉で筋肉を唸らせている。

244 ：名無しの神官2年生
もう特定どころの話じゃないな。

245 ：名無しの魔法使い2年生
でも〈マッチョーズ〉の噂は最近とても聞こえてくるようになったわ。
確か〈孤島の花畑ダンジョン〉のボス〈サボッテンダー〉を相手に
棘を受けきりながら倒したとか。
インタビューで「俺の筋肉の前に、棘は一切刺さらなかった」と
筋肉を盛り上げながら答えていたのを見たのだわ。

246 ：名無しの神官2年生
そりゃHPに守られてるからな。

247 ：名無しの支援3年生
話を戻そうか。

〈エデン〉のメンバーが増えるかもしれないというのは本当なのか?

248 ：名無しの賢兎1年生
うーん。違うと思いますよ。
そのクラスメイトはかなりプライドが高い4人組、
で勇者君をライバル視していますから。

249 ：名無しの筋肉1年生
そのうえ実力が伴っていないのが残念なところだ。
彼らももう少し筋肉を作ったほうがいいな。
勇者と自分たちの実力もそれでわかるだろうに。

250 ：名無しの賢兎1年生
あれはあれで面白いんですけどね。
毎度勇者君に絡みに行って返り討ちにあって帰ってきて。
うちのクラスの名物になりつつあります。

251 ：名無しの支援3年生
すまない。
状況がさっぱりわからないんだが?
なぜ勇者氏とその4人組は一緒にいるのだ?

252 ：名無しの賢兎1年生
なんか色々あって勇者君が4人組を鍛えることになったみたいですよ。

253 ：名無しの神官2年生
なんで?

254 ：名無しの賢兎1年生
さあ?

255 ：名無しの筋肉1年生
鍛える。とても素晴らしい響きだな。
彼らに友情が芽生える日も近いだろう。

256 ：名無しの神官2年生
そ、そうだな。

257 ：名無しの魔法使い2年生
私は戦闘課の練習場でその光景を見たのだわ。
勇者君の指示で一生懸命歯を食いしばりながら
練習するクラスメイトたち。
とても美しい友情だった気がするのよ。

258 ：名無しの賢兎1年生
多分それは気のせいです。

259 ：名無しの支援3年生
つまりだ、勇者氏がクラスメイトたちと一緒にいるのは
友好を温めているだけ、とそういうことか?
〈エデン〉に加える気は無い、ということでいいんだな?

260 ：名無しの賢兎1年生
多分、〈エデン〉に加入するのはプライドの高い4人組が
認めないと思うのですよ。
むしろ別のギルドを作るって言ってるの見ましたし。
私も誘われました。

261 ：名無しの神官2年生
というか今ふと疑問に思ったんだが、
そのクラスメイトって職業《ジョブ》はなんだ?
他の上級生のギルドに入っていないのか?
確かすさまじい勧誘合戦があったはずだろう?

262 ：名無しの賢兎1年生
あ~。あれですね。
すさまじすぎて辟易としていますよ。
私もまだクラスメイト全員に確認したわけじゃないですが、
ほとんどの子はどこかの上位ギルドに所属しているはずですよ。
大体の子はエンブレム付けてましたし。
ただ、その4人組に関しては上級生から勧誘が来ているところを
見たことがないですね。

263 ：名無しの筋肉1年生
ちなみにだが、職業《ジョブ》は【大魔道士】【大剣豪】【大戦斧士】
【大戦士】のビッグフォーだな。
大が付いているくせに筋肉の鍛え方が甘いんだ。

264 ：名無しの神官2年生
大と筋肉にどんな因果関係が……。

265 ：名無しの魔法使い2年生
筋肉語にマジレスはご法度なのよ。

266 ：名無しの神官2年生
しかし、職業《ジョブ》を見る限りすさまじいものだな。
これで勧誘が来ないってどんなやつらなんだ?

267 ：名無しの賢兎1年生
ちなみに4人組はギルドメンバーを募集しているとのことですよ。
なんか勇者脱却を目指して優秀なメンバー募集中とか
言っていました。
他のクラスにも勧誘に行っているのを見ましたね。

268 ：名無しの筋肉1年生
俺も見たな。

切羽詰った顔して拝みまくっていた。他のクラスが引いてたぞ。
結局全部断られたみたいだが、
やはり筋肉が足りていないんだと思う。

269 ：名無しの神官2年生
打倒勇者とかじゃなく、脱却という意味深。
いったい1年1組で何が起こっているんだ?
というかそのメンバーで全部断られるって
いったいどんなやつらなんだ?

270 ：名無しの支援3年生
とりあえず、この件について調査3年にもリークしておこう。

第15話　金曜日選択授業、ついにゼフィルス、これに決めた！

金曜日だ。

今日は選択授業の決定日。自分がどの選択授業を受講するかを決める重要な日だ。

とりあえず先週の体験授業を踏まえ、めぼしいものをピックアップ。

今日も色々と体験授業を回って決めたいと思う。

「セレスタンは今日も一緒に回るのか？」

「はい。よろしければお供させていただきたく」

「構わないぞ。じゃあ一緒に行くか」

先週と同じくセレスタンは俺の従者として供に選択授業を回るようだ。

楽しそうな授業にめぐり合えるといいなぁ。授業が多すぎて中々決まらないんだ。

一度クラスへ集まり朝の朝礼を終えると、皆各々《おのおの》選択授業へと向かう。

何故かサターンたち４人が何かから逃げるように真っ先に出ていったのが印象的だった。どうしたのだろうか？

そういえば〈エデン〉の皆はもうどこを受講するか決めたのか？

今週はサターンたちにかかりきりになってあまりギルドに参加できなかったから聞いていなかっ

た、ちょっと聞いてみようか。

まず中央付近の席に座るラナに話しかける。

「ラナ、ちょっといいか？」

「あ、ゼフィルス！　最近全然ギルドに来てないじゃない！　何してるのよ、皆寂しがってるわよ！」

「あっと、悪かった。明日は朝からダンジョンだからちゃんとギルド行くよ」

ここ数日、というか今週の平日はギルドに行かずにずっとサターンたちを鍛えていた。おかげで大分彼らは強くなったが、その代わりギルドのメンバーを寂しがらせてしまったらしい。

明日は土曜日、1日ダンジョンアタックの日なのでちゃんとギルドを盛り上げようと決める。

「もう、絶対よ？」

「もちろんだ。なんと言っても明日は日曜日の続きだからな」

それを聞いて思い至ったのかラナから満面の笑みがこぼれた。

「楽しみね！　約束よ？　絶対だからね？」

「わかってるって」

俺だって楽しみなんだ。

土曜日は〈エデン〉でダンジョン。これ決定。

サターンたちには自主練を言い渡しておこう。

「話は変わるが、ラナは選択授業どこを受講するのか決めたのか？」

そう聞くと、ラナはふふんと得意げな顔を作った。

「そんなのとっくに決まっているわ」

「お、そうなのか。ちょっと意外。どこにしたんだ？」

「意外ってどういう意味よ！　もう。ゼフィルスには教えられないわ」

「えー。じゃあセレスタンに教えてやってくれ。俺は聞こえないフリしてるから」

「フリってことはバッチリ聞いているじゃない、どういうことよ！」

おお。ラナがツッコミを。珍しい。いや、原因は俺がボケたからだけどさ。

どうやらラナは受講先を秘密にしたいらしい。

いつの間にかラナの後ろに控えていたエステルを見るが苦笑しているので本当に教えてもらえないようだ。

俺に教えられない選択授業か。ちょっと気になるな。

まあ、おとなしく諦めよう。

「じゃあ、お互い頑張ろうなぁ」

そう言って2人と別れると、もう教室には少しの人数しか残っていなかった。

皆移動してしまったようだな。しかし幸いにも教室を出て行くシエラとルルが目に付いた。ちょっと追いかけて聞いてみる。

「シエラ、ルルちょっといいか？」

「あら、ゼフィルス、それにセレスタンもどうしたの？」

「ゼフィルスお兄様です。おはようございます！」

「元気があってよろしい。ルル、おはよう。シエラもな」

「おはよう。セレスタンもね」

「おはようございます。シエラ様、ルル様」

ひとまず挨拶を交し合って、歩きながら話し出す。

「いや、まだ受講する選択授業が決まらなくてなぁ。ちょっと受けたい授業が多すぎるんだ。それで参考までにシエラとルルがどこに決めたのか知りたくてな」

「そういうことね。私とルルは〈芸術課〉関係ね。3コマは絵の関係の授業を受けることにしたの」

「あ～、なるほど絵かぁ」

〈ダン活〉にはこういった芸術関係の生産職も当然のごとくあった。〈芸術課〉は主に【絵描き】や【工芸士】、【色変術士】などの職業《ジョブ》が在籍する課だな。

ゲーム時代は、ギルドにいると勝手に換金アイテムを作ってくれたり、ギルド内の壁紙やインテリアなどを生産してくれたりといったサポートをしてくれた。

ただ、換金アイテムを作ってもらわなくてもダンジョンで稼げるし、壁紙やインテリアは攻略に関係ないため完全に趣味、オプション扱いだった。

まあ攻略に熱心なプレイヤーほど使うことの少ない職業《ジョブ》群だな。

主にあまり時間がなく、ボス周回が満足にできないプレイヤー向けに換金アイテム専門の生産職として利用されていた。

つまり、芸術系換金アイテム生産→商人系職業《ジョブ》で高値で売買→オークションで〈金箱〉産アイテムなどを購入→少ない時間で〈ダン活〉攻略。

こんな感じのプレイスタイルの人がよく使っていたんだ。

絵は主にミールを稼ぐための生産職という扱いだった。

しかし、そんなところに行くということは換金アイテムを生産しよう、ということだろうか？

ちょっと聞いてみる。

「そんなわけないでしょ。趣味程度のものよ」

「ルルも趣味で絵を描くのですよ！」

どうやら売り物ではなく嗜み程度の範疇らしい。

なるほど、攻略とは関係なく趣味に傾倒しても良いわけだ。参考になるなぁ。

俺は今まで、攻略に役に立つという授業ばかり受けていたが、せっかくのリアル〈ダン活〉だ。

少しくらい趣味に走ってもいいかもしれない。

「ありがとう、参考になったよ」

「そう？　役に立てたなら良かったわ」

「ルルのも参考になりましたか？」

「ああ。ルルもありがとうな」

「あい！」

ああ。ルルの言動が可愛い。癒される。

「あとゼフィルス、明日はギルドに参加できるのかしら？」

「おうよ。土日は1日ダンジョンアタックだぜ！　平日参加できなかった分を取り返してやる！」

「了解よ。楽しみにしているわね」

平日はともかく土日は基本的に〈エデン〉に参加する予定だ。

そう言うと一瞬だけシエラが顔を綻《ほころ》ばせた。俺は見逃さなかったぞ。

すぐにいつものキリッとしたクールなシエラに戻ってしまったが、どうやら内心は楽しみにしてくれているみたいだ。その一瞬緩んだ表情も見れてちょっと嬉しい。

〈戦闘課〉の学舎を出たところでシエラとルルと別れる。

彼女たちはこれから乗馬の授業に出るらしい。

ルルはあの身体で乗馬するのか？

ちょっと見てみたい気もする。

それに俺も乗馬は興味有る。後で行ってみるとしよう。

まずその前に、今日行く予定だった授業から見て回るかな。


選択授業の体験をさせてもらいながら色々回り、気がついたらもうお昼だった。

昼飯の時間だな。〈ゲーム〉ではカットされていた貴重な時間だ。

リアルだと購買、学食、飲食店、お弁当の4択から選べる。

最近の俺はリアル〈ダン活〉を楽しみつくすべく、学食各メニューを順番に消化中だ。

卒業までに全部コンプリートしてみたい。ちょっと難しいかもしれないが。

何しろメニューが多いのだ。学食毎にその学食限定メニューなどの特色があるくらい多い。学食の建物だって2万人の学生を支えるため何カ所かに設置されているのだ。当然メニュー数も膨大。こんな所まで多くしなくても良いのにと思わなくも無い。

今日は学食の日だったが、移動していたため目的の学食まで遠い。飲食店のほうが近いのでたまにはセレスタンと2人で飲食店で食べることにした。ちなみにイタリアンだ。

「ゼフィルス様。受講の申し込みは本日18時までとなっていますが、お決まりになられましたか？」

「いやぁ、難しい。なんでこう魅力的な授業ばっかりなんだろうな。迷っちまってしょうがない。そういうセレスタンはどうだ？」

「僕ですか？　先週申し上げたとおりゼフィルス様の受講する授業に参加したく思っています」

「そうだったな。でも本当にいいのか？　俺にくっ付いていなくても別に良いんだぞ？」

「いいえ。僕は従者ですので」

セレスタンの意思は固いようだ。

まあ、好きでやっているらしいから別にいいか。嫌になったらやめさせればいいし。

でもそれは少し寂しいので嫌いにさせないよう気をつけておこう。仕事はなるべく嫌なものを避けるべきだというのが俺の持論だ。仕事が楽しければ最高だな。

とりあえず午前中で回りたい授業は回り終えたので、午後はシエラの言っていた芸術系を少し回ることにした。

〈ダン活〉の芸術といえばインテリア。

ゲーム時代、俺がほとんど見向きもしなかった分野である。

攻略にほとんど関係なかったからな。

しかし、ここはリアル世界。もしかしたらゲーム時代には見つけられなかった新しい何かが見つかるかもしれない。新しくギルド部屋やギルドハウスのインテリア魂に火がつくかもしれない。

そんなワクワクを胸に、〈芸術課〉の選択授業を体験した。


結果から言おう。俺には難しかった。

今まで芸術とは無縁に生きてきた俺が急に芸術に関心を示すことなんてできなかったんだ。

一応、絵などに関してもセレスタンから色々説明を受けた。掲示されたレプリカの絵を見て、この絵は何々の本の一シーンを描いた有名な作品であり、こう読むのです。とか言って絵を感性ではなく論理的に読み取る方法を教えてくれたりもした。絵って見るのではなく読むものだなんて初めて知ったよ。

しかし、面白くはあったが楽しいというわけではなかったな。

というかセレスタンって芸術にも明るいのかよ、ってそっちのほうが気になったわ。

「やはり、今まで攻略に傾倒しすぎていた俺が今更芸術《インテリア》に走っても難易度が無駄に高いだけだったな」

「そのようなことは無いと思いますが。僕の説明も7割方理解しておられたようですし」

「いや、絵を理解できる面白さというのも分かったけどな。要は向いていないんだ、俺に」

向き不向きの問題だ。ＲＰＧが得意な人もいれば、シミュレーションが得意な人もいる。つまりはそういうことだ。俺は攻略がメイン、〈エデン〉のギルド部屋の内装は他のメンバーに任せよう。少し女子女子してしまわないか心配だ。最近ギルド部屋にぬいぐるみが増えてきているし。

「もう残り時間が少なくなってきましたね。次が最後になるでしょう。どちらに向かいますか？」

「そうだなぁ」

時間は14時半、思いのほか長くいたようだ。最後のコマが終わるのが15時なのでセレスタンの言うとおり次の体験授業がラストになるだろう。

また、ここから距離的に遠くの授業も受けられない。近場で探すしかないが……。

もうめぼしいものは回り終えてしまったのであまり食指が動かないものが多い。

考える俺にセレスタンがスッと〈学生手帳《スマホ》〉を見せてくる。

「この付近で行っている授業をピックアップしました。どうぞ」

「さすがセレスタンだな。サンキュー」

恐るべき従者だぜまったく。

というのは冗談で、ありがたく見させてもらう。

しかし、やはりこの近くで面白そうなものは無さそうだ。

「でしたらこれなんていかがですか？」

「上級ダンジョン考察授業か……。それに参加してもなぁ」

それは、未だ踏破したことの無い上級ダンジョンに関する授業だ。まだ未確認のものや未知のモンスターが多く跋扈している上級ダンジョン。それについての情報を集め、考察し、上級ダンジョンをいつか攻略することを目標にしている意識高い系の授業だな。

だけど俺、上級ダンジョンどころか最上級ダンジョンまで全部知っているし。

教わる側よりむしろ教える側に立っていると自負している。

――ん？　今なんか閃きかけたぞ。なんだ？

今一瞬だけ、すごく楽しそうなことを思いつきそうな気がしたんだ。

なんだろうか、今の一考をもう一度よく思い出そう。

俺は全部知っている。教わる側より教える側……。――そうか、これだ！

「セレスタン、予定変更だ。研究所に行くぞ！」

「は？　選択授業はどうするのですか？」

「もう決めたぞ！　俺の6コマは全部決まった。よって体験授業も終わりだ。それよりも重大なことを思いついたんだ。研究所に行くぞ」

「かしこまりました」

考えてみれば授業も終わりなのでセレスタンを連れて行く必要は無かったかもしれないが、まあいい。

俺たちはここから程近い研究所を訪ねることにしたのだった。


「やあやあやあゼフィルス氏！　久しぶりだな！　君のおかげで研究所は大賑わいだぞ！」

「ミストン所長久しぶりです。上手くいったようで何よりですよ」

研究所に入ると前と同じ部屋に即で通された。

突然の訪問だったのにもかかわらず待ち時間ゼロだ。

研究所職員全員が俺の顔を見た瞬間ＶＩＰでも扱うかのようにご丁寧に案内してくれた。むしろ案内役を争っていた。俺はこの研究所では中々の人気者らしい。

というか、全員が俺の顔を覚えていることにびっくりだ。前来たのは1ヶ月近く前のことなのにな。

いきなりアポイントも取らず来てすまない、と告げると全員が首が取れるかというくらい横にブンブン振って。いつでもお越しくださいと声を揃えて言うのだ。ガチ度がヤバい。

そんなこんなあったが、無事に前と同じ部屋に通され、ミストン所長とも対面することができた。

ちなみにセレスタンは俺の後ろに控えている。

「実はあれから王国中の研究者たちがここに押しかけてきてな。そりゃあもう大変だったのだよ。国立研究所のお偉いさん方が頭下げて頼み込んできた時は肝が冷えたぞ」

「それだけミストン所長のしたことは素晴らしいということですよ」

「全部ゼフィルス氏の情報だがな！　ハハハハ」

まずは世間話に興じる。

最近の研究所は前のくたびれた様子とは一変し、全てが活気づいているらしい。

ミストン所長も以前より男前に見えなくもない。目の下に隈ができているが。

その原因が俺の情報だというのだから鼻が高いぜ。〈ダン活〉プレイヤーの知識の結晶は、リアル〈ダン活〉の世界を大きく彩り、導いたのだ。

ああ、この感動を〈ダン活〉プレイヤーたちと分かち合えないのがとても、非常に残念でならない。

「それで、今日はどうしたのだ？　前に言っていた〈エデン〉の歓待を受けてもらえるという話か？」

そういえば研究所総出で〈エデン〉を歓待したいと以前ミストン所長に言われていたな。

高位職ばかりのギルド〈エデン〉は研究所にとって垂涎《すいぜん》の的《まと》というわけだ。聞くには聞いたが研究所に持っていくのを忘れてたな。

「その話は残念ですが断られましたよ、自分たちは歓待を受ける理由が無いとのことでした。それに今は他にたくさんの候補がいるでしょう？」

研究所が発表した氷山の一角。

学園が総力を挙げて全1年生にそれを受けさせたところ、今年の高位職発現者は約２０００人という、今まで聞いたことも無い大記録を打ち立てることになった。

聞いた話では、おそらく先日のことが歴史の教科書に載るだろう、とのことだ。

それだけの高位職が居るのならわざわざ〈エデン〉に拘る必要は無い。

ミストン所長も、残念だなと言いながら身を引いた。

さて、そろそろ本題に入ろう。

「実は今日ここに来たのは新しい情報のリークのため、なんですよ」

俺がそう告げると、ミストン所長がピキリと固まった。

まるで恐れていたことが起きたみたいな反応だ。ほんの少ししてミストン所長が再起動を果たす。

「そうかぁ。いやすまんな。実にありがたい申し出だ。研究所にとってもこの王国にとってもゼフイルス氏の情報は未来を照らす明るい希望となるだろう。しかしな、実はぶっちゃけた話、今の研究所にそれを受け止められるだけのキャパシティが無い」

ミストン所長が珍しく真剣な表情で言う。つまりマジな顔だ。マジで余裕が無いのだろう。

「知っていますよ。だからこそ今の今まで新しい情報は持ってこなかったんですから」

研究所は今や脚光の的だ。学園どころか国中がこの研究所に注目していると言って良い。そのため、ここ数週間はむちゃくちゃ忙しそうにしていた。

俺もそれを知っていたので第二弾のリークを今まで持ってこなかった。

しかし、このままではいけない。

俺は第一弾の情報として職業《ジョブ》の発現条件をリークした。

そして第二弾として、ある程度の職業《ジョブ》の〈育成論〉を用意していたのだ。

職業《ジョブ》とは、発現して終わりではない。

取得は始まりで、そこからどう育てるのかが真の重要ポイントだ。

調べてみたところ、このリアル世界には〈育成論〉というのはあまり馴染みが無い。というか授業が無い。

自分で調べ、自分の好きなようにステを振っていくのが常識だった。

確かに、誰かの育成を参考にすることもある、むしろそのやり方が一般的だ。

誰だって失敗はしたくない。成功者を参考にするのはよくあること。

だが、育成をゲーム的に進めようという試みはまったくと言って良いほど存在していなかったのだ。ここはゲームの世界なのに。

俺が推す〈最強育成論〉は、まず上級職Lv100の時にある最強の姿を決め、そこに向かってスケジュールを組んで進めていくという、ゲームではありふれたやり方だ。当然妥協も一切無い。

しかし、ここはリアルで、しかも対象が自分自身である。

一度振ったら戻せないというリスクの中、自分のステータスをゲーム風に育成することに大きく抵抗があるのだろう。それに上級職Lv100なんて到達できるかも分からない。いや、ほぼ不可能だ。最上級ダンジョンに進出すらしていないのだから。

よって、その職業《ジョブ》の最強の姿を研究するという試みはまったく無かった。

ほとんどの研究は高位職の発現条件の発見や、どんな行動が職業《ジョブ》の発現に良いのかなどに集約され、高位職になった後はほぼ放置状態、自己責任となっていた。

俺はずっとそれにメスを入れたかった。

いくら高位職に就いていようと、下手なステ振りは身を滅ぼす。

ゲーム時代、その場その場でステ振りして、結果役に立たないザコキャラを多く生み出してしまった俺が言うのだ。間違いない。

ステ振りは計画的に。これ重要。

もう5月に入り、1年生たちの職業《ジョブ》は固まった。

本当なら今すぐ〈育成論〉を広めておきたいところなのだ。

しかし、研究所は念願の大望が叶い、今やその研究でてんやわんや。

とても新しい研究に手を出す余裕は無いと聞く。

さてどうしたものかと、ここ最近ずっと考えていた。

その答えがさっき閃いた。

――研究所が使えないのなら、俺が直接教えたら良いじゃない、と。

前に研究所にリークしたのは情報を素早く広めるためだった。

なので別に研究所に拘る必要は無かったのだ。前例とは恐ろしい。

ということでミストン所長にご相談。

ここの研究所は、学園の授業内容を決めることもできるらしいからな。

「ミストン所長、俺を臨時講師にしてみる気はありませんか？」

研究所での話し合いが終わりその帰り道、セレスタンが俺に問う。

「よろしかったのですか？　臨時講師をするということは、楽しみにしていた選択授業を受けられなくなりますが」

「まあ、これもこれで楽しいからな。それにたった1学期だけだ。2学期からは選択授業を受ける側に回るから問題無い」

男2人の帰り道でセレスタンの問いに答える。

あの後、俺の要望はびっくりするほど簡単に通った。

学生が臨時講師なんてして大丈夫なのか？　とも思うが特に講師に年齢制限や規則は無く、実力と知識さえあればいいらしい。さすが実力主義の世界だ。

俺の担当するのは選択授業、金曜日のみ俺は臨時講師として学生に〈育成論〉について教えることになった。それ以外の曜日は普通に学生として授業を受ける。

職業《ジョブ》の育成の仕方についての授業なんてこれまで皆無だったので、ミストン所長も興奮した様子で、「絶対受講します！」なんて言っていた。いや、あなた学生じゃないだろう。

期間は1学期、つまり夏休みまでの期間だけだ。

最近では学校は前期後期の2学期制に変わってはいるが、ゲーム〈ダン活〉の世界はまだ3学期制を採用しているためだな。おそらくこの3学期制は開発陣の感性によって作られたのだと思われる。

え？　3学期制の1学期のみって少なくない？　と思うかもしれないが、〈育成論〉については最初が何より大事なので、俺が教えるのも最初だけだ。むしろ後半は教えても意味が無い。

Lvが60や75カンストになってから受講したいなんて言われてもこちらも困るので、1学期のみとなった。

〈育成論〉とはLvが上がりやすい低Lvの時から道を真っ直ぐ決めて挑むもの。

つまり、俺の授業を受けてほしいターゲットは1年生だ。

ある程度Lvが上がってしまうとLv上げが難しくなってしまい方向修正もできにくくなる。無駄に振ってしまったSPも多いだろうから知らない《受講しない》ほうが幸せだ。上級生には基本的に受けさせない方向である。

これがさっき閃いたこと、研究所がダメなら俺が臨時講師になれば良いじゃない、だ。

そのまんまだな。

とりあえず目指すのは〈エデン〉のメンバーになり得る人材を発掘することだ。

講師なら学生と接する機会も多い。光る人材はスカウトし放題だ。ふはは！

あとは、学園全体のスキルアップのためでもあるな。

現在この世界では上級ダンジョンの攻略で停滞している。

理由は〈上級職〉が少ないというのもあるが、基本的に育成方法を知らなさすぎるので弱いのだ。ステータスが。

ちゃんとしたステ振りさえ出来れば上級ダンジョンでもやっていけるだろうに。

ということでそこら辺も修正していきたい。

このままでは俺たちが上級ダンジョンをクリアしたら一強《いっきょう》になりかねない。

それはそれで自尊心は満たされるだろうが、ゲームとしてはライバルがいなくてつまらなくなってしまうだろう。

俺たちと張り合うレベルの強いライバルギルドが欲しいのだ。

そんな願望もあるので、今回の臨時講師は少し気合いを入れようと思う。


話が決まってからは職員室に行き、臨時講師の手続きを行なった。

週末の夕方にすまないと思うが、ミストン所長はまったく気にしていなさそうに手続きをしてくれた。むしろ生気に溢れている表情をしていた。目の下の隈がいつの間にか消えているレベル。ちょっとヤバいかもしれない。

俺の初講義は来週の金曜日からだ。

ミストン所長が高位職に就いた学生たちを中心に声を掛けてくれるそうなので、それなりに受講者も増えるだろうとのことだ。

来週が楽しみだなぁ。


明けて土曜日。

今日は学園が休み、つまり1日ダンジョンアタックができる日だ。というわけでダンジョンに行く。

ギルド部屋に全メンバーが集合する。

「これよりミーティングを始めるぜ！」

「テンション高いわねぇ……」

朝からシエラにジト目をいただいてしまった。ラッキー、これは運が来ているかも知れない。

冗談は置いといて、順にメンバーの成果や報告などを聞く。

最初はぎこちなかった新メンバーも、今日はスムーズに報告をくれる、少しずつ慣れてきた様子だ。

この報告は、ゲーム時代とは違いワンタップでメンバーのステータスを確認できないため必要なこととして〈エデン〉のローカルルールとなっている。

誰がどのくらいのLvで、どのダンジョンをクリアしているのか、どのダンジョンを途中まで進めているのかというデータを最低でも1週間に一度は求めることにしていた。

これがわりと好評で、他のメンバーに後れを取らないようにとギルド内でのモチベーションアップに繫がっていたりする。

メンバーの報告は全てサブマスターのシエラが〈『書記』の腕輪〉を装備して書き留めてる。いつもありがとうございます！

またセレスタンから一つ報告を受けた。

「公爵の御一方《おひとかた》にアポイントが取れました。明日であれば時間が取れるとのことです」

「お、そうか！　助かったぜセレスタン」

先週セレスタンに頼んでいた1年生にいる「公爵」家の子の勧誘についてだ。

確か2人「公爵」のカテゴリー持ちがいるとの話だが、セレスタンの話によれば片方はすでに上級生のギルドに在籍してしまい、勧誘は断られたとのことだ。

もう一方からはしばらく音沙汰が無かったが、昨日の夜にセレスタンのほうに返事が来たらしい。加入を検討中とのことだ。こりゃ明日は気合い入れないとな。

セレスタンに礼を言って、次に本日のダンジョンアタックのほうに話は進んでいく。

「次にパーティメンバー分けについてだ。今日は先陣メンバーで先週の〈丘陵の恐竜ダンジョン〉の続きを攻略したいんだが、どうだろうか？」

「いいわね！　私は賛成よ！」

「私も良いと思う！」

ラナがまず賛成を示し、ハンナもそれに続く。

エステルはラナが向かうなら付いてくるため、後はシエラだが。

「私も構わないわよ。――異論がある人はいるかしら？」

「ぶーぶー、今日は練習で磨かれたルルの成果をシエラに見せたかったのです」

「悪いなルル。明日はシエラを取らないから今日は貸してくれ」

「冗談なのです。ルルは我慢ができる子なのですよ。どうぞどうぞなのです」

「私を物扱いするのはやめてくれるかしら」

ルルが微妙に唇を突き出す表情で抗議していたが、しかし可愛いとしか思えなかった。もっとやってくれていいぞ。

しかし、シエラは顔が広いしタンクとして優秀なので引っ張りだこだな。

結局俺たち先陣メンバーは中級下位ダンジョンに行くことに決まり、残りのメンバーは5人がダンジョンへ、残り2人が練習場で練習するとのことで決まり、ミーティングは終了となった。

俺たちは楽しみにしていた〈丘陵の恐竜ダンジョン〉攻略の続きだな！

第16話　挑め〈丘陵の恐竜ダンジョン〉攻略へ！　迫り来る恐竜ボスたち！

「ねえゼフィルス君、今日は最奥まで行くの？」

「おうよ。今日は最奥のボスを倒して〈丘陵の恐竜ダンジョン〉を攻略するぞ！」

「ついに中級ダンジョンを攻略ね、楽しみだわ！」

ハンナの問いに答えると、ラナもそれを聞いて満面の笑みを浮かべた。

楽しみだよな！　俺も楽しみだ！

中級ダンジョンの攻略は初級ダンジョンの時と比べ、格段に難易度が高い。

何しろ道中が初級上位《ショッコー》の3倍近く広いからな。

これだけでも相当難易度が上がっているというのがわかる。

俺たちも2日掛けての攻略だ。

最初は中級ダンジョンの感覚を掴んでほしいという気持ちでメンバーを連れて来たが、やっぱりやり始めるとハマってしまうな！　そのまま攻略まで突っ走りたい！

なぜ先週日曜日にダンジョンに挑んでしまったのかと若干後悔したくらいだ。

一週間我慢はマジ長かった。

というわけで早速〈中下ダン〉にやって来た。

そのまま〈丘陵の恐竜ダンジョン〉の門へ向かおうとすると、横から影が現れた。

ここの説明役のゼゼールソンさんだ。

「ようギルド〈エデン〉、期待の星たちよ。今日も〈ジュラパ〉か？」

「そうよ！　今日は最奥まで行く予定なの。初の中級攻略よ！」

「おいおい、もう攻略する気か？　まだここに来て一週間だろう？」

「正確には2回目ね！」

ラナの答えにゼゼールソンさんは驚愕の表情だ。

とても信じられないといった感じだな。そのリアクションにラナがふふんとドヤ顔をしている。

「ゼゼールソンさん、今日〈ジュラパ〉に入っている組はいますか？」

「ん？　今日はまだ誰も入ってないぞ。やっぱりモンスター自体強いからなあそこは、進みづらくて1日掛けても10層の転移陣までたどり着けず、なんてこともザラだから人気がないんだ。本当に2回で攻略する気なのか？　普通は何度も挑戦し、マッピングして最短ルートを割り出してからやっと攻略に入るものだぞ？　最低でも6回は掛かるが」

おお！　ゼゼールソンさんからもっともな感想が出た。

そう、ダンジョンを攻略するには、普通ならそうやってマッピングをするところから始めなければならない。

初級ダンジョンと比べて格段に広い中級ダンジョンではマッピングも一苦労だ。

次の階層へ向かう道が分からないため、手探りでマッピングするのが普通。

ゲーム時代はオートマッピング機能があったため一度通った道は画面の端に勝手に記録されていたが、リアルだと自分たちで描く必要がある。そのためもっと時間が掛かるようだ。

しかし、そうやって描き込んでいくと、マッピングがある程度出来上がる頃にはバッグがいっぱいになったり、消耗しすぎたり、時間的余裕が無くなるなどの理由で一度帰還しなければいけなくなる。ダンジョンゲームあるあるだな。所謂持ち物いっぱいという状態。もしくはリアル時間タイムリミット。

つまり2回目でようやく10層へ攻略する形になるのが普通だ。

そのため普通の攻略では、1回目探索ｏｒマッピング、2回目本番攻略、といった感じに10層ずつ進めていくのがベター。

これを1セットとし、中級下位ダンジョンだと最下層が30層なので3セット行って少しずつ攻略を進めていくわけだな。

まさかゼゼールソンさんも俺たちが最初の1回目で20層を攻略しているとは思っていなかったようだ。当たり前だが。

俺が最短ルートを全て網羅しているからこその攻略速度である。

ラナの横で俺もドヤ顔しておこう。

あと、今日はまだ〈丘陵の恐竜ダンジョン〉を攻略しているパーティはいないとのこと。

こりゃラッキーだな。やっぱり貸切のほうがリソースの取り合いをしなくて済むし気持ち的にも楽だからな。

最後まで半信半疑といった表情だったゼゼールソンさんにお礼を言って、その場を後にし、全員で門を潜った。

一瞬の浮遊感の後、俺たちはいつも通りダンジョンの中に立っていた。

しかし、辺りをキョロキョロと見渡したハンナが不思議そうな顔をして聞いてくる。

「あれ？　ゼフィルス君、ここ1層だよ？　20層に転移するんじゃなかったの？」

「ああ、ほら、あそこを見てみ？」

「んー？　あ！　あれって転移陣!?」

「そうだ。ここから20層の転移陣に飛ぶ」

地上の門と繋がっているのは全て1層だ。

そして門の近くにはいくつかの転移陣が光っていた。ここにあるのは二つ。

それぞれ10層と20層に繋がっている転移陣だ。

基本的にショートカットするにはまず1層に来てから、各転移陣の置かれた階層にジャンプする形だな。帰ってくる時は門に直行なんだが。

ちなみに、この転移陣は起動した者にしか見えないし利用できない仕様だ。

誰かパーティメンバーの1人がこの階層を攻略していたからってキャリーすることはできない。

俺も最初に来た時に今光っている場所を確認したが、その時はショートカット転移陣なんて見えなかったからな。どういう仕組みになっているのか少し気になる。

ちなみに転移陣の起動方法は守護型フィールドボスが倒されている状態で、ショートカット転移陣を利用するか次の階層の門を潜るか、である。必ずしもフィールドボスを倒す必要は無く、誰かが倒していたらラッキーなことになるな。

「なるほどね。噂には聞いていたけど見るのは初めてね。これがショートカットの転移陣なのね」

シエラが興味深そうにその転移陣を見る。

転移陣に書いてある絵は幾何学模様で俺にはよく分からないが、シエラは何かわかるのだろうか？　そう聞いてみると、

「いいえ。ちょっと気になっただけよ。さすがに分からないわ」

との事だった。そりゃそうだ。何しろ複雑怪奇すぎる。

「ねえ、早く行きましょ！　まずは復活したフィールドボスに挑むのよ！」

「おっと、そうだった。んじゃ行きますか！」

ラナの声に皆で転移陣に向かう。

まずは10層からだ。

ゼゼールソンさんの話では誰も攻略者は入っていないとのことなのでフィールドボスも復活していることだろう。フィールドボスは毎朝リポップなのだ。1日1回、翌日の朝には復活している。

せっかくなので10層の〈ジュラ・サウガス〉と20層の〈ジュラ・ドルトル〉も狩って行く事にした。行きがけの駄賃ってやつだな。また〈金箱〉でもドロップすれば……ふはは！

ちなみに、ラナは〈ジュラ・ドルトル〉戦で不完全燃焼だったので純粋に再戦したかったらしい。むっちゃ燃えていた。

その後、特に危なげなく2体のF《フィールド》ボスを屠り、俺たちはいよいよ21層にコマを進めたのだった。

「気持ちよかったわ！　なんかこうスカッとした感じ、胸のつかえが取れた気がするのよ！」

「そいつは良かったなぁ。ラナむっちゃスキル回してたからな」

20層F《フィールド》ボス〈ジュラ・ドルトル〉を屠った時のラナの感想がこれだった。

大満足だったのだろう。むっちゃムッフーしている。

ラナはボス戦でガンガン攻撃とバフを飛ばし、回復も飛ばし、むちゃくちゃ活躍していた。

ラナ上手くなったぁ。前のようにうっかり違うバフを掛けてしまうなんてことも最近は減ったからな。嬉しいはずなのに、ちょっと寂しく思ってしまうのはなぜだろうか？

「あ！　あれは何かしら？　気になるからちょっと見てくるわ!!　わ、これ卵？　なんだかとても大きな卵があるわ、美味しいのかしら？」

「ラナ様。それはモンスターの卵です。確か食用だったはずですよ。持って帰りましょう」

「そうね！　ゼフィルス、いいかしら？」

「もちろんだ。あるだけゲットしようぜ！」

ラナがモンスターの卵採取エリアを見つけていた。

この卵は〈モンスターの卵〉という名称の資源であり、実際にモンスターが生まれることは無かったりする。無精卵とはまた違う、自然に湧く卵だ。さすが〈ダン活〉の世界。卵とは産むのではなく湧くのが常識である。初めて知ったときは度肝を抜かれたものだ。

料理アイテムに使う食材なのであるだけ持って帰ろう。

しかし途中でトラブル発生。

「キャ！」

「ああ!?　ラナ様大丈夫ですか!?」

卵がラナの腕の中から脱走したのだ。いや、別に足が生えたわけでもない。普通にちゅるんと滑って転がっただけだ。しかし、その転がった先が悪かった。ラナの足に落っこちて盛大に割れ、中身が飛び散ったのだ。

ラナの足は、ねちょねちょになってしまった。ちょっとだけ目に毒だと思ったのは内緒。

「う～。大丈夫だけど足がネチャってするわ」

「ああドンマイだな。ほれ、〈スッキリン〉あげるから使ってみろ」

情けない声を出す王女様に俺がいつも愛用している使い捨てアイテム〈スッキリン〉を渡してフォローする。

これはラノベなんかで出てくる所謂〈清潔《クリーン》〉の魔法みたいなもので、体が綺麗になり、スッキリ爽快するアイテムだ。ダンジョンのお供にこれ以上のアイテムは無い。

しかし、女性陣はこれよりも実際にシャワーを浴びたいらしく、使用したがらなかった。良い機会なので〈スッキリン〉の使用感を味わってもらおうと思う。

「ありがとうゼフィルス～」

おおう。情けない感じの上目遣い。中々の破壊力が返ってきた。

どうやら相当へコんでいたらしい。

声に甘えが混じっていた。足下のネチャも加わってちょっとドキッとしたのは内緒だ。

「えっと、こうかしら？　わぁ！」

ラナが〈スッキリン〉を使うと、一瞬光りに包まれた後、ラナの足はピカピカになった。いや足だけではなく身体全体がリフレッシュされていた。相変わらず、すごい効き目だ。

「わぁ～。すっごいスッキリしたわ！　これ凄いわね！　足の汚れもピカピカじゃない！」

「そうだろうそうだろう～。汗やベタつきなんかもそうだが、臭い汚れも全てリフレッシュしてくれるからな。結構重宝しているぞ」

俺はラナの感想に大満足しながら腕を組んで頷いたところで、後ろから話しかけられる。

「ゼフィルス、その話、詳しく聞かせてもらえるかしら？」

「うおっ!?」

説明していたらいつの間にか後ろにシエラがいた。まったく気配を感じなかったんだがシエラは忍者か？　いや忍者はパメラである。シエラではない。

というか目がマジなんだけど。どうしたというのか。

「ゼフィルス君、なんでそんな良い物教えてくれなかったの！」

「ハンナまで目がマジに……。いや、前に説明したじゃん。これ一本でわざわざシャワーを浴びなくても浴びたと同じ効果が出るぞって」

「…………覚えがあるわね」

以前、一応説明はしておいたのだが、どうやら記憶から零れ落ちていたらしい。

女性は風呂好きだからな、もちろん俺も好きだが、そのせいで「風呂に入らなくてもいい」という言葉が彼女たちにはナンセンスに映っていたようである。

なるほど、納得した。ダンジョンから帰ったらシャワーは女性の心理。それを否定する俺の紹介の仕方がダメだったようだな。謎は全て解けた。

「シエラたちも、使うか？」

「……いただけるかしら」

「え、ええと。ありがとうねゼフィルス君」

「ほら、エルテルとラナもどうぞ」

「わ、私も貰ってもよろしいのですか？　ありがとうございます」

「ありがたくいただくわ！　これはとても良い物よ、気に入ったわ！」

とりあえずシエラとハンナ、さらにエステルとラナにもお裾分けして事なきを得る。

女性陣のマジな目って迫力があったよ。

早速女性陣は〈スッキリン〉を使って身体の調子を確かめ始めた。

犬のようにクンクン匂いを確かめている。俺はスッと目を逸らした。

「なるほど、確かにこれは良い物ね。まさかこれほどの物を見落としていただなんて」

「本当ですね。心なしか疲れも取れたように感じます」

シエラとエステルの評価も上々のようだ。どうだ〈スッキリン〉は、良い物だろう？

やっと〈スッキリン〉の重要性を理解してもらえ、俺も嬉しく思う。

「スッキリしたことだし、早速狩りね！」

「スッキリと狩りの関係性が不明な件について」

よく分からないが、狩りと言うのなら俺に否は無い。

俺、狩り、スルヨ！

「違うわよ、あっちにモンスターがいるわ！　21層、初のモンスターよ！」

「そういうことか。よっしゃ、全員戦闘準備！」

毎回のことながらラナが第一発見者だ。どんな嗅覚をしているのだろうか。

身体をチェックしていた女性陣にも声をかけ、戦闘準備を整える。

「というか見えないいんだけど、どこにいるんだラナ？」

「あの岩の陰よ。なんだか視線を感じるのよ」

ラナが指さす先には大岩が鎮座していた。

この草原フィールドにあって中々に異物感を放っている。

確かにアレならモンスターの3体や4体簡単に隠れられそうだが、俺の記憶にはそもそも隠れてこちらの様子を窺うようなモンスターに心当たりがない。少なくとも〈ジュラパ〉には。はて？

しかし、注目を集めるのに慣れているラナが視線を感じるというのだから見られているのだろう。もしかして人かとも思うが、今日は入《にゅう》ダンした学生はいないはずだ。いや、俺たちがFボスとやり合っている時に入った人だろうか？　うーむ。

いや待てよFボス？　そうかFボスだ！

「思い出した！　モンスターの正体が分かったぞ。この〈丘陵の恐竜ダンジョン〉の徘徊型フィールドボス、〈ジュラ・レックス〉だ！」

「っ!!　フィールドボス!?」

ラナがマジ？　みたいな声と表情で俺を見上げた直後、ドカーンと岩を粉砕し巨大な影がその姿を現した。

この〈丘陵の恐竜ダンジョン〉の下層21層から29層までの道でランダムに徘徊している徘徊型フィールドボス。力強い二足歩行に巨大な頭を持ち、強い威圧感を放っているそいつこそ、このダンジョンで最奥に行く手を阻む者。名は〈ジュラ・レックス〉。

おいおい、21層に入って初めてのモンスターがまさかの徘徊型かよ。

3連続フィールドボス戦とか予想外だったんだけど！


徘徊型ボスは最奥への行く手を阻む妨害モンスターだ。

大体の場合、下層付近に出現し、プレイヤーたちに試練を与えてくる。

今のように、陰から様子を窺い、突如として襲い掛かってくることもあるのだ。

ゲームの時は中級ボスのことを教えてくれるチュートリアルイベントで、「ちょっとあの木陰が気になるから見てくるよ～、ギャー!?（断末魔）」ということもあった。あのイベントには笑わせてもらったなぁ。

徘徊型ボスはかなり強い。突如として現れればパーティが全滅することも珍しくはない。

しかも徘徊型は階層を移動できるため逃げても追って来るのだ。さすが試練。逃げるが勝ち戦法は使えない。

逃げた先でまた奇襲なんてされたらたまらないので、徘徊型ボスは出会ったら狩るのがセオリーだ。

しかし、徘徊型ボスの厄介なところは奇襲やその強さだけではない。

自身が大きくＨＰを削られたら逃げようとするのも徘徊型ボスの特徴だ。逃げた先で食事をしたり、睡眠をとったりしてＨＰの回復を図り、そして再度襲ってくる。

故に逃がさないよう倒しきる戦術が求められる。

今回のボスは〈ジュラ・レックス〉。

タフな防御力に、非常に威力の高い物理攻撃を繰り出すステータスに特化した強力なボスモンスターだ。

物理攻撃に非常に強い反面、魔法攻撃には脆い弱点があるため、タンクがタゲを受け持ち後衛が魔法で倒す戦術がセオリーだな。

「タゲを取るわ！　『オーラポイント』！　『ガードスタンス』！」

「バフを掛けるわね！　『守護の加護』！　『聖魔の加護』！」

シエラがヘイトを稼ぎ、ラナが防御力と魔法力を上げるバフを全体に掛けた。

「ラナ！　こいつの攻撃力はかなり高い、シエラのＨＰをよく気に掛けておいてくれ！」

「了解よ！」

「援護するね！　錬金砲〈筒砲・エアロ〉！」

ハンナが取り出したのは下級魔法レベルの弱いダメージを与える筒砲だった。風の塊のようなものを撃ち出す攻撃アイテムだ。

ダメージが弱い代わりに回数が多く、連射が可能なため牽制などに有効だ。

ハンナはそれを〈ジュラ・レックス〉に向け、パパパン、パパパン、と3点バーストの要領で撃っていく。

しかし、

「ふえっ⁉　全然意に介さないよ！」

〈ジュラ・レックス〉はハンナの攻撃なんて痛くも痒くもないようで、まったく気にした様子もなくシエラへの突撃をやめない。むしろ視線すら向けなかった。

ハンナがガーンとショックを受ける。〈ジュラ・レックス〉が固すぎたんだ。

「ハンナ！　〈マホリタンR〉を飲んで魔法攻撃にチェンジしろ」

「うん！」

突然の遭遇にハンナは〈マホリタンR〉をまだ飲んでいなかったのでそう指示を出す。

それと同時に〈ジュラ・レックス〉がシエラに衝突する。

「グギャラララ！」

「『城塞盾』！」

シエラが物理特化型の防御スキルで対応する。

しかし、

「ぐっ」

シエラから苦悶の声が洩れた。ＨＰは防御スキルのおかげでほとんど削られてはいないが、衝撃はかなりのものだったようで、シエラの足が2歩下がる。

しかし、〈ジュラ・レックス〉の足がそこで止まった。チャンス！

「ナイスシエラ！　『ライトニングバースト』！」

「グギャラララ！」

俺は〈天空の剣〉に持ち替えて、三段階目ツリーの強力な魔法を放つ。前にゲットした〈エナジーフォース〉の効力もあって中々のダメージが出たはずだ。

今回の〈ジュラ・レックス〉は防御力が高い。〈滅恐竜剣〉での物理攻撃より〈天空の剣〉による『ライトニングバースト』の方がダメージが入るため、今回は〈天空の剣〉を採用した形だ。

なお、戦闘中何度も換装してその都度使い分ける所存。面白くなってきたぜ！

「グギャラララ！」

〈ジュラ・レックス〉がスキルを使い始めた。〈ジュラ・サウガス〉も使っていた『頭打《あたまう》ち』でシエラをガンガン叩く。

「シエラ！　大丈夫か！」

「任せて。さっきは予想より強かっただけ。来ると思っておけば大丈夫よ」

シエラの言うことに間違いはないようで、『頭打《あたまう》ち』を完全に防ぎきる。

さすがシエラ、最高のタンクだ。

「隙を見て随時攻撃せよ！『シャインライトニング』！」

「はああ！『ロングスラスト』！」

「『聖光の宝樹』！」

「『フレアランス』！『アイスランス』！」

「グギャラララ！」

初めてのボス相手なので様子見しつつ、少しずつダメージを稼いでいく。

〈ジュラ・レックス〉はこれまでのボスよりトップクラスに攻撃力の高いボスだ。

不意の一撃には十分に注意したい。

ＶＩＴの低い後衛組だと、一撃で戦闘不能になる可能性もある。というかハンナは間違いなく一撃でノックアウトだろう。

幸い〈ジュラ・レックス〉に大きめの範囲攻撃は無いので狙われなければ大丈夫だ。

それがフラグになったのか、戦闘が安定してきて油断ができたのか、それは起こった。

〈ジュラ・レックス〉がバックステップで大きく下がる。この動作は知っている、〈ジュラ・レックス〉が放つ攻撃の中でも最も威力のある『フライング・恐竜・キック』だ。所謂ドロップキック（恐竜風）。一度下がるのは予備動作の証で、続いてくるのはあの巨体から繰り出される重い跳び蹴りだ。

知っている者からすれば避けるのは簡単なものだが、初見だとある間違いを起こしやすい。

そして、それに引っかかった者がいた、エステルだ。

「！　エステル戻れ！」

「！」

敵が引くと、思わず追いかけたくなるのが当然の心理。

事前に教えていたし、注意もしていたのだが、エステルがうっかり〈ジュラ・レックス〉を追いかけてしまった。

俺の掛け声に慌ててエステルが止まるが、そりゃ思いっきり悪手だ。

止まっちゃダメだ、避けなくては！　しかし、時すでに遅し、シエラの『カバーシールド』も間に合わない。巨体を震わせた〈ジュラ・レックス〉が、跳ぶ。

「グギャラァァ！」

「きゃあ！」

結果、直撃。

エステルが大きく吹っ飛ばされ、ＨＰが一気に4割以上も減ってダウンした。

〈ジュラ・レックス〉のタゲがダウンしたエステルに向く。

〈ダン活〉ではダウンという特殊状態異常がある。

ダウンすると、起き上がるまでに数秒から十数秒の間、攻撃に無防備になる。さらに、ダウンを取られたキャラはヘイトに関係なく一定の確率でタゲを向けられてしまうため、そうなると戦闘不能に陥りやすい。ダウンは特殊状態異常なのでスキルや魔法で回復することができない。非常に危険な状態異常だ。

そして今、その最も起こってほしくない状態が起こった。

エステルが〈ジュラ・レックス〉の攻撃で吹っ飛ばされ、ダウンする。そして運の悪いことに〈ジュラ・レックス〉のタゲがエステルに置き換わった。

まずい！

パーティに動揺が走る。

「ラナ！　回復を！　シエラ『カバー』！　エステルの下へ行かせるな！」

「『大回復の祝福』！　『守護の加護』！　『天域の雨』！」

「『カバーシールド』！　『挑発』！」

　速攻で指示を出し、ラナが急ぎ大回復とバフを掛け、シエラがエステルと〈ジュラ・レックス〉との間に入って行く手を阻んだ。

「グギャラァァ！」

「行かせるか！　『勇気《ブレイブハート》』！　『勇者の剣《ブレイブスラッシュ》』！　『ライトニングバースト』！」

「『鉄壁』！」

〈ジュラ・レックス〉はスキル『恐竜突進』で突破を図るが俺とシエラで全力で阻む。

エステルのダウン状態が終わるまで、絶対にここは通さない！

シエラが『恐竜突進』を受け止めると、俺は全力で攻撃する。クリティカルダウンを取るためだ。

こちらがダウンしていても、相手もダウンさせてしまえば問題ない。

「『属性剣・雷』！　『ハヤブサストライク』！　『ライトニングスラッシュ』！」

しかし、運悪くクリティカルが出ない。元々クリティカルの発生する確率は低くそう簡単には出ない。

「！　ゼフィルス何か来るわ！」

「くっ、範囲攻撃だ！　防御スキルで耐えろ！　『ガードラッシュ』！」

「グギャラァァァ！」

「『城塞盾』！」

〈ジュラ・レックス〉が一瞬ためを作ったかと思うと、その場で一回転した。

尻尾がラリアットのように迫るのを防御スキルでやり過ごす。

「グギャラアァ！」

「くっ、次は『頭打《あたまう》ち』だ！」

徐々に〈ジュラ・レックス〉の攻撃の回転数が上がっていた。

まさに、そこを通せとでも言うかのようだ。

しかし、ここを通す気は無い！

「『ファイヤーボール』！　『フレアランス』！　『アイスランス』！」

「『回復の願い』！　『回復の祈り』！」

側面に回りこんだハンナの攻撃も加わるが、〈ジュラ・レックス〉に怯む様子は無い。さすがにタフなボスだ。

続いてラナの回復で俺とシエラのＨＰが全回復する。

これでまだまだ耐えられるぞ。

とその時〈ジュラ・レックス〉の挙動が変わる。

「すみませんでした。復帰します」

エステルがダウンから戻ったようだ。良し。阻みきることができたようだ。

しかしそのせいで〈ジュラ・レックス〉のタゲが俺に向いた。

少し、攻撃しすぎたかもしれない。

「グギャラララ！」

「『オーラポイント』！　『挑発』！」

「『ソニックソード』！」

すぐにシエラがヘイトを稼いでくれたおかげでタゲがシエラに変わり、俺は後ろに回りこんで斬りつけた。

ラナとハンナ、エステルも攻撃に加わり、次第に戦闘が安定しだす。

皆もだいぶ〈ジュラ・レックス〉の挙動に慣れてきたようだ。

再び仕掛けてきた〈フライング・恐竜・キック〉も誰も引っかからずやり過ごし、そのままガンガンHPを削っていった。

「『聖魔の加護』！　『守護の加護』！　『聖光の耀剣』！　『光の刃』！」

「『フレアランス』！　『アイスランス』！」

「『ロングスラスト』！　『プレシャススラスト』！」

「『シャインライトニング』！　『ライトニングバースト』！」

「グギャラララ⁉」

〈ジュラ・レックス〉のHPが2割を下回った。

すると、〈ジュラ・レックス〉が新たな挙動を見せた。

「！　ボスが逃げるぞ！　絶対に逃がすな！」

「なによ、私から逃げられると思っているの！」

徘徊型のボスはＨＰが一定以上減ると逃げてＨＰの回復を図る。

〈ジュラ・レックス〉もＨＰがレッドゲージに迫り、こちらに背を向けて逃げ始めた。ちなみに足は引きずっていない。

「ギャラ、ギャラ、ギャラララララ！」

「ええい、逃がすか！　全員、できるだけ足を狙え！　スリップダウンを取るんだ！　エステルは尻尾に全力攻撃！」

俺はボスが逃げる動作に入った瞬間から装備を変更、〈天空の剣〉から〈滅恐竜剣〉に切り替える。俺の勇者魔法は今絶賛クールタイム中だからだ。物理ならこっちの方が火力が出る。

俺も狙いは尻尾だ。こっちに背を向けているため簡単に捕捉できる。

「『トリプルシュート』！『閃光一閃突き』！」

「『ハヤブサストライク』！『ライトニングスラッシュ』！　おっしゃ切れたぞ！」

「グギャラァァァァ⁉」

特定のボスモンスターは部位破壊や尻尾切断ギミックが存在する。

今まで初級下位《ショッカー》のボス〈アリゲータートカゲ〉くらいしか尻尾切断ギミックは無かったが、実は〈ジュラ・レックス〉も尻尾を切断できるのだ。

エステルと俺のスキルを大量に尻尾に浴び、あっという間に尻尾がちょん切れる。

〈ジュラ・レックス〉は切断された衝撃により転げまわった。

状態異常のダウンではないが、ビクンビクンしている今がチャンスだ！

「総攻撃だ！　HPを削りきるぞ！」

「私に任せなさい！　『獅子の加護』！　『聖光の宝樹』！　『光の柱』！」

「ラナだけに良いかっこはさせん！　『勇者の剣《ブレイブスラッシュ》』！　『恐竜斬り』！」

「『姫騎士覚醒』！」

「「ああ⁉」」

エステルが本気を出した！

その後は争うように攻撃したことで〈ジュラ・レックス〉のHPが0になり、膨大なエフェクトの海に沈んで消えた。

突発的徘徊型ボス、〈ジュラ・レックス〉戦。

――俺たちの勝利だ！


「今回は反省点が多かったわ」

「そうだな。特にエステルがダウンしたときの対応がな。俺も慌てていてうっかり忘れてた」

ボス戦終了後、ちょっと勝ち鬨《どき》を上げて勝利の余韻に浸《ひた》った後、シエラがおもむろに反省会がしたいわと言い出した。

確かに今回のボス戦は遭遇戦という事情を加味してもうっかりミスが多かった。

「みなさん、ありがとうございました。ご迷惑をおかけしました」

「いいのよ。ミスは誰にだってあるもの、それを反省して次に生かしましょう」

しゅんとするエステルにシエラが励ます。

エステルがミスったのは仕方が無かった。

もっとちゃんと打ち合わせや情報共有をしていたら防げていたのだろうが、今回は幸か不幸か21層に着いて初のモンスターがいきなり徘徊型ボスだった。

一応軽く〈ジュラ・レックス〉について教えていたし、注意点も伝えていたが、本格的な話は道中にでもするつもりだった。そのせいでメンバーは情報が不足していた中《なか》ボスと戦闘することになってしまった。

俺もまさかこんなに早く現れるとは思っていなかったんだよ。

徘徊型Fボスが出現するのは下層。〈丘陵の恐竜ダンジョン〉なら21層から29層に出没する。普通なら大体23層から27層くらいに出ることが多いので完全に油断していた形だ。反省。

「私も〈ユニークスキル〉を使わなかったもの。あの時は使うタイミングだったわ。はぁ」

シエラがため息を吐く。

シエラが言っているのは、〈ジュラ・レックス〉のタゲがダウンして無防備になったエステルに向いた、あの時のことだ。

シエラはあの時、エステルとの間に入って行く手を阻み、エステルが復帰するまでの時間を稼いだ。あれはあれで正解だと思う。結果は出したのだし。

しかし、シエラの〈ユニークスキル〉『完全魅了盾』はタゲ強制固定。

つまり誰にタゲが向いていようと、強制的にシエラにタゲを向かせることが可能なスキルだ。あの時〈ユニークスキル〉を使っていれば、そもそもエステルがピンチになることも無かったのである。

シエラは使うタイミングを逃《のが》したことを反省しているようだ。

「ダメね。私の〈ユニークスキル〉は使うタイミングがかなり限定的で、まだ慣れないわ」

「ま、仕方ないさ。徐々に慣れるしかない」

当たり障りの無い励ましかできないのが口惜しいが、これぱっかりは意識していないととっさには出せない。

シエラの〈ユニークスキル〉を使うタイミングは中々難しい。口で説明されるより自身が慣れるしかないのだ。

それにシエラの『完全魅了盾』が真に輝くのは上級ダンジョンで装備が整ってからなので、それまではあまり出番が無いのも仕方ない。その代わり、上級ダンジョンでは嫌と言うほど使わせてやるから覚悟しておけよと。心の中でそうほくそ笑む。

と、そこへラナがやってきた。腰に手を当てて、私待ちくたびれたわというポーズを取っている。

どうかしたのか？

「反省会は後でもできるわ。まずは宝箱を開けましょうよ！　ハンナも待ってるわよ」

「おっとそうだな。せっかくダンジョンに来ているんだし、反省会は帰ってからでもできるしな。いいかシエラ？」

「そうね。帰ったら付き合ってくれる？」

「もちろんだ」

シエラとそう約束を交わし、ボス撃破報酬の宝箱を開けることにする。

Fボスは〈公式裏技戦術ボス周回〉が使えない代わりにドロップの種類が少ない。レアボスみたいなものだな。

しかし、Fボスの中でも徘徊型は討伐難易度が格段に高いため、守護型よりドロップのレア度が高い。

最奥のボスで言うなら守護型が通常ボスドロップだとすれば、徘徊型はレアボスドロップ並の価値がある。

何しろ徘徊型は逃げるせいで中々倒せないからな。それに単純に強いし、パーティを全滅させる回数も圧倒的に多いので報酬もその分高いのは妥当なところだろう。

つまり何が言いたいのかというと、今回の報酬が楽しみだってことだな!

さて、目の前にはキラキラに耀く〈銀箱〉が鎮座している。しかも二つも。

徘徊型はいくらレアボス並のドロップを落とすとはいえ、レアボスでは無いため普通は1個しか宝箱を落とさない。つまり2個あるのは〈幸猫様〉のおかげだということだ!

〈幸猫様〉ありがとうございます!


色々悶着があったのを省略し、今回はエステルとハンナが開けることになった。

さあ、レアボス並の〈銀箱〉です。中身は何かな⁉

まずハンナから行く。

「良い物ください〈幸猫様〉！」

〈幸猫様〉にお祈りをした勢いでパカッと開く。

この勢いも良い物を当てるには重要だ（？）。ハンナは宝箱をよく分かっている。

「これは、玉？」

「おー、装備強化用の〈装備強化玉〉だな」

ハンナが当てたのは中級ダンジョンからドロップし始める、装備を強化するために必須なアイテムだった。

これを素材にして【鍛冶師】なんかに頼むと武器を強化してくれる。〈天空の剣〉なら〈天空の剣＋1〉といった感じだな。まあ、他にも色々と素材は掛かるのだが、強化するために一番必要なのがこの〈強化玉〉だ。これが無いと、いくら他の素材が揃っていても強化できない。

「なんかいっぱい入ってるよゼフィルス君！」

「そりゃ入ってるだろうな。多分ハンナが当てたのは〈装備強化玉×7個〉だ。かなりの当たりだな」

7個となると多いように感じるが、ギルドメンバーを育成しようとすれば速攻で無くなってしまう数でしかない。もっとたくさん欲しいな。

「次は私ですね。ええと、〈幸猫様〉お願いいたします。良い物を授けてください」

続いてエステルの番。俺も〈幸猫様〉に祈る。

「「あ」」

宝箱を開くと、ハンナとエステルの声が重なった。

「あ〜。俺の祈りが届いちゃったか、な？」

エステルの〈銀箱〉に入っていたのは、〈装備強化玉×7個〉。

ハンナの時とまったく同じ物だった。つまりダブり。

あれか？　俺がもっとたくさん欲しいって思ったからか？　うん。とりあえず〈幸猫様〉ありがとうございます！

たまにはこういうこともあるよな。


〈ジュラ・レックス〉のドロップは〈装備強化玉×14個〉だった。

正直なところ、これは嬉しい。

〈装備強化玉〉はそれなりに貴重な物で、中級以降のボスの〈銀箱〉産でしかドロップしない。

通常ボスや守護型のFボスなら3個しか落とさないので、1回で14個もドロップしたのは相当ラッキーな話だ。

何しろギルドメンバー全員の装備を強化しようとすると、この強化玉がむちゃくちゃ必要だからな。

さらに言えば、強化するためには強化玉が装備の＋値と同じ数だけ要求されるのも地味に厳しい。

つまり、装備＋1にするのに必要な強化玉は1個、
装備＋2にするには装備＋1と強化玉2個が必要。合計3個、
装備＋3にするには装備＋2と強化玉3個が必要。合計6個、

装備＋４にするには装備＋３と強化玉４個が必要。合計10個、こんな感じに増えていく。

最高で最上級装備なら＋10まで強化可能で、強化玉の必要数は合計55個だ。

一つの装備に55個である。

これをギルドメンバー全員の全装備を強化しようと思ったらいったいどれほどの数が要求されるのか、考えただけで白目になるレベルだ。一応計算してみると、
1人あたり、装備は、右手、左手、頭、体①、体②、腕、足、アクセサリー①、アクセサリー②、計九つの装備枠があり、ギルドメンバーは最高50人まで参加可能。

計算するとフルで揃えるためには（9つ×55個×50人＝24750個）の〈装備強化玉〉が必要である。

クラっときた。

ゲーム時代はフル強化された装備を作るのに本当に時間が足りなくて何度も泣きを見たんだ。

開発陣のアホー！　24750個とかやっちゃダメなやつだろうが！

いや〈ダン活〉プレイヤーの中には「フル装備でギルドメンバー揃えました」動画とか普通にあったけどな。俺もやったことある。〈ダン活〉プレイヤーの熱意がヤバい件。

こほん。まあそんなわけで〈強化玉〉はあればあるほど良いんだ。うん。

ちなみに中級クラスの装備だと最大＋４前後が限界だ。初級なら＋２まで、といった感じで等級によって＋の限界値が変わる。

通常の〈装備強化玉〉だと、平均初級+2、中級+4、上級+7、最上級+10、まで強化可能。

それ以上は〈性能限界玉〉が必要。

といった感じだ。

最上級クラスの装備だと最大強化数がわけ分からんリミットブレイクを起こしているのでサッと目を逸らす、決して直視してはいけない。心の平穏のためにも。


さて、ボスドロップを回収し終えた俺たちは、気を取り直して最下層を目指して歩き出した。

「ねぇゼフィルス。なんか道中のモンスターがやたら強いのだけど⁉」

「そりゃあ強いさ。下層のモンスターは最大Lv50くらいあるからな。それに〈ジュラパ〉のモンスターはステータスが高いから、そう簡単には倒せない」

「それ早く言いなさいよ！」

言ったよ？　多分ラナが聞いていなかっただけだ。

楽しみあるあるだよな。楽しみにしすぎて話を聞き逃しちゃうって。

21層からのモンスターはLv48からLv50のモンスターが出現する。

俺たちのLvはハンナを抜いてLv52なので結構良い勝負だ。

俺たちは高位職なのでステータスは並外れて高いはずだが、〈ジュラパ〉は【筋肉戦士】と同じくステータス特化仕様。HP、STR、VITにビルドが偏っているためかなり手強《てごわ》い。

普通の上級生がここに挑まない理由だな。

現にモンスター1体を受け持ったエステルが倒すまでに分単位の時間を取られている。

物理パーティだと非常に難易度が高いダンジョンだな。故に攻略には魔法パーティが推奨されている。

こうして手強《てごわ》いモンスターを相手にヘトヘトになりながら進んだところに襲ってくるのが徘徊型ボスだ。

しかし、今回は徘徊型ボスは初《しょ》っぱなに倒されているので警戒する必要なし。

いやぁ、徘徊型を気にしなくて良い攻略は楽で良いぜ。

ラナたちは全然楽じゃなさそうだけどな。

そうして慣れない強ザコモンスターを相手にしつつ、俺たちはゆっくり下層へと降りていった。

さすが〈エデン〉のトップメンバーたちだ。手強くてもしっかりと無理のない範囲で戦闘をこなしている。今までたくさんした練習、経験の成果がここに表れているな。

たまにある隠し扉もちゃんと回って〈銀箱〉をゲットするのも忘れない。中身は装備だったりアイテムだったりと色々だが、使えそうな物は無かった。残念。しかし隠し扉のアイテムはもう二度とゲット出来ないのでこちらは取っておく。

ただ、行き止まりで出た〈銀箱〉はハンナの奉納行きだ。

せっかく初の行き止まりに〈銀箱〉が湧いていたというのに中身はカス装備だったのだ。

本来なら値段も僅かしか付かないような品だが使い道はある。

中級〈銀箱〉産を奉納すればかなり良い物が出来上がるからな。〈MPポーション〉を作る時に使えば〈MPハイポーション〉になるためこういうものはハンナに回す。

「これで〈MPハイポーション〉が20個作れるはずだから救済場所《セーフティエリア》に着いたら早速頼む」

「任せてよ！」

ハンナは快く引き受けてくれた。パーティメンバーに【錬金術師】がいると現地生産ができるのが良いよな。

そんなこんなでお昼頃には俺たちは救済場所《セーフティエリア》に到着したのだった。

「やっと着いたわね。中級ダンジョンって予想以上だったわ！」

「そうね。話には聞いていたけれど実際に戦うとまた別の印象を覚えるわね。もう少し練習したいわ」

ラナの感想にシエラも同意する。

2人にとっても中級ダンジョンはハードだったらしい。お疲れ様だ。

まあ、次はボス戦なのだけど。

「お昼の準備を始めますね、ハンナさん手伝っていただけますか？」

「あ、俺が手伝おう。ハンナには錬金を頼んでおいたんだ。――ハンナ、生産頼むな」

「うん！　早速やっちゃうね」

俺とエステルでお昼の準備、と言っても〈空間収納鞄《アイテムバッグ》（容量：大）〉から取り出すだけだが。

後は簡易テーブルと椅子、その他諸々をセッティングすればあっと言う間にお昼の準備が完了する。

「はい、ゼフィルス君〈MPハイポーション〉20個、全部高品質で出来たよ～」

ハンナの方もすぐに終わったみたいだ。さすがハンナだな。早い。

「全員昼食が済んだらハンナが作ってくれた〈ＭＰハイポーション〉を自分のバッグにしまっておいてくれ。回復量は１５５Ｐだから戦闘中ＭＰがピンチになったら遠慮無く飲んでほしい」

〈ＭＰハイポーション〉の回復量は通常なら１００Ｐだが、ハンナは『薬回復量上昇付与Ｌｖ１』を持っているため５％分の５Ｐが上乗せされるのだ。

高品質になれば５割増しになって１５０Ｐとなり、そこに５Ｐが加算されるので最高で１５５Ｐとなる。

「分かったわ。ハンナありがとね。私ってＭＰ凄く持っていかれちゃうから助かるのよ」

「いえいえ～」

ラナの礼にハンナが照れたように答える。

ラナは魔法バフ、回復、アタッカーと３種類の役割を並行して行うためＭＰを大量に消費しがちだ。ただの〈ＭＰポーション〉では回復量が微々たるものなので、１回で大きく回復出来る高品質の〈ＭＰハイポーション〉はとても嬉しいのだろう。少しテンションが高い。

その後昼食を食べ、休憩して体力を回復する。

そしていよいよ中級ダンジョン、初の最奥のボス戦だ。の前にボスの説明と打ち合わせだな。情報共有はしっかりしておかないと。

「今回のボスは〈キングダイナソー〉。ガチ系と名高いマジで強いボスの一角だな。通称：〈ダイ王〉なんて呼ばれている」

「〈キングダイナソー〉。……なんか名前だけでも強そうだね」

ハンナの言うとおりだな。キングにダイナソーだからな。名前からして強者臭がプンプンする。

「これまでのボスと同じくビルドがHP、STR、VITに特化しているためかなり強力だが、その分属性攻撃や魔法攻撃なんかはしてこない。ただ『地割れ』や『岩蹴り』などの遠距離攻撃も多用してくるから注意してほしい。見た目はさっきの〈ジュラ・レックス〉に似ているな」

「なるほどね、つまり後衛にいても安心出来ないということね？」

「シエラの言うとおり、魔法が無いからと言って油断していると手痛い目に遭うぞ。シエラは後衛の直線上に居ないよう心がけてほしい。後衛組もシエラの後方に居ないようにな」

巻き込まれが怖いのでそこら辺も注意しておく。

「まあ、他はこれまで戦ったFボスと挙動は大きく変わらないから注意点も同じだ」

恐竜型モンスターはどれも似通った攻撃をしてくるので、その辺すぐ慣れるだろう。

これまでFボスとは計5戦を経験しているメンバーたちだ。問題無い。

「なるほどです。では〈キングダイナソー〉も例の『フライング・恐竜・キック』をしてくるのですね？」

「ああ。〈ジュラ・レックス〉の時よりさらに威力が高いぞ。気をつけろ」

「はい。今度は引っかかりはしません」

エステルの目が決意に光る。

うん。大丈夫そうだな。

一通り打ち合わせが済んだらボス戦だ。

「皆、中級最初のボス戦だ。準備はいいか？」

「「「「おー！」」」」

「よっし、行くぞ！」

ボス部屋の門を潜る。


「あれが、〈キングダイナソー〉ですか」

「大きい。ゼフィルス君、凄く大きいよ!? 迫力満点だよ!?」

部屋の奥に居たのは〈ジュラ・レックス〉をさらに大きく、より凶悪そうにした見た目の影。二足歩行のティラノザウルスのようなフォルムで、歩く度にドシンドシンと重い足音が響いてくる。腹にくる響きだ。

その大きさにエステルとハンナが呆気にとられた声を出す。

やばいな。ゲーム時代に画面で見ていた物より相当迫力あるわ。さすがリアル。

だが、悠長に話している時間は無い。〈ダイ王〉がこちらを目指してズシンズシンと歩いてきているからだ。まだゆっくりだが、すぐに戦闘態勢に移るだろう。

「全員散開！　まず『恐竜突進』が来るぞ、側面に展開するんだ！　シエラ！」

「任せて――『オーラポイント』！　『ガードスタンス』！」

セオリー通りタンクのシエラがヘイトを取りつつ、前に出る。

まず、〈ダイ王〉は『恐竜突進』で距離を詰めてくるはずなので、俺たちは側面に回り込むように左右へ散開だ。俺とハンナは左側、エステルとラナが右側に展開する。挟み込む形だな。

「ジュガアアアアッ!!」

予想通り〈ダイ王〉は『恐竜突進』でシエラを狙わんとした。

その巨体を震わせ、ダイナミックに突進する。その巨体は近くで見ると思った以上に大きい。

そのせいだろうか、ラナが進行ルートを見誤った。

「！　ラナもっと下がれ！　そこだと当たるぞ！」

「ラナ様！」

「え、きゃあ!?」

刹那の判断によりエステルがラナを遠ざけ事なきを得る。あぶねぇ！　尻尾がデカくブンブンと振り回すため、ラナが居た位置ではギリギリ当たりそうになったのだ。

「『城塞盾』！」

「ジュガアアアアッ!!」

「ぐっ。思ったほどでは無い、わ！」

シエラが防御スキルを使い、あの巨体から繰り出される突進を受け止めた！

シエラと〈ダイ王〉の体格差が凄まじい。あれを受けて無事とかスキル良い仕事してる！

「行くよ錬金杖！〈炎光線の杖〉と〈炎光線の杖〉！」

「『ライトニングバースト』！『シャインライトニング』！」

ハンナが魔法攻撃系のアイテム〈炎光線の杖〉をダブルで使い炎の光線をドカンドカン撃ち込んだ。

ヤバい、あれカッコイイ！　俺も今度やらせてもらおう！

俺もハンナに続いて魔法攻撃で追撃する。

「ごめんなさい、不覚を取ったわ！　よくもやってくれたわね！　『聖光の耀剣』！　『光の――」

「ラナ！　まずバフを頼む！」

「！　ああもう！　『守護の加護』！　『聖魔の加護』！　『獅子の加護』！」

ラナが復帰するがいきなり攻撃し始めたのでバフを掛けてもらう。

さっきのが尾を引いているな。大丈夫か？

「ジュガアアアアッ!!」

「範囲攻撃だ！　エステル近づくな！」

「はい！」

〈ダイ王〉の『尻尾大回転』、自身を中心とした周囲範囲攻撃だが、エステルは冷静にその行動を見極めて距離を取っていた。良い集中力だ。尻尾が長いためかなり距離を空けなければ回避は出来ない。それがしっかり見えている。

俺は今のうちに装備していた〈天空の剣〉を仕舞い〈滅恐竜剣〉に換装する。

今から接近戦だ！

「『カウンターバースト』！」

「ジュガ!?」

シエラがタイミングを合わせて『カウンターバースト』を見事に決め〈ダイ王〉が大きくノックバックした。大チャンスだ！　ここで逃す俺では無い。

「ナイスシエラ！　『ソニックソード』！　『ハヤブサストライク』！」

「ジュガアアアア⁉」

ノックバックが終わる前にスピードのある攻撃を叩き込み、見事〈ダイ王〉がダウンした。

「総攻撃だ‼　『勇者の剣《ブレイブスラッシュ》』！　『ライトニングスラッシュ』！　『恐竜斬り』！」

「ナイスよゼフィルス！　『聖光の宝樹』！　『光の刃』！　『光の柱』！」

「行きます！　『閃光一閃突き』！　『トリプルシュート』！　『プレシャススラスト』！　『ロングスラスト』！」

「追加で行くよ！　〈炎光線の杖〉と〈炎光線の杖〉４本目！」

「『インパクトバッシュ』！　『挑発』！　『シールドスマイト』！」

「ジュガアアアア！」

俺たちの全力の総攻撃が突き刺さり〈ダイ王〉のＨＰをがっつり削る。

しかし、

「何よ！　全然ダメージ受けてないじゃない！」

「いや、ダメージは入っている。こいつのＨＰがかなり多いんだ」

ラナが〈ダイ王〉のＨＰを見てびっくりしたように声を上げる。

その通り、これまで初級ダンジョンのボスであれば総攻撃を決めれば目に見えてＨＰバーが削れるが、中級からはそもそもボスのＨＰがかなり増える。初級に慣れ浸っているとそのゲージの減りの少なさにびっくりするのだ。

初級ボスと中級ボスではこういうところも全然違う。

「ジュガアアアア！」

ダウンが終わり、〈ダイ王〉が起き上がった。仕切り直しだな。

タゲはシエラに向いたままだ。ダウン中もシエラはヘイトを稼いでくれていたからな。

シエラのタンクは硬く、〈ダイ王〉の攻撃を的確に受け、捌いていく。

しかし、やはり1回に受けるダメージはこれまでとは比べものにならないほど多い。

一撃でＨＰが50や１００と減っていく光景は見ていてドキドキする。

「『大回復の祝福』！　『守護の加護』！」

「『鉄壁』！」

だがラナの回復とシエラの防御が合わされば隙は無い。

【聖女】の〈ユニークスキル〉のおかげでじゃんじゃん回復するのでシエラは戦闘不能までＨＰを減らすことは無い。

エステルも堅実に攻撃し、たとえ『フライング・恐竜・キック』の予備動作をされても引っかかることは無かった。

戦闘は安定し、10分以上を掛けて少しずつボスのＨＰを削っていく。

そして、とうとう〈ダイ王〉のＨＰがレッドゾーンに入った。

ボスが怒りに包まれていき、攻撃力とスピードが５割増しに上がる。

怒りモードだ。

「ジュガガガガ‼」

「ラナ！　攻撃はしなくていいからバフと回復に集中してくれ！　シエラは防御スキルを！　カウンターや攻撃スキルは無理に狙わなくていいぞ！」

「分かったわ！」

「了解よ！」

ボスが怒ったことで俺たちは防御の姿勢を取った。

中級最奥ボスの怒りモードは３分間も継続する。

今まで隙あれば全員が攻撃していたが、ラナとシエラには回復とタンクに集中してもらう形だ。

「エステルも深追いはするな！　敵の動きは思っている以上に速いぞ！　ハンナは遠距離からどんどん撃ってくれ！」

「了解致しました！」

「任せて！」

事故が怖いためエステルにはヒットアンドアウェイを意識してもらう。

ハンナには遠距離から安全に攻撃してもらう。

俺も武器を〈天空の剣〉に換装し、魔法で遠距離を中心に攻撃する。

この対策でいける。俺はそう思っていた。

しかし、予想外なことが起きた。

「ジュガアアアア！」

「『城塞た――きゃあ！」

「シエラ！」

シエラの防御スキルが間に合わず、〈ダイ王〉のスキル攻撃が直撃したのだ。

ボスの動きの速さにシエラが対応出来なかった。

一気にシエラのＨＰが２００近くも減り、大きくノックバックする。まずい！

「『ソニックソード』！」

「『回復の願い』！」

「ジュガアアアア！」

「やらせるか！『ディフェンス』！」

俺はすぐに素早い移動からの斬撃スキルを発動。これを俺は移動に使い一気にシエラの前に割り込もうとする。

ラナもすぐにシエラに回復を掛けた。

しかし、〈ダイ王〉が追撃の『岩蹴り』でシエラを狙わんとする。

『岩蹴り』はサッカーボールのごとく岩を蹴り飛ばして攻撃するスキル、ノックバック中のシエラがこれを受けたらダウンすること必至。しかし、ギリギリで俺はシエラとの間に割り込むことに成功し、防御スキル『ディフェンス』で攻撃を防ぐことが出来た。おっしゃあ！

「ジュガアアアア！」

「まだまだ！　『ガードラッシュ』！」

さらに追撃の『頭打《あたまう》ち』も防御スキルで阻む。

ぐは、威力高ぃ！　防御スキル使っているのに２撃でＨＰ１２０も持って行かれたぞ！

こんちくしょーとばかりに３撃カウンターをお見舞いする。

とそこへ頼もしい声が響いた。

「ゼフィルス、スイッチして」

「おう、頼むシエラ！」

ノックバックから復帰したシエラだ。

俺は透かさず横に避け、〈ダイ王〉の相手をシエラと代わる。

「今度はミスしないわ。『鉄壁』！」

「ジュガ⁉　ジュガァァァア！」

「『城塞盾』！」

「ジュガガ⁉」

今度は遅れない完璧なタイミングで防御スキルを発動するシエラ。

あまりに完璧すぎて攻撃が相殺されたぞ。パリィ、防御勝ちだ！

「邪魔な尻尾は斬る！　『勇者の剣《ブレイブスラッシュ》』！」

「ジュガァァァッ⁉」

防御勝ちの衝撃で運良く目の前に来た長い尻尾に向けて俺の〈ユニークスキル〉を放つと、これまた運良く蓄積していたダメージが限界を迎え、尻尾を切断することに成功する。

これで尻尾の長さは半分以下だ、尻尾攻撃の射程が大きく減少した。これにより、尻尾を警戒して大きく距離を取らなくてはいけなかったエステルが接近出来るようになる。

尻尾を切断された衝撃でビクンビクンしていた〈ダイ王〉にも総攻撃をお見舞いし、HPが残り僅かとなった。

「ジュガガガガ！」

起き上がった〈ダイ王〉が最後の抵抗とばかりに『尻尾大回転』の周囲範囲攻撃で一掃を目論むが、切断されてしまった尻尾では脅威にはならず、エステルが低い体勢から攻撃をくぐり抜け、〈ダイ王〉の懐に入りこんだ。

「エステル、最後だ、トドメを刺せ！」

「はああっ！　『閃光一閃突き』！」

「ジュガッ⁉　ギャ……ア……ァ……」

エステルの一撃が綺麗に決まり、〈ダイ王〉のHPがゼロとなってエフェクトの海に沈んでいく。

後に残ったのは金に輝く宝箱が二つだった。

「勝ったぞー！」

「勝ったわー！」

「やったー！」

「やりました！」

「ふふ、やったわね」

俺、ラナ、ハンナ、エステル、シエラの順に勝利の歓声を上げる。

おお！　いつもは俺とラナが叫んでハンナが付いてくる感じだったが、今回は全員参加だ！

それだけ今回の中級下位ダンジョン最奥のボスは強敵だったと言うことだろう。喜びも一入《ひとしお》だ。

「あ、証だ！」

ハンナの声に皆が自身の手を見ると、いつの間にか証が握られていた。

俺も手を見ると、〈丘陵の恐竜ダンジョン〉攻略者の証がそこにあった。

ああ、なんかいいなこういうの。ゲーム〈ダン活〉時代はただゲットしたと表示されるだけだった証、それがこうして実際に手に入るとなんかすごく達成感で満たされるのだ。

他の皆を見渡してみるとラナとハンナがジーンと来た顔をしていた。エステルは頬を緩ませ、シエラも普段のクールな表情を崩してエステルと喜びを分かち合っている。

俺も盛大にニヤけている事だろう。早速中級下位ダンジョン攻略者の証を胸に付ける。

また勲章が一つ増えてしまったな。ふはは！

一通り勝利を実感したところで次はドロップだ。これもまた重要な事。

「中級ボスもドロップの数は初級と変わらないのね、あんなに強いのに、ちょっと不満ね」

ラナが周りに散らばるドロップを見て口を若干尖らせる不満顔だ。

まあ仕方ない。初級はあくまで初級。難易度：やさしい、である。

やさしさが取り除かれてしまえばこんなもんだ。厳《きび》し！

宝箱以外の全てのドロップを回収し終え、最後に全員の視線が一カ所に集まる。

もちろんそこにあったのは宝箱、しかも〈金箱〉である。それが二つも！

〈丘陵の恐竜ダンジョン〉のボスは合計で6体倒してこれで〈金箱〉は3個、かなりラッキーだ。

これがビギナーズラックってやつだろうか？

いや、〈幸猫様〉のおかげだな。（確信）

後でとても素晴らしいお肉をお供えしなくっちゃ！

……もしかして催促されてる？　脳裏に過ぎる黄金の肉。

いや、きっと気のせいに違いない。〈幸猫様〉はそんな催促なんてしないんだ！

それはともかく初の中級最奥のボス攻略の宝箱だ。

思い出に残ること間違い無し。ここは攻略者代表としてギルドマスターの俺が開けるとしよう。

「よし」

「ちょっとゼフィルス！　そうはさせないわよ！」

「そうだよゼフィルス君！　ギルドマスターに宝箱を開ける権限なんか無いんだよ！」

「なんだとぉ!?」

一瞬で俺の目論見を看破したラナとハンナが宝箱の前でインターセプト、俺の行く手を阻んだ。

くっ、ギルドマスターに宝箱を開ける権限が無いだと？　そんなことない！

「ここはギルドマスターの俺が！　全責任を持って開けたいと思う！　いや開ける！」

「ダメよ！」

「ダメ!?」

まさかのダメ。そんなことはないはずだ。

「俺がダメなら誰なら良いって言うんだ!?」

「もちろん私よ！」

「俺は!?」

「却下よ！」

くっ、ラナめ。なんて堂々と言い放つんだ。ちょっと王女の威光を感じちゃったぞ。

「あなた。前回私が言ったこと、綺麗に忘れてないかしら？」

そこにシエラ登場。前回？　はて？　なんだっただろうか？

見ればラナは勝ち誇った顔をしていた。

「順番的にハンナ、そしてラナ殿下の番だったはずよね？　ゼフィルスは前回開けたでしょ？」

「く、覚えていたか」

「忘れるわけがないじゃない！」

いけるかと思ったが、いけなかったらしい。

「もう、ゼフィルス君はいけない子！」

ハンナからもいけない子呼ばわりされてしまった。無念。

「そこまで落ち込むことなのかしら……。はあ。なら2人で開けたらいいじゃない？」

「「2人で!?」」

シエラの提案に度肝を抜かれた。ラナと俺の声が重なる。ハンナはすでに宝箱の一つに張り付いてキョトンとしていた。聞き逃したらしい。

しかし、2人で開ける。その考えは無かった。ゲーム時代にも無かった。

「でも、ラナ殿下たちが良いって言えばよ？」

シエラのその言葉に、ラナはなんだか小さくブツブツ言っている。なんだか「これが共同作業……ってやつかしら」とか聞こえた気がするが、気のせいか？

「こほん。まあ？　ゼフィルスがどうしてもと頼むのなら一緒に開けさせてあげなくもないかもしれないけ、ど？」

なんだって!?　そんなの答えはもう決まってる！

「俺はどうしてもラナと一緒に開けたい！」

「ふわ!?　そんなストレートに!?　え、え？　うん、そこまで言うなら、いいわ、よ？」

「なんで疑問形？」

しかし、心の広いラナが〈金箱〉を一緒に開ける許可を下さった！　ありがとうございます！

ラナが妙に緊張した感じなのが気になるが、とりあえず俺が左側半分、ラナが右側半分の位置で宝箱の前に屈んだ。

「なんか妙に近くないか？」

「し、仕方ないじゃない。宝箱が小さいのが悪いのよ」

気がつけばラナがほとんどぴったりと横に付いていた。

この〈天空の鎧〉さえ着ていなければ肩が触れあっていたに違いない距離だ。

くっ、何故俺は鎧を着ているんだ⁉　今から暑いなぁとか言って脱いだらダメかな？　ダメか。

何故か〈金箱〉を開けるドキドキ感に別のドキドキが混ざってきた気がする。

見ればラナも耳が真っ赤だ。あれ？　これって宝箱を開けるだけだよな？　なんか俺の知らない空気で満ちているんですけど。いつの間にこうなった？

「うう、ラナ殿下が羨ましいです」

「そうね。提案しておいてなんだけれど、私が開ければ良かったかしら」

後ろでハンナとシエラがなんか言っているが俺の耳には届かない。

ふとラナと目があった。真横にいるために距離は近く、大海原を思わせるブルーの瞳に思わず吸い込まれそうになる。ラナの瞳って近くで見るとこんなに綺麗だったんだな。

「ちょ、ちょっとゼフィルス。そんなに見つめないでよ。恥ずかしいじゃない」

「あ、ああ。……ラナの瞳って綺麗だなって思ってさ」

「なあ⁉　も、もう。嬉しいじゃない。もっと褒めてもいいわ……よ？」

「早く開けなさいよ」

そこでシエラに窘められた。なんだかその声はいつもより冷えている気がするのは気のせいか？

背中がゾクッときたぞ。

ラナが恨めしげにシエラの方を向くが。そこには仁王立ちするシエラが俺たちをジトッとした目で見下ろしていた。なんだか雰囲気がちょっと怖い。

「ラナ殿下ではいつまで経っても開けられないご様子。私と交代しましょうか？」

「だ、ダメよ！　す、すぐ開けるわ！　ゼフィルス、祈るのよ！」

慌てて〈幸猫様〉に祈るラナ、俺も続く。後ろからシエラの溜め息が聞こえた気がした。

「じゃあせーので開けるぞ」

「うん」

「せーの」

俺が右側を持ち、ラナが左側を持って、同時に宝箱を開いた。

全員が身を乗り出して宝箱の中身を見る。

中に入っていたものは、

「あ！」

「これ」

「はわ」

「わあ！」

「マジか」

ラナ、シエラ、エステル、ハンナ、俺と順に驚嘆の声を上げた。

〈金箱〉に入っていた物は、この世に知らない人はいないほど有名で貴重なアイテム。

〈上級転職チケット〉だった。

中級ダンジョンからは〈上級転職チケット〉がドロップするようになる。

これを〈竜の像〉の前で使用すれば、発現条件を満たしている上級職の一覧が現れ、転職が可能になる代物だ。

この世界では、〈公式裏技戦術ボス周回〉が知られていないため〈上級転職チケット〉は非常に貴重で高価なアイテムだ。皆が欲しがっているのに需要に供給がまったく届いていない。むしろ絶対に出回らないまである。

ゲーム〈ダン活〉時代でもギルドメンバー全員分を集めるのは苦労した。

こっちは〈公式裏技戦術ボス周回〉しまくっていたというのに全然手に入らないのだ。狙おうとすると出てこない。「妖怪：物欲センサー」が邪魔をするんだ。

それに中級ダンジョンでは〈上級転職チケット〉のドロップ率が非常に低い、というのもある。

何しろ僅か1％だ。ボスに100回チャレンジして1個落とすかどうかの確率である。

ガチャを回したことがあるなら分かるだろうが1％というのは本当に出ない。300回チャレンジしても出ない、なんて事もざらだ。

そしてそんな〈上級転職チケット〉をパーティ5人分揃えなくちゃ上級ダンジョンを攻略することはできない。どれほど難易度が高いか分かるだろう。

故に、このリアル世界では上級職への覚醒者が非常に少ない。

普通のギルドでは1日1回ダンジョン攻略を目標にしたとして、卒業までに5人全員分の〈上級転職チケット〉が集まるかどうかは微妙な所。実際、土日祝日にしか攻略できないので5人はまず無理だ。

たとえ5人分の〈上級転職チケット〉が集まったとして、上級ダンジョンをクリアするために最適な職業《ジョブ》持ちに使わなければ攻略は難しい。

しかし、実際に〈上級転職チケット〉を使うのはドロップした攻略者だ。上級ダンジョンを攻略したいからそのチケットを差し出せと言われても誰も応じる者はいないだろう。

故にこの世界では上級ダンジョンへの挑戦者はほぼいない。攻略しても〈上級転職チケット〉がドロップすることはこの世界では確認されていないので、皆〈中級ダンジョン〉をクリアしたがるらしい。それもこの世界が上級ダンジョン以降の攻略が進んでいない理由の一つだな。

しかし、実際には上級ダンジョンなら〈上級転職チケット〉のドロップ率が3%に跳ね上がる。

ゲーム時代ではなんとか中級で5個集めて、上級ダンジョン攻略メンバーだけ上級職にして、上級ダンジョンを周回しまくってチケットを集める、それがセオリーだった。

ドロップ率1%でギルドメンバー最大50人分集めるのは厳しいよ。

さて、いかに〈上級転職チケット〉が貴重かは理解してもらえたかと思う。

そんな〈上級転職チケット〉がなんと、ドロップした。初の中級ダンジョン攻略で。これは幸先が良い！　〈幸猫様〉ありがとうございます！

ちなみにハンナの〈金箱〉には〈恐竜の鎧シリーズ〉と呼ばれる防具の〈頭〉〈体①〉の二つが

入っていた。シリーズ防具は3種類以上揃えると〈シリーズスキル〉を覚えることが出来る。それを二つもゲット出来たのだ。

これも素晴らしい、後一個足りない……妖怪が怖いな。

が、しかし今これは置いておこう。〈上級転職チケット〉の方が重要だ。

さて、全員がこの存在を知っていたため説明は不要。問題はこの〈上級転職チケット〉をどうするかである。

「私が使うわ！　私に使わせて！」

「いいえ。タンクに使うのこそベストよ。戦闘の安定性が格段に増すわ」

「攻撃力を上げるのはいかがでしょうか？　中級のボスはダメージが中々入りませんし」

「ええっと。私はまだ大丈夫かな……、でも……」

まあ、全員が全員使いたがるだろうな。この世界では上級職は一握りの存在。非常に憧れの存在でもあるのだ。

また、チケットは欲しくて手に入るものじゃない。むしろ欲しがるほど手に入らなくなる物でもある。（なんか妖怪《ようかい》？）

ええい妖怪退散！

現在〈エデン〉が保有する〈上級転職チケット〉はこれで2枚になった。うち1枚は俺とハンナしか知らない秘密なので実質1枚だ。秘密の1枚はここぞという時のために隠しておく。

さて、話が脱線したが俺はすでに〈上級転職チケット〉をどう使うか決めているので皆を落ち着かせよう。

「聞いてくれ。俺は、まだ誰かにチケットを使う予定は無い。この〈上級転職チケット〉はしばらく保管しておく」

「えー！　ちょっとそれどういうことよ！」

「まだ、ということは今後使う予定はあるのよね？」

「もちろんだ。〈上級転職チケット〉を使うのは下級職のＬｖがカンストしたＬｖ75の時のみ、それ未満での使用は〈エデン〉では不可とする」

「……続けて」

　ラナはまだ不満そうだが、先を促すシエラには理解の色がある。

「皆にも分かりやすく説明するとな。まず〈上級転職チケット〉が使えるようになる転職可能《レベルリミット》がＬｖ30からだ。これは皆知っていると思う」

　俺の発言に皆が頷くのを確認して先に進む。

「だからといってＬｖ30で〈上級転職チケット〉を使う人はいない。何故だか分かるか？」

「ＳＵＰやＳＰが勿体ないから……ね」

「シエラの言った通りだ。上級職に転職すると、現在のＳＵＰやＳＰは引き継がれる。だからＬｖは75《カンスト》まで育てた方が最終的に強くなれるんだ。今のＬｖで上級職に転職してしまったら残りの成長値《レベル》をロストしてしまう」

　そこまで説明すると全員が納得の表情を見せた。

「分かったわ。でもＬｖがカンストした時はどうするのよ、というか誰に使う予定なのよゼフィルスは」

何やらラナが鋭い視線で見つめてくるが、そんな事は決まっている。

「全員だ」

「全員って……、そんなこと、出来るのかしら？」

「可能だ。確かにここに居るメンバー全員にチケットを配り終えるには少し時間が掛かると思うが、俺たちにはボス周回があるからな」

「！　………そうね。それが出来る。出来てしまうのね」

「ああ」

俺とシエラのやりとりで気がついたのだろう、ラナ、エステル、ハンナも目を見開いて驚愕の表情で俺を見た。

それほどこの世界では常識外れの事なんだろう。しかし、出来る。可能だ。

元々〈公式裏技戦術ボス周回〉は〈上級転職チケット〉などを手に入れさせるために開発陣が苦肉の策で用意したものだ。

だから、時間は掛かるだろうが絶対にゲット出来るんだよ〈上級転職チケット〉をパーティ分。

そして上級ダンジョンが攻略出来るようになればギルドメンバー全員分が確保可能になる。

だから争う必要も、取り合う必要も無い。

時期が来ればパーティを、いや〈エデン〉全体を上級職に出来るのだ。

そのために俺たちがやることは決まっている。
まずは中級ダンジョンのボス周回だ。

第17話
学園・情報発信端末・誰でもチャット掲示板12

856 ：名無しの魔法使い2年生
ちょっと聞いてほしいのだわ!
今偶然〈中下《ちゅか》ダン〉の前を通ったら勇者君パーティを見たのよ!

857 ：名無しの神官2年生
おう。それがどうしたんだ?
先日それが原因で冒険者を含む2年生が阿鼻叫喚に包まれた件は
記憶に新しいぞ。

858 ：名無しの冒険者2年生
はい。絶望の淵ら辺で彷徨っている冒険者です。たすてけ!

859 ：名無しの神官2年生
助けて、な。
〈エデン〉の進行が早すぎるんだよなぁ。
もう中級下《チュカ》位ってどういうことだ?
俺はそこまでたどり着くのに3ヶ月は掛かったぞ?

860 ：名無しの錬金2年生
あら、〈エデン〉と比べる気なの?
やめといた方が賢明ね。
勇者君は歴代トップのスピードで階層を更新しているの。
私たちとは何もかもが違うのよ。

861 ：名無しの冒険者2年生
出たな!
〈エデン〉に加入届を持って突撃すること12回。
その全てで王女親衛隊にとっ捕まって強制送還された錬金2年生!

862 ：名無しの錬金2年生
ちょ! なんであんたがそんなこと知ってんのよ!
ちょっと、ここにストーカーがいるわ!
誰か不適切な発言者をしょっ引いて!

863 ：名無しの斧士2年生
結構有名な話だぞ?

864 ：名無しの剣士2年生
うっす。
ぼくも聞いたことあるっす。

865 ：名無しの錬金2年生
嘘でしょ?
私のプライバシーはどこへ行ったのよ!?

866 ：名無しの魔法使い2年生
そんなことどうだっていいのだわ!
ねえ聞いて! ビッグニュースなのよ!
〈中下《ちゅうか》ダン〉から出てきた勇者君のパーティ、
全員が〈丘陵の恐竜ダンジョン〉攻略者の証を着けていたの!

867 ：名無しの神官2年生
何だって!?

868 ：名無しの剣士2年生
ちょっと待ってほしいっす!

攻略者の証って言ったっすか!?
もう攻略しちゃったんっすか!?

869：名無しの魔法使い2年生
間違いないのだわ。
〈中下《ちゅか》ダン〉の管理人さんにも聞いて、確認を取ったのだもの。

870：名無しの斧士2年生
おいおい、本当なのか……。
ということはだ。
彼ら勇者パーティはたったの1週間で中級下位《チュカ》の一角を
攻略してしまったと、まさかそういうことか?

871：名無しの神官2年生
俺、中級下位《チュカ》に上がって初めてダンジョン攻略するのに
4ヶ月掛かった……。

872：名無しの冒険者2年生
ぶわぁ（泣）。

873：名無しの斧士2年生
おい。冒険者の奴が泣き始めたぞ。

874：名無しの錬金2年生
そんなことどうでもいいって……。

875：名無しの剣士2年生
こっちでは錬金さんが落ち込んでるっす!

876：名無しの斧士2年生
いや、そいつはどうでもいい。
本当にどうでもいい。

それよりも真偽を確かめたい。

877 ：名無しの剣士2年生
こんな時に頼りになる先輩たちはどこへ行ったっすか!?

878 ：名無しの戦士3年生
呼ばれた気がした。

879 ：名無しの神官2年生
お前じゃねぇよ!?

880 ：名無しの調査3年生
待たせたわね
情報を掴んできたわよ。

881 ：名無しの錬金2年生
待ってました!

882 ：名無しの剣士2年生
調査先輩っす!

883 ：名無しの魔法使い2年生
教えてほしいのだわ。
どうして勇者君はこんなにもハイスピードで攻略できたのかしら?
それに、確か今週はクラスメイトと一緒に練習場で
汗を流していたはず。
いつダンジョンを攻略する暇があったのか、とても不思議なのだわ。

884 ：名無しの冒険者2年生
わかったぞ!
例の〈ダンジョン馬車〉を使ったんだな!?

885 ：名無しの調査3年生
違うわ。

いえ、正確には使ってない可能性が高いという事かしら。

何しろ〈丘陵の恐竜ダンジョン〉は利用者がいなくて目撃情報が皆無なのよ。

886 ：名無しの斧士2年生
ん？

ではどうして〈ダンジョン馬車〉を使っていないと分かる？

887 ：名無しの調査3年生
〈ダンジョン馬車〉を使うとね、痕跡が残るのよ。
轢かれて倒されたモンスターのドロップがね、
そのまま放置されているはずなの。

888 ：名無しの神官2年生
あ、それ聞いたことあるな。
初級上位《ショッコー》で初めて〈ダンジョン馬車〉を見た時、
ドロップが大量に放置されていて騒ぎになってたんだ。
確か〈ダンジョン馬車〉はドロップを回収出来ないんだったか？

889 ：名無しの調査3年生
そうみたいね。

支援3年生の分析によると、轢いて倒されたモンスターのドロップをわざわざ拾うのは攻略の観点で見るとかなり非効率らしいわ。

毎回馬車を止めなければいけないし、止まっている馬車はモンスターを引き寄せてしまうらしいのよ。

中級で使うには、少しリスキーだし、〈ダンジョン馬車〉はそういうコンセプトで作られているわけでは無いとも言っていたわね。

890 ：名無しの神官2年生
なるほど。

キャリーするのが目的であってモンスターの撃破は二の次なんだな。
そして〈エデン〉でもそのように使われていると。

891 ：名無しの調査3年生
そういうこと。
うちら〈調査課〉のメンバーが勇者君パーティを追いかけて
入ダンしたけれど、放置されたドロップの類いは一つも発見
出来なかったわ。
〈調査課〉のトップメンバー達が探して見つからなかったのだから
〈エデン〉は馬車で攻略しているわけでは無いと見て
間違いないわね。

892 ：名無しの斧士2年生
待て。
そうなると別の問題が浮上するぞ。
勇者パーティはいったいどうやってたった1週間で、いや実際には
もっと少ない日数で中級下位《チュカ》を攻略したんだ?

893 ：名無しの調査3年生
それなのだけど、前に支援が言っていた事が現実味を帯びて
きている気がするのよね。
それと、管理人さんに伺ったら、
勇者パーティは今回で2回目のダンジョン突入だって話よ。

894 ：名無しの神官2年生
に、2回目……だと!?

895 ：名無しの冒険者2年生
プルプル（震え）。

896 ：名無しの魔法使い2年生
たった2回の突入で中級下位《チュカ》の一つを攻略?

そんな事が物理的に可能なのかしら……。

897 ：名無しの斧士2年生

支援先輩が言っていた事というと、勇者独自の攻略法の話か？

898 ：名無しの調査3年生

無駄の無い攻略の手口ってやつね。
それに加え、ダンジョンに非常に明るい見識を持っている
可能性が高いわ。
今回は勇者君達を捕捉することは出来なかったけれど、
今後も時間がある時は勇者君のダンジョン攻略の実態に迫るわね。

899 ：名無しの剣士2年生

耀いてるっす!
調査先輩、超カッコイイっす!

900 ：名無しの魔法使い2年生

謎は謎のまま、でも攻略した事実だけは残っている。
勇者君の攻略法、とても気になるのだわ。

第18話　人種カテゴリー「公爵」との面談。公爵令嬢は劣等生。

初の中級ダンジョン攻略を遂げた翌日、今日は日曜日だ。

本来ならワクワク楽しみな1日ダンジョンアタックの日ではあるが、今日の俺には予定があった。

セレスタンが纏めてくれた「人種」カテゴリー「公爵」との面談の日である。

そのため今日は俺とセレスタンを抜かした10人の女子たちで女の子パーティを作ってダンジョンに挑むらしい。女の子パーティとか響きがいいね。

また、昨日はあの後ボス周回に励んだ。

5時間近くボス周回しまくったが周回数はたったの20周だ。さすが中級ダンジョンボス、初級ボスと比べてかなりの時間を要した。

まあ〈ダイ王〉が特別硬いモンスターで俺たちが基本物理アタッカーという相性の問題もある。

とはいえ俺たちのＬｖが上がればもう少しタイムは縮まるだろう。

最後の方はメンバー全員のＬｖも上がって10分を切るタイムをたたき出したしな。

ちなみに俺たちのＬｖも全員が55に上がった。少しずつＬｖが上がるスピードが落ちてきているのを感じる。

〈上級転職チケット〉についてはＬｖカンストまで保留とし、俺が預かることになった。

どうも近くにあると魔が差さないとも限らないからというのが理由らしい。シエラが真剣な表情で渡してきたのが妙に印象に残った。

この世界ではそれほど〈上級転職チケット〉は希少である、ということだな。

俺はカンストまでLv上げてからチケットを使うのが当たり前だったので分からない感覚だ。

成長値《Lv》をロストしたら勿体無いではすまない、〈ダン活〉にはリセットはあっても戻るは無いのだ。貴重な〈上級転職チケット〉を使うなら万全の体制にして挑むのが当然だと思う。

そんな俺に預けておけば安心だとのことだ。シエラは見る目あるなぁ。

ちなみに20周では〈上級転職チケット〉は出なかった。というより〈金箱〉すら出なかったよ。

やっぱり最初のあれはビギナーズラック的なものだったのかね。

まあ20周程度でチケットがゲットできるとは俺も思っていない。今後も周回頑張るぞ！

そんな意気込みを改めてしていると、件の待ち合わせ場所に到着した。

「ゼフィルス様、こちらでございます」

「ご苦労、セレスタン」

俺も執事のご主人様が板についてきた。嘘だ。それっぽく振る舞っているだけだ。

何しろ相手は「公爵」子息。あれ、息女だっけ？　そういえば性別どころか相手のことを何も聞いていないことを思い出す。

……まあいい。とにかく威厳を保ちたいという話だ。

俺は今や1年生トップギルド〈エデン〉のギルドマスターだ。

威厳とても大事。

待ち合わせ場所はとあるラウンジの個室だった、ここで面接をすることになっている。

待ち合わせ時間は20分後、相手はまだ来ていないのでここで準備しながら待つ形だ。

さすがセレスタン、良い時間配分だ。あとで改めてお礼を言っておこう。

しばらくするとコンコンコンとノックの音が響いた、どうやら件の方が来たようだ。

「どうぞ」

「失礼いたしますわ」

聞こえたのは鈴を転がすような透き通った声、女子のようだ。

壁一枚挟んでもとても耳に残る聞き取りやすい声だった。

ふむ。求めているのは指導役としての素質。聞き取りやすい声というのは重要な要素だ。

第一印象は高評価だな。

ガチャリと扉を開けてまず飛び込んできたのは淡く美しいラベンダー色の髪。

フワッとした柔らかさで艶めいていて見ていて引き込まれるようだ。さらに彼女はその一部を縦ロールにして背中側に流している。それがなんとも似合っていた。

次に印象深いのは目、やや釣り目で髪と同じ色合いで綺麗な瞳をしていた。顔も非常に整っており、〈エデン〉で美少女慣れをしている俺でなければうっかりときめいてしまうほどだった。

そしてよく見れば髪飾りに〈地図のラバーキーホルダー〉が付いている。あれが「人種」カテゴリー「公爵」の〈シンボルマーク〉だ。男なら胸かベルト辺りに着けているが、女子だと髪飾りに着けている事が多い。

「御初にお目にかかります。わたくし、ヘカテリーナと申します。本日はよろしくお願いいたしますわ」

「ギルド〈エデン〉のギルドマスターをしているゼフィルスだ。まずこちらのスカウトに耳を傾けてもらい感謝する」

お互いがまだ堅さの残る挨拶を交わす。

ヘカテリーナさんか、なんというか、いいところのお嬢様という雰囲気だ。

なんか緊張してきたな。

いや、俺だけじゃなくてヘカテリーナさんも緊張しているみたいだ。堅くなりすぎてもなんなのでまずは空気を柔らかくするか。

「あ、楽にしてくれていい。所詮は学生の顔合わせだからね」

「そうでしょうか？　分かりましたわ」

「それでまず聞いておきたいのだけど、ヘカテリーナさんはギルド〈エデン〉に加入してもいいということで、問題ないかな？　できれば理由も聞いておきたいのだけど」

これはしっかり聞いておきたい。ヘカテリーナさんがどんな心持で〈エデン〉に入ろうとしているのか。

分不相応のギルドは身を滅ぼす。生半可な気持ち程度なら加入しない方がお互いのためだ。

「い、いいえ。その、加入しても良いだなんてそんな偉ぶったこと申し上げられません。わたくしは

「その、あまりできがよくありませんので、むしろお声をかけられたこと自体信じられなくて1週間も悩みぬいてしまいましたの」

うん？

どうやら、ヘカテリーナさんは何故自分にスカウトが掛かったのか、分からなくてビックリしたらしい……。なぜ？

あー、うん？　この人「公爵」息女だよな？　優秀な「人種」カテゴリーだぞ？　スカウトするのは当たり前だと思うのだが、なんか話の食い違いを感じる。

「ゼフィルス様。差し出がましいようですが彼女がまだギルド未所属ということを念頭に置いていただければと」

「あ」

そこでセレスタンがアドバイスをくれたことでようやく俺は察した。

ヘカテリーナさんも察したのだろう、顔が真っ赤になる。

優秀な人材のはずの「公爵」息女、優秀な人材はどこのギルドも引っ張りだこのはずだ。にもかかわらず、学園が本格的にスタートして早10日。未だにどこのギルドにも所属していないということは……、どこからもスカウトが来ていない？　え、それってつまり……。

「えーと、ヘカテリーナさん、一つ聞いてもいいか？」

「は、はい……」

「ヘカテリーナさんって、何組？」

「！」

俺のストレートな質問にピシッと固まるヘカテリーナさん。

どうやら触れてほしくなかったところに触れてしまったようだ。しかし、これは面接をするうえで非常に大切な事項。避けることはできない。

少しして再起動したヘカテリーナさんは観念したのか、小さい声で震えるように告げた。

「――し、知らなかったのですね。……はい。わたくしは、せ、〈戦闘課51組〉。公爵家の落ちこぼれなのですわ……」


ヤバい。

〈戦闘職〉に高位職が溢れすぎて「公爵」息女様がまさかの51組に落っこちていてヤバい。

俺らが所属する〈ダンジョン攻略専攻・戦闘課〉、通称〈戦闘課〉は現在、１組から１２７組まで、大体３８００人が在籍している。

その中で高位職に就いている学生は約１５００人。

１クラスにつき大体30人が在籍するため〈戦闘課50組〉まではほぼ全て高位職で占められている。

〈筋肉は例外〉

つまり、51組のヘカテリーナさんは高位職になれなかった中位職、ということになる。

それでも51組という中位職の中でトップのクラスにいるのだから落ちこぼれと言うほどではないと思うが……。

「ゼフィルス様、中位職に就いた方々はほぼ全てLv0でございます」

セレスタンが俺の心を読んだかのように小声で助言してくれた。

ああ、なるほどと納得する。

学生は5月1日の運命の日まで高位職に就くために奮起する。

つまり5月1日まで中位職の戦闘職はほぼいなかったわけだ。今中位職に就いている人たちはみな5月1日に高位職に就けなかったから中位職になっただけ。

つまり、51組という中位職のトップクラスになったのはLv《成績》のおかげでは無いということ。

当然ヘカテリーナさんのLvも、

「はい。お察しの通り5月2日、クラス決め時点でLv0でした。あの、今はLv8です。授業で〈初心者ダンジョン〉に行きましたので……」

まあそういうことだ。

それで落ちこぼれか。でも納得はできないな。

「いや、別に高位職に就けなかったからと言ってそこまで卑下する必要は無いと思うが」

「いいえ。公爵家として、高位職に至れなかったのは恥です。特に今年は高位職の条件が発見され多くの人たちが高位職に就いたというのに、公爵家のわたくしが就けなかっただなんて、もう恥ずかしくて表を歩けませんわ……」

「そこまでか」

ヘカテリーナさんが両手で顔を覆い首を振る。

マジで？　そこまで気にすること？　「公爵」って〈標準職〉でも中の中レベルの職業《ジョブ》に就けるんだぞ？

「ゼフィルス様、普通はそうでもありません。しかし、今年は特別な年でした。特にヘカテリーナ様は公爵家息女、人の上に立つ立場のお方であり、ここまでクラス落ちするのは確かに体裁が悪いかと思われます」

「マジで……？」

そういえば俺も職業《ジョブ》ではなく、まず何組かを聞いてしまったことを思い出す。

51組という数字は、人の上に立つ公爵家の息女にはかなりキツいらしい。

「はい。補足いたしますと――」

セレスタンの話では、今まで高位職が少なかったため、たとえ中位職であっても5組や6組くらいにはなれていたらしい、それが突然の51組だ。その衝撃は相当なものだった。実力主義のこの世界ではなおさらだ。

まさか学園の組数にそんな影響があったなんて、初めて知ったぞ。

そして、今の状況の半分以上は俺が招いたこと。

うーむ。中位職と高位職の格差が縮まるどころか広がった気がする。

努力の差と言えばそれまでだが、俺も一端を担っている、何とかしてあげたい。

とりあえず来年までにもう少し情報をリークしておこう。研究所の人たちには馬車馬のごとく働いてもらおうと決める。……研究所の人たちの悲鳴が聞こえたような気がしたが、きっと幻聴だろう。

それはそれとして、目下の問題はヘカテリーナさんだ。

「ちなみになんだが、ヘカテリーナさんは何の職業《ジョブ》なんだ？　〈戦闘課〉の中位職というからには【中尉】か【大尉】辺りか？」

ちなみに「公爵」の標準職は【中尉】だ。なんで最初っから【中尉】なんだと聞かれると困るのだが、「公爵」だからじゃないかとしか言えない。

ちなみに【大尉】は中位職、中の上の職業《ジョブ》だ。

「えと、はい。【大尉】に就きました。本当は【司令官】を目指していたのですが」

「ああ～、そりゃ難儀だな」

【司令官】はサポート職だ。ダンジョンでは主に仲間のバフを担当するが、その真価を発揮する場はギルドバトルである。『ギルドコネクト』というスキルで遠距離から指示を出し、仲間の動きを良くする事が可能なのだ。

【司令官】はずっと本拠地で指示を出して、バフのフォローで味方を有利にする。本拠地から出ないので対人戦で退場することも無い、そのため敵にいると厄介な職業《ジョブ》だった。もちろん高位職である。

それに比べ、【大尉】はバリバリの戦闘職である。味方のバフもできるが、メインは近接戦闘、アタッカーだ。剣、斧系を主に使用する。

ヘカテリーナさんの見た目からして、とても似合わない。いや、見た目で判断してはいけない。もしかしたら戦闘は得意かもしれないし。

「ちなみに近接戦闘は？」

「そ、その。からっきしですの」

まあ、うん。そうだろうな。見た目完全にお嬢様だし、争いとか全然イメージ出来ない。

「なんで【大尉】を選んじゃったんだ？　普通の一般職とかにすればよかったんじゃないか？」

「う、家のしがらみで、一般職はその……」

あ、察し。

おそらく公爵家が「公爵」のカテゴリーで取得出来る職業《ジョブ》以外を禁止しているとかだろう。

本当に難儀である。

なんだかヘカテリーナさんが可哀想になってきた。

この1週間アポイントに返事が無かったのは、単純に自信喪失で自分に自信が無かったからのようだ。

そりゃあ、どう考えても使いこなせない職業《ジョブ》に就いてしまったのだから自信喪失も納得だ。〈エデン〉という1年生のトップギルドにスカウトを持ちかけられてもそりゃ信じられないよな。

後から聞いた話では、セレスタンが何度もヘカテリーナさんを説得し、ようやく重い腰を上げて来てくれた様だ。何にも知らなくてごめんな。

「あの、こんな私ではやっぱりダメですよね。何故私に声を掛けてくれたのか疑問でしたが単純に知らなかっただけのようですし、今日はこれでお暇させていただきますね」

「待て待て待て。まだ何も始まって無いし終わってもないぞ。まだ状況確認しただけじゃないか」

「ですが、こんな私に価値があるでしょうか！　もう結果は決まったようなものではないですか！……あっ」

ヘカテリーナさんが悲痛に叫び、思わずと言った様子で口を押さえた。どんより顔が暗くなり涙まで溜め始める。

相当溜まっていたのだろう。人生が懸かった職業《ジョブ》の測定で、まったく自分に適性の無い職業《ジョブ》しか選べない苦痛に彼女がどれほど苦しんだか、今の悲痛な叫びに籠められた感情を聞いて、察するに余りあった。

俺は一息吐いた。

まあ、今のままじゃ絶対に〈エデン〉には入れないだろうな。

影の差す表情のヘカテリーナさんを見てそう思う。これではダンジョンを楽しむどころではない。

俺のモットーはダンジョンを楽しめだ。楽しめないなら〈エデン〉に入れることは出来ない。

では、この面接を続ける意味はヘカテリーナさんの言うとおり無いとなるが、それは「このまま」では、だ。

ダメなら変えればいい。

嫌なら、〈転職〉すればいい。

この世界の人たちは何故か〈転職〉を嫌がる。「もし転職して人生詰んだらどうする!?　Ｌｖ０になるんだぞ!?」、そんな感情がこの世界の人たちには強く根付いているのだ。故に〈転職〉するなんて発想すら浮かばないという人は多い。学園を出ればダンジョンに入れる機会は大幅に減るらしいのでその感情もわからなくは無い。

『30歳になってようやく希望の職業《ジョブ》が発現した、家庭もあるし今の仕事もできなくなるけど関係ない、心機一転〈転職〉しよう！』そんなことを考える人は確かに少数派かもしれない。

じゃあ、最初から人生が真っ暗な人はどうだろうか？

〈転職〉を嫌がるだろうか？　相性最悪ながらもせっかく〈転職〉の条件であるＬｖ15まで育てた職業《ジョブ》がＬｖ０からやり直しになる。まあ、ある意味地獄だろう。

しかし、ヘカテリーナさんはまだ16歳だ。しかも入学ほやほや。職業《ジョブ》に就いてほやほや状態だ。今〈転職〉しても余裕で俺たちに追いつけるだろうと思う。

だからこそ俺は迷わず提案する。

「ヘカテリーナさん、ここに〈下級転職チケット〉がある。俺はあなたを〈転職〉させ、理想の職業《ジョブ》に就かせる用意がある。君にその気があるのなら俺の手を取ってほしい。〈エデン〉にはあなたの新しい力が必要だ」

俺はそう言って〈下級転職チケット〉を取り出してテーブルに置いた。

第19話　あなたには選択肢がある。俺が決めてあげよう。

「〈転職〉……」

俺が取り出した〈下級転職チケット〉を見て目をぱちくりとさせたへカテリーナさんが呟いた。彼女はサポート職希望との事なので俺たちが欲しがっている指揮、指導が出来る人材とも合致する。彼女は是非欲しい。

職業《ジョブ》が合わなくても関係ない。合わなければ〈転職〉させてしまえばいい。

本人さえ同意すれば俺はすぐにでもこいつを提供するつもりだ。

ちなみにこの〈下級転職チケット〉は〈サボッテンダー〉から入手したものだ。一応ギルドで保管していたが俺が個人マネーで買い取ったので、誰に使うかは俺に権利がある。

ただ後日、ギルドに加入したら売却分は返してもらうことになるだろう。ギルドメンバーに使うとなるとギルドの予算管理を任しているセレスタンがうるさいのだ。ほら今も視線で「ちゃんと筋は通してくださいね」と告げている。いや、ちゃんと管理してくれている証拠なので文句は無い。

「でも！　いえ、ですが。10日前に測定したときは【中尉】と【大尉】しか出ませんでしたわ。今転職したとしても他の職業《ジョブ》が発現しているということはありえません」

ハッと我に返ったへカテリーナが否定を口にするが、その視線は正直だ、〈下級転職チケット〉をジッと見つめている。目は口ほどにものを言うとはこの光景のことを言うのだろう。

まあ、確かに。

今のままでは無理だろう。彼女は学園の厚意により普通達成が難しい〈モンスター100匹以上倒す〉をクリアしているはずだ。それで発現しないと言うのだからちょっとやそっとの努力じゃ無理だろう。

だが、目の前にいるのは誰だと思う？　俺だぜ？　ゼフィルスだぜ？　〈ダン活〉のデータベースと言われたこの俺に知らない職業《ジョブ》は無い。

「じゃあ仮の話をしようか。仮に俺が【司令官】の発現条件を知っていたとしよう。ヘカテリーナさんが転職すれば希望通り【司令官】に就ける。その代わりここ数日努力したLvは0に戻ってしまうけどね。また、希望の職業《ジョブ》に就きたいなら〈エデン〉へ加入し、鋭意努力を続けてSランクギルドに相応しくならなければいけない。それが条件だとしよう。ヘカテリーナさん、もしあなたならこのお誘い、受けるかな？」

仮にとつけているが、まあ俺なら普通に出来ることだ。

ただ、彼女から一言同意が欲しかった。

自信を無くし、将来の人生も暗くなってしまった彼女に自信を取り戻し、羽ばたいてもらいたい。

そのためにも希望を声に出して告げてほしい。

ギルド〈エデン〉は将来学園のトップに立つギルドだ。生半可な覚悟ではダメだ。

「君は転職してギルド〈エデン〉に加入し共にトップを目指すか、それともこのまま一生【大尉】で過ごすのか。どっちがいい？」

俺の本気度に彼女が息を呑む。

動揺が顔に表れ、呼吸がやや浅くなる。

しかし、一度目を閉じた彼女はグッと顔を上げた。

その表情には覚悟が表れていた。

「もし仮に、そんな夢のような話があれば、わたくしは即座に〈転職〉させていただきますわ。今までの努力なんてドブに捨てたって構いません！　是非加入させていただきます！　Sランク、上等ですわ。わたくしだって公爵家の末席に名を連ねるものです。Sランクにだってなってやりますわ！」

「いい返事だ。じゃ、そういうことで」

「へ？」

ヘカテリーナさんが間の抜けた声を出した。

俺の言葉が良く理解できないと言った顔をしている。

とりあえず進めよう。

「いいやぁ、良い返事が聞けてよかったよ。これで〈エデン〉の地力アップも間違いなしだ！」

「え？　えっと。待ってくださいまし、ちょっと待ってくださいまし？」

「ヘカテリーナさん！」

「は、はい！」

「あなたの事情は全て分かった。でも心配は要らない。すべて理解したうえで結論は出た。面接の結果をここに発表します！」

「へ、えええ？」

未だ付いて来られないヘカテリーナさんを置いてきぼりにして話は進む。

俺の中では今ドラムロールが鳴り響き、シンバルがパァンと音を立てた。

結果発表！

「ヘカテリーナさん合格！　おめでとうおめでとう！　これから〈エデン〉で共に切磋琢磨し、共にSランクを目指そうじゃないか！」

「え、えぇぇぇぇぇっ⁉」

面接の結果に感極まったのだろう。ヘカテリーナさんが悲鳴にも似た大声を上げた。多分これが黄色い声ってやつだろう。（違う）

ラウンジの個室が防音でよかったよ。

続いて俺は時計を確認。

まだ朝の11時前。ふむ、時間はたっぷりあるな。

俺の中ではすでにヘカテリーナさんを今日中に〈転職〉させるプランが成り立っていた。

「あ、あと言い忘れていたが【司令官】は高の中だぞ。確かに悪くないが「姫」持ちにはあまり良いとは言えないな。ここは高の上である【姫軍師】なんてどうだろうか？　【司令官】の上位互換なうえに〈姫職〉だから高の上の職業《ジョブ》より頭一つ抜けて強いぞ。俺のオススメだ。何？　それでいいって？　よし、じゃあそういうことで。早速〈初心者ダンジョン〉で周回してLv10に成るところから始めようか。今日は忙しくなるぜ。セレスタンは歓迎会の準備をよろしく」

「かしこまりました」

「ちょっと待ってくださいまし⁉　今おっしゃったことの半分も理解できませんでしたが今聞き捨てならないことがわたくしの知らぬ間に決定いたしましたわ！　わたくしの！　わたくしの職業《ジョブ》の

ことですわよね⁉」

「え？　【姫軍師】、ダメか？」

「へ？　い、いえ。ダメと言うわけでは、それに【姫軍師】？　あの選ばれた天才しか就けない【姫軍師】のことですか？　あのトップエリートの証の？」

「それは知らないが【姫軍師】は【姫軍師】だ。【司令官】より絶対そっちの方がいいからそっちを目指そうぜ」

あまりの事態にヘカテリーナさんの目がグルグル回っていた。混乱しているみたいだ。

話が進まないのでこういう時は押し切るに限る。

一応『リカバリー』も掛けておこう。ピラリラ〜。

「ほら【姫軍師】と【司令官】、仮に就けるとしたらどっちになりたい！」

「ひ、【姫軍師】ですわ。わ、わたくしの憧れですのよ？」

「じゃ、そういうことで」

「ええ、えええ？」

方針は決まった。

ヘカテリーナさんからすれば説明プリーズというところだろうが、悠長に説明している時間はない。〈転職〉には時間と手間が掛かるのだ。俺はこれを1日で片付ける。

今から〈初心者ダンジョン〉でLv10まで育てたのち初級下位《ショッカー》でパワーレベリングして一気にLv15まで育てる！　そして条件を満たして〈転職〉だ！

時間が余ればスラリポマラソンでLv6まで育ててまた〈初心者ダンジョン〉でLv10まで周回だ！　時間はいくらあっても足りない。

ということで説明は道中にでもするとしよう。

セレスタンが優雅に礼をして見送ってくれる中、俺はヘカテリーナさんの手を掴み、〈初心者ダンジョン〉へ向かったのだった。

第20話　歓迎会&祝賀会！　お祝いの時は豪勢に！　新しい仲間に乾杯！

「では！　新しいメンバーの加入と、〈エデン〉の中級ダンジョン初攻略を祝って乾杯！」

「「「乾杯！」」」

グラスを掲げ乾杯の音頭を取ると、席からカカカランとグラスが当たる良い音が奏でられた。

現在、日曜日の夜19時。〈エデン〉ギルド部屋にて歓迎会&祝賀会が行われていた。

誰が作ったのか、〈幸猫様〉がお座りになる神棚の上には「ギルドエデン歓迎祝賀会」と書かれた横断幕が飾られている。なかなか気合いが入っていた。

Eランクになり広くなったテーブル席には多くの料理が並び、皆が舌鼓を打っている。

そして忘れてはならないのが本日の主役だ。

元々、中級ダンジョン初攻略の祝賀会はやる予定だった。中級ダンジョンの攻略ギルドというのは、それだけで学園内外からの評価も大きく違ってくる。一つギルドが大きくなったと同じ意味を持つのだ。祝わなければ嘘だろう。

そこに新たにヘカテリーナが加入したため、一緒に祝ってしまおうという話だな。

というわけで心置きなく歓迎会だ。チャットで全員に呼びかけた時、誰も予定が埋まっていない日が今日しかなかったのにはちょっと焦ったが、超特急で用意してなんとか間に合った。

俺は無事開催出来た歓迎会&祝賀会を満足しながら見渡すと、1人呆然としている彼女の元に向かった。

「ヘカテリーナ、楽しんでるか？」

ちなみにさん付けは今日一日の濃いハードスケジュールをこなす過程でいつの間にか取り払われていた。ヘカテリーナも気にしていないようなのでこのまま呼んでいる。

ヘカテリーナは未だ状況が飲み込めないいんですのといった顔をしてこちらに振り向いた。

「ゼフィルスさん。あの、おかしいですの。なんでわたくしはここに居るのでしょう？」

記憶が混濁しているようだ。いったい誰がこんなになるまで……。

まあ、十中八九俺が連れ回しすぎたのが原因だと思うが。

まずは正気を取り戻させなくては。

「よーく思い出すんだ。今日は何をしたっけ？　さっき〈竜の像〉の前でやったことを思い出すんだ」

「んー。〈竜の像〉……、〈竜の像〉……、おかしいですわ、わたくし白昼夢でも見た気がしますの。ですが【姫軍師】の職業《ジョブ》に就けるなんてとても良い夢でしたわ」

「夢じゃ無いからな、それ」

記憶が混濁しているようだ。いったい誰がこんなことを……（2度目）。

「とりあえず自分のステータスを確認してみ？」

俺に言われるがままにステータスを確認したヘカテリーナの瞳がくわっと開いた。

「はっ！　あれは夢じゃ無かったんですの⁉　わたくしは本当に【姫軍師】になっていますわ！　なぜ⁉」

「理由なんていいじゃ無いか。まずは【姫軍師】への〈転職〉、おめでとう」

「へ？　あ、ありがとうございますわ？」

「今日はヘカテリーナが〈エデン〉に加入した記念日だ。美味しい料理をたくさん用意したから楽しんでいってほしい。あ、あとメンバーも紹介するな」

「はっ！　〈エデン〉、加入⁉　そうですわ、わたくし流れるままにトップギルドに加入までしてしまって、頭の処理が追いつかなくなっていたのですの⁉」

おお！　ヘカテリーナが再起動を果たした。

ようやく今の状況が何故起こったのか飲み込めたらしい。処理に凄く時間が掛かったな。

あの後、予定通り初心者ダンジョンでＬｖを10に上げたヘカテリーナは初級下位《ショッカー》でＬｖを15まで上げて、【姫軍師】の発現条件を満たして〈転職〉していた。

ちなみに【姫軍師】の発現条件は。

〈①「公爵」「姫」である〉
〈②【マジックシューター】【魔装銃砲手】【偵察通信兵】【魔法兵】【参謀】【司令官】の発現条件を満たす〉
〈③自分のバフを受けた味方がモンスターを100体倒す〉
〈④モンスターを銃で100体倒す〉
〈⑤地図を購入後、1日以内に地図に無いエリアを発見する〉

こんな感じ。

下部職はガンナー系統と兵士系統、そして支援系の【参謀】が必要だ。

そして特殊条件が割と厄介、地図に書かれていないエリアを発見するである。

これ、おそらく開発陣からしたら隠し部屋のことを指していたと思うのだが、そこは効率を求める〈ダン活〉プレイヤーたち。普通なら隠し部屋のあるダンジョンに行くイコール職業《ジョブ》に就いているということ、つまり〈転職〉の手間が掛かるということ、そんなの許せない。

ということで超効率的な方法を編み出していた。その方法とは、粗悪品の学園地図購入。

つまり、間違っている地図を購入するということだ。そりゃ地図に書かれてないエリアはたくさんあるさ！

でも、そんな粗悪品の地図なんてあるの？　と思うかもしれない。実はあるんだ。

とあるお使いクエストで、購入する地図が必ず粗悪品になるイベントがあったんだ。このイベントは間違った到着場所にたどり着き、そこにいる人たちの話を聞いて徐々に地図を更新させながら、本当の目的地まで進んでいく、というおつかいクエストだった。

〈ダン活〉プレイヤーたちはこれに目を付け、間違った地図で地図に無いエリアを散策したところ、無事【姫軍師】の発現条件を満たせたとさ。さすがだ。

そしてここはリアル。別にクエストを受ける必要も無いので適当な店で学生が練習用に描いたという粗悪品の地図を購入し、描かれていなかった新しく出来たお店を訪問したところ、無事【姫軍師】の条件を満たすことに成功したのだった。やったぜ！

ヘカテリーナが再起動したことも確認出来たので早速メンバーを紹介することにした。

「じゃあ、まずラナから紹介するな。〈エデン〉唯一のヒーラーで――」

「ラナ殿下⁉ お願いゼフィルスさんわたくしもうパンク寸前ですの！ 手加減してくださいまし！」

ヘカテリーナが悲鳴を上げる。

しかし、今回の主役の1人はヘカテリーナなので向こうからやってきてしまうのだ。

従者のシズ、パメラ、エステルを連れたラナが俺たちの前までやってくる。

「ヘカテリーナ、久しぶりね！ これからは同じギルドの仲間よ、よろしくね！」

「は、はい！ ラナ殿下、こちらこそよろしくお願いいたしますわ」

「2人は知り合いなのか？」

「そうね、でも本当に知り合い程度の仲だったから、ここでは仲良くなれると嬉しいわ」

ラナの話によれば、この国シーヤトナ王国には三つの公爵家があるらしいが、ヘカテリーナの公爵家はかなり遠いところにあるようだ。そのためラナとはあまり面識が無かったみたいだな。

ヘカテリーナは公爵家の息女として、最も名高い学園まで学びに来ているのだそうだ。

まあ、それで結果が【大尉】じゃ浮かばれない。ヘカテリーナの今朝の落ち込みようも分かるな。

ラナとの交流が終わった後は他のメンバーも紹介していく。

これからヘカテリーナがバンバン指示出しする相手だ、しっかり名前と顔を覚えてもらわなければ。

ヘカテリーナ1人ではまだ不安だろうから俺が付きっきりでフォローした。

「つ、疲れましたわ」

「そういうときは美味いものを食べれば生き返るさ。これなんかオススメだ」

紹介も終わったので〈空間収納鞄《アイテムバッグ》〉から料理を出す。

出したてなので熱々だ。

「あの、そういうとき女の子には甘い物を出すものですわ。なぜがっつりとしたステーキなんですの？」

そう、ヘカテリーナの言うとおり、俺が出したのはステーキだった。

確かに、疲れ切っている女子に出す物では無いのかもしれない。

だが、これでいいのだ。

「まあ食べてみな。こいつは料理アイテムだ、むっちゃ元気が出るぞ。それに美味い」

「はあ、では一ついただきますわ。——ぱく、ん～～～……美味しいですわ！　な、なんですのこれ!?」

「いっぱいあるからな、どんどん食べな」

「――本当に美味しいですわ。それに元気が出てくるような。あの、これはなんなのです？」

「ふふふ、聞いて驚け。こいつはレアモンスター〈ゴールデントプル〉のドロップ肉を贅沢に使った料理アイテム、〈耀きの恐竜ステーキ〉だ。一時的にＨＰの最大値が上昇するほか、睡眠耐性を始めとした多くの耐性を得ることが出来る強力なアイテムだな。ちなみに狩ったのはうちの優秀な【錬金術師】のハンナだぞ」

元気が出るのは睡眠耐性のおかげだな。目がシャキンとするぞ。

「〈ゴールデントプル〉のお肉ですの⁉　あ、ハンナさんと言えばあの有名な⁉　レアモンスターのお肉なんて贅沢、わたくしがいただいてしまって良かったのでしょうか」

「良いに決まっているだろ、ヘカテリーナももう〈エデン〉のメンバーなんだし。むしろ今日の歓迎会＆祝賀会の主役の1人だぞ。ここで食べないでいつ食べるんだよ。それでも悪いと感じるなら〈エデン〉で頑張ってもらえればいい」

「……そうですわね。正直なところ、まだ実感がなくふわっとしていますの。【姫軍師】に転職できたことも、1年1組だけで構成されたトップギルド〈エデン〉に加入出来たことも、全部朝になったら目覚めてしまうのではと思ってしまって、足がすくんでしまいますのよ？」

「はは、まあ夢じゃ無いから安心しろって言ってもこればっかりはな。まあ明日になれば実感も湧くだろうさ。〈エデン〉に入ったからにはビシバシ鍛えていくからそのつもりでな」

「ふふふ。もし夢で無ければ、お願いしますわ。わたくしをあの暗闇から救い出してくださるのなら、ゼフィルスさんに頑張って付いていくと誓いますわ。だからわたくしも支えてくださいねゼフィルスさん？」

「え？　ああ。大船に乗ったつもりで任せてくれていいぞ？」

あれ？　なんか空気が変な気が……、気のせいか？

「あの、わたくしの名前、親しい方はリーナとお呼びになるんですの。ゼフィルスさんも是非そうお呼びになってほしいのです」

「そ、そうか。リーナ？」

「はい！」

試しに呼んでみると花が咲くような笑顔でヘカテリーナ改めリーナが返事をした。

えーっと、懐かれた、のか？　え、違う？

リーナの反応に動揺していると、そこに影が現れた。

振り向くと、ちょっと不機嫌そうなラナが、

「ちょっとゼフィルス！　何新しい子にデレッとしているのよ！　というかさっきからベッタリとしすぎよ！　私にも構いなさい！」

え？　まったく身に覚えが無いんだけど？　そしてこっちもデレてる！

「ゼフィルス、そろそろ皆の方を回っても良いのでは無いかしら？　ヘカテリーナさんだってずっとあなたと一緒だから心が休まらないはずよ」

シエラまで来た。

え、なんかシエラまでトゲのある口調なんだけど？

「あの、わたくしは別にゼフィルスさんが居てもらっても――」

「もうゼフィルス君、せっかく作ったお料理が冷めちゃうからこっち来て。よそってあげるから。あと〈幸猫様〉にもお供えしよう。〈耀きの恐竜ステーキ〉も食べてもらおうよ」

最後はハンナが俺の腕を取り、無理矢理テーブルの反対側に連れて行った。

なんかハンナも機嫌悪い？

リーナが何か言っていたが、ハンナの声にかき消されて聞き取れなかった。

俺はハンナに〈耀きの恐竜ステーキ〉を渡されて自分の使命を思い出し、その足で〈幸猫様〉へお供えしてしっかりお祈りした。〈幸猫様〉今回も良いものをありがとうございました。次もまた良いものをください！

その後、なぜかニコっとしたハンナたちにルルたちのいる場所に連れて行かれ、たくさん料理を食べさせられた。

とはいえさすが料理専門ギルド〈味とバフの深みを求めて〉に依頼した品だけあってどれも美味しかったが、君たち食わせすぎじゃ無い？　もう入らないって。え、まだ食わす気？　気のせいだよな？

結局、俺は腹が膨れすぎて身動きが取れなくなるまで料理を食べるはめになった。

こうして歓迎会＆祝賀会は過ぎていったのだった。

名前 NAME

ゼフィルス

人種 CATEGORY		職業 JOB	LV		
主人公	男	勇者	55	HP	304/304→338/308(+30)
				MP	504/504→638/538(+100)

獲得SUP:合計22P　制限:——

攻撃力 STR	180→200	(×1.6)
防御力 VIT	180→200	(×1.6)(+10)
魔力 INT	180→200	(×1.6)
魔力抵抗 RES	180→200	(×1.6)
素早さ AGI	180→200	(×1.6)(+15)
器用さ DEX	30	(×1.6)

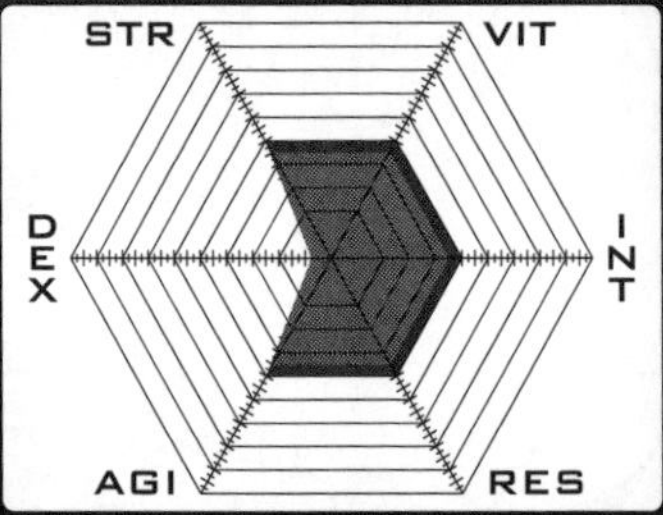

SUP ステータスアップポイント
0P →110P→ 0P

SP スキルポイント
0P → 5P→ 0P

スキル

身体強化 LV10　直感 LV5　超反応 LV4
ソニックソード LV5　ハヤブサストライク LV1　ライトニングスラッシュ LV1
属性剣 LV1　ディフェンス LV5　ガードラッシュ LV1
アピール LV5　ヘイトスラッシュ LV1　カリスマ LV1
ギルド 幸運　装備 状態異常耐性 LV3
装備 麻痺耐性 LV5　装備 斬撃耐性 LV4　装備 移動速度上昇 LV5

魔法

シャインライトニング LV5　ライトニングバースト LV1
リカバリー LV1　オーラヒール LV1　エリアヒーリング LV1

ユニークスキル

勇者の剣〈ブレイブスラッシュ〉 LV1　勇気〈ブレイブハート〉 LV10

装備

右手 天空の剣　左手 天空の盾
体① 天空の鎧　体② 痺抵抗のベルト(麻痺耐性)
頭 銀のピアス(AGI↑)　腕 ナックルガード(斬撃耐性)　足 ダッシュブーツ(移動速度上昇)
アクセ① 真蒼の指輪(HP↑/VIT↑)　アクセ② エナジーフォース(MP↑)

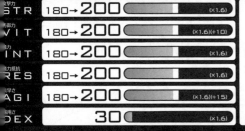

名前 NAME

ハンナ

人種 CATEGORY		職業 JOB	LV		
村人	女	錬金術師	57	HP	90/30(+60)
				MP	560/560→ 680/680

獲得SUP:合計14P　制限:DEX+5

攻撃力 STR	10	
防御力 VIT	10	
魔力 INT	10	
魔力抵抗 RES	248→253	
素早さ AGI	10	
器用さ DEX	320→345	

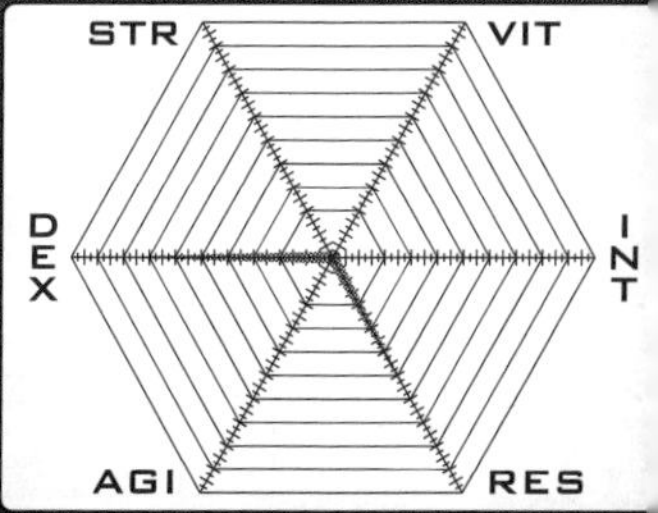

SUP ステータスアップポイント OP → 70P→ OP

SP スキルポイント OP → 5P→ OP

スキル

錬金 LV10　調合 LV10　素材返し LV10
迅速錬金 LV5　迅速調合 LV2　簡略生産 LV3　大量生産 LV10
薬品質上昇 LV1　薬回復量上昇付与 LV1　ギルド 幸運
装備 打撃耐性 LV2　装備 MP消費削減 LV3
装備 斬撃耐性 LV3　装備 移動速度上昇 LV5
装備 MP自動回復 LV1

魔法

装備 ファイヤーボール LV5　装備 フレアランス LV3
装備 アイスランス LV1

ユニークスキル

すべては奉納《ほうのう》で決まる錬金術 LV10

装備

両手 マナライトの杖 空きスロット フレムロッド魔能玉
体① アーリクイーン黒(打撃耐性)　体② 希少小狼のケープ(斬撃耐性)
頭 戦小狼の魔女折れ帽子(HP↑)　腕 バトルフグローブ(HP↑)　足 ダッシュブーツ(移動速度上昇)
アクセ① 節約上手の指輪(MP消費削減)　アクセ② 真魂のネックレス(MP自動回復)

名前 NAME

シエラ

人種 CATEGORY		職業 JOB	LV
伯爵/姫	女	盾姫	55

HP 564/564→678/598(+80)

MP 350/350→380/380

獲得SUP:合計20P　制限:VIT+5 or RES+5

攻撃力 STR	120→150	
防御力 VIT	280→300	(×1.1)(+10)
魔力 INT	10	
魔力抵抗 RES	280→300	(×1.1)(+10)
素早さ AGI	70 → 80	
器用さ DEX	30	

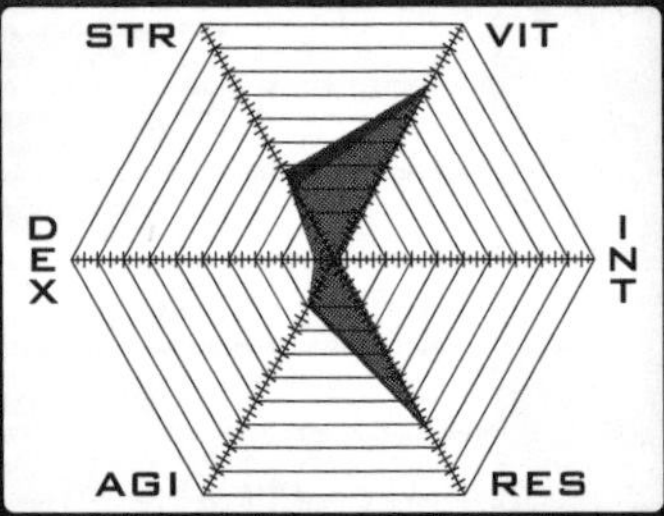

SUP ステータスアップポイント 0P →100P→ 0P

SP スキルポイント 0P → 5P→ 0P

スキル

挑発 LV5　ガードスタンス LV1　オーラポイント LV1
シールドスマイト LV1　シールドバッシュ LV1　インパクトバッシュ LV1
カウンターバースト LV1　カバーシールド LV1　インダクションカバー LV5
鉄壁 LV5　城塞盾 LV2　マテリアルシールド LV2
ファイヤガード LV1　フリーズガード LV1　サンダーガード LV1
ライトガード LV1　カオスガード LV1　状態異常耐性 LV10　受盾技 LV5
流盾技 LV5　防御ブースト LV2　魔防ブースト LV2
ギルド 幸運　装備 通常攻撃威力上昇 LV5

魔法

ユニークスキル

完全魅了盾 LV5

装備

右手 鋼華メイス(通常攻撃威力上昇)　左手 盾姫カイトシールド
体①・体②・頭・腕・足 盾姫装備一式
アクセ① 命の指輪(HP↑)　アクセ② 守護のブローチ(VIT↑/RES↑)

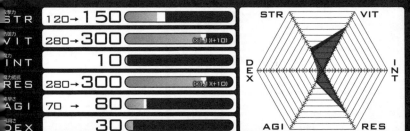

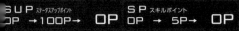

名前 NAME

ラナ

人種 CATEGORY		職業 JOB	LV		
王族/姫	女	聖女	55	HP	258/258→ 292/29
				MP	628/628→ 692/69

獲得SUP:合計21P　制限:INT+5 or RES+5

ステータス	値
攻撃力 STR	10
防御力 VIT	100→120
魔力 INT	320→340
魔力抵抗 RES	320→340 (+15)
素早さ AGI	65 → 80
器用さ DEX	43

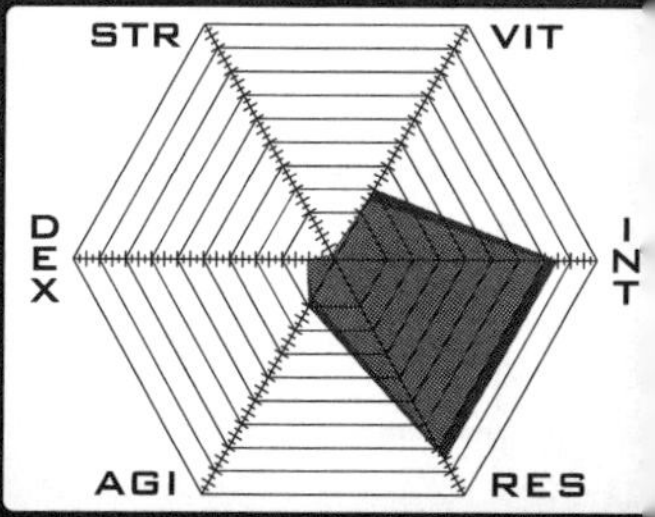

SUP ステータスアップポイント
0P →105P→ 0P

SP スキルポイント
0P → 5P→ 0P

スキル

MP自動回復 LV5　MP消費削減 LV5
ギルド 幸運　装備 回復強化 LV5　装備 光属性威力上昇 LV4

魔法

回復の祈り LV1　回復の願い LV1　大回復の祝福 LV1
全体回復の祈り LV1　全体回復の願い LV1　生命の雨 LV1　天域の雨 LV1
復活の奇跡 LV5　勇者復活の奇跡 LV5　浄化の祈り LV1　浄化の祝福 LV1
獅子の加護 LV1　聖魔の加護 LV1　守護の加護 LV1
耐魔の加護 LV1　迅速の加護 LV1
魂の誓い LV5　光の刃 LV3　光の柱 LV1
聖光の耀剣 LV1　聖光の宝樹 LV1　聖守の障壁 LV5

ユニークスキル

守り続ける聖女の祈り LV10

装備

両手 慈愛のタリスマン(回復強化)
体①・体②・頭・腕・足 聖女装備一式
アクセ① 光の護符(光属性威力上昇)　アクセ② 光の指輪(RES↑)

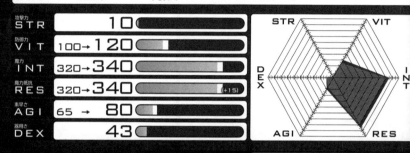

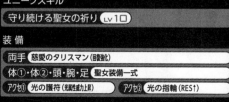

名前 NAME

エステル

人種 CATEGORY: 騎士爵/姫 | 女

職業 JOB: 姫騎士

LV: 55

HP 354/354→ 386/386

MP 380/380→ 410/410

獲得SUP:合計20P　制限:STR+5

攻撃力 STR	380→410	
防御力 VIT	130→140	
魔力 INT	10	
魔力抵抗 RES	120→130	
素早さ AGI	150→180	(+15)
器用さ DEX	50	

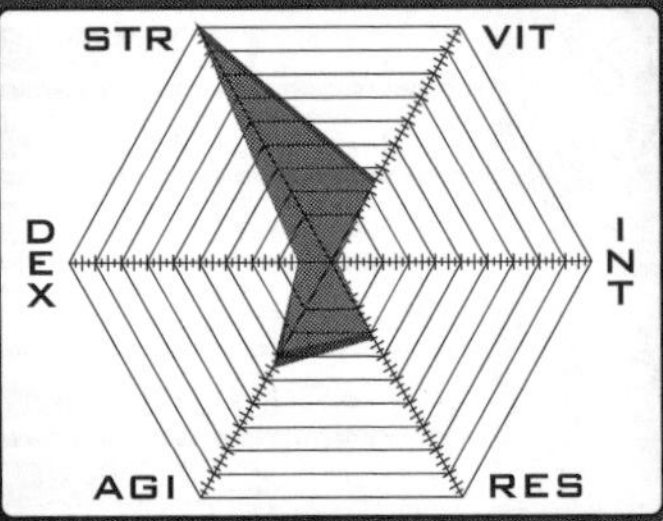

SUP ステータスアップポイント 0P →100P→ 0P

SP スキルポイント 0P → 5P→ 0P

スキル

騎乗 LV1　乗物操縦 LV10　ロングスラスト LV5　トリプルシュート LV1
プレシャススラスト LV5　閃光一閃突き LV5
レギオンスラスト LV1　レギオンチャージ LV1
騎槍突撃 LV5
両手槍の心得 LV5　乗物攻撃の心得 LV5
アクセルドライブ LV1　ドライブターン LV1　オーバードライブ LV4
ギルド 幸運　装備 テント LV1
装備 空間収納倉庫《アイテムボックス》 LV3　装備 車内拡張 LV3

魔法

ユニークスキル

姫騎士覚醒 LV10

装備

両手 リーフジャベリン(AGI↑)
体①・体②・頭・腕・足 姫騎士装備一式
アクセ①・アクセ② からくり馬車(テント/空間収納倉庫/車内拡張)

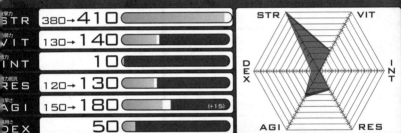

名前 NAME

カルア

人種 CATEGORY		職業 JOB	LV
猫人/獣人	女	スターキャット	48

HP 206/206→ 302/252(+50)

MP 270/270→370/260(+110)

獲得SUP:合計19P　制限:AGI+7

能力	値	補正
攻撃力 STR	170→250	(+15)
防御力 VIT	80 →100	(+15)
魔力 INT	10	
魔力抵抗 RES	60 → 80	(+10)
素早さ AGI	270→354	(×1.3)(+15)
器用さ DEX	30	

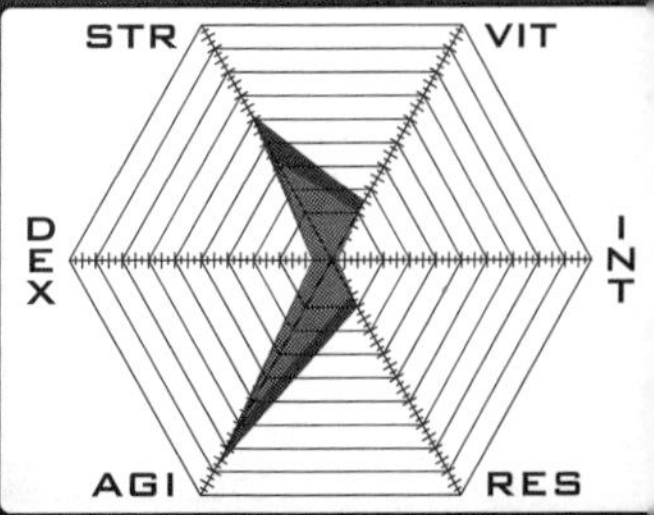

SUP ステータスアップポイント 0P →228P→ 0P

SP スキルポイント 7P →19P→ 0P

スキル

素早さブースト LV5　短剣二刀流 LV10　投刃 LV1　フォースソニック LV1　スルースラッシュ LV1　鱗剥ぎ LV5　二刀山猫斬り LV1　急所一刺し LV5　32スターストーム NEW LV1　デルタストリーム NEW LV1　スターブーストトルネード NEW LV1　スターバースト・レインエッジ NEW LV3　ソニャー LV5　罠突破 LV1　直感 LV5　回避ダッシュ LV1　突風 LV1　ギルド 幸運　装備 打撃耐性 LV2　装備 麻痺耐性 LV3　装備 移動速度上昇 LV10　装備 爆速 LV5　装備 罠爆破 LV5

魔法

ユニークスキル

ナンバーワン・ソニックスター NEW LV5

装備

右手 狩猟ダガー(STR↑)　左手 アイスミー〈氷属性〉(STR↑)

体① アーリンの衣(打撃耐性)　体② 軽快装着ベルト(VIT↑/AGI↑)

腕 抵抗のミサンガ(麻痺耐性)　足 爆速スターブーツ(移動速度上昇/爆速/罠爆破)

頭 ソウルシグナル(RES↑/MP↑)　アクセ① 魔力マフラー(MP↑)　アクセ② 守護ミサンガ(VIT↑/HP↑)

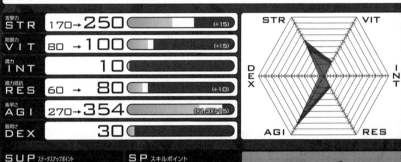

名前 NAME

リカ

人種 CATEGORY		職業 JOB	LV
侯爵/姫	女	姫侍	47

HP 426/426 → 502/502
MP 350/350 → 440/440

獲得SUP:合計20P　制限:STR+5 or VIT+5

攻撃力 STR	140 → 180	(+30)
防御力 VIT	190 → 270	(+10)
魔力 INT	10	
魔力抵抗 RES	70 → 130	(+15)
素早さ AGI	70 → 80	
器用さ DEX	50	

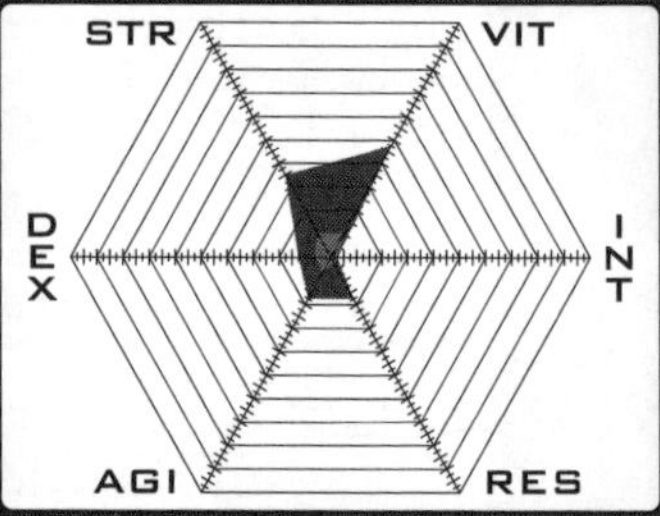

SUP ステータスアップポイント
0P → 240P → 0P

SP スキルポイント
5P → 17P → 0P

スキル

二刀流 LV5　果し合い LV5　大勇 LV1　戦意高揚 NEW LV1
切り返し LV1　切り払い LV1　上段受け NEW LV1　下段払い LV1
受け払い LV1　残影 NEW LV1　二刀払い LV5　弾き返し LV5
名乗り LV1　影武者 LV1
刀撃 LV1　ツバメ返し LV4　横文字二線 LV1　十字斬り LV1
飛鳥落とし NEW LV1　焔斬り NEW LV1　雷閃斬り NEW LV1　凍砕斬 NEW LV1
光一閃 NEW LV1　闇払い NEW LV1　パリング成功率上昇 LV4
ギルド 幸運

魔法

ユニークスキル

双・燕桜 NEW LV5

装備

右手 剛刀ムラサキ(STR↑)　左手 小太刀アメ
体①・体②・頭・腕・足 姫侍装備一式
アクセ① 武闘のバングル(STR↑/VIT↑)　アクセ② 魔防の護符(RES↑)

名前 NAME

セレスタン

人種 CATEGORY		職業 JOB	LV		
分家	男	バトラー	35	HP	282/282→379/329(+50)
				MP	200/200→280/230(+50)

獲得SUP:合計19P　制限:STR+5 or DEX+5

攻撃力 STR	170→	190	(×1.6)(+20)
防御力 VIT	70 →	80	
魔力 INT		10	
魔力抵抗 RES	60 →	70	(+10)
素早さ AGI	120→	130	(+20)
器用さ DEX	79 →	80	(×1.1)(+15)

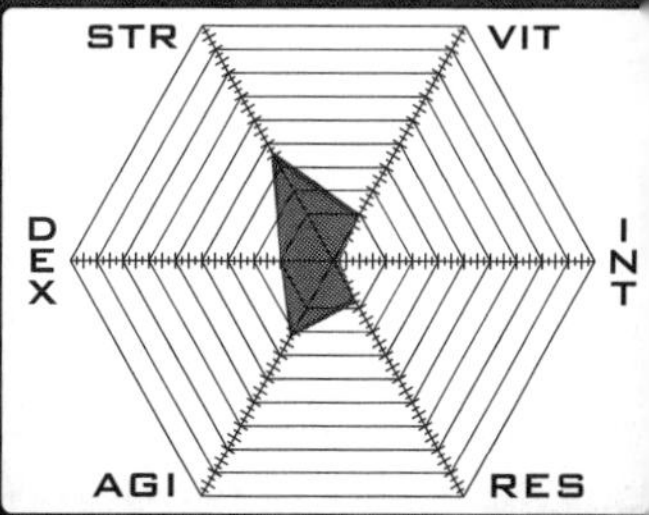

SUP ステータスアップポイント　0P → 76P→ 0P

SP スキルポイント　5P → 9P→ 9P

スキル

宮廷作法 Lv2　毒味 Lv1　気功 Lv10
ティー作製 Lv2
ストレートパンチ Lv5　三回転裏拳 Lv1　上段回し蹴り Lv5
挑発 Lv5
ギルド 幸運
装備 執事流武闘 Lv10

魔法

ユニークスキル

装備

両手 執事の秘密手袋(執事流武闘)
体①・体②・頭・腕・足 執事装備一式(HP↑/MP↑/STR↑/AGI↑)
アクセ① 執事のメモ帳(DEX↑)　アクセ② 紳士のハンカチ(RES↑)

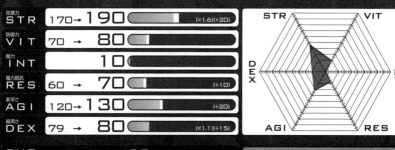

名前 NAME

ケイシェリア

人種 CATEGORY		職業 JOB	LV		
エルフ	女	精霊術師	35	HP	222/222→239/239
				MP	512/512→580/550(+30)

獲得SUP:合計20P　制限:INT+5 or DEX+5

攻撃力 STR		10
防御力 VIT	70 →	80
魔力 INT	220→	260 (+20)
魔力抵抗 RES	70 →	80
素早さ AGI	70 →	75
器用さ DEX		30

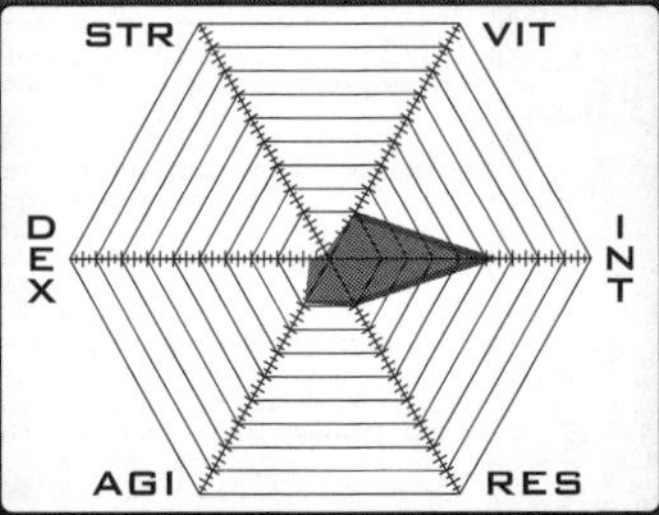

SUP ステータスアップポイント
0P → 80P→ 0P

SP スキルポイント
1P → 5P→ 5P

スキル

ギルド 幸運　装備 精霊術威力上昇 LV5

魔法

精霊召喚 LV5　エレメントリース LV10　エレメントブースト LV10
エレメントアロー LV1　エレメントシュート LV1　エレメントランス LV1
エレメントジャベリン LV5　エレメントウェーブ LV1　エレメントウォール LV1

ユニークスキル

装備

両手 小精霊胡桃樹の大杖(精霊術威力上昇)
体①・体②・頭・腕・足 最高位エルフ装備一式
アクセ① フラワーリボン(INT↑)　アクセ② 魔法使いの証〈初級〉(INT↑/MP↑)

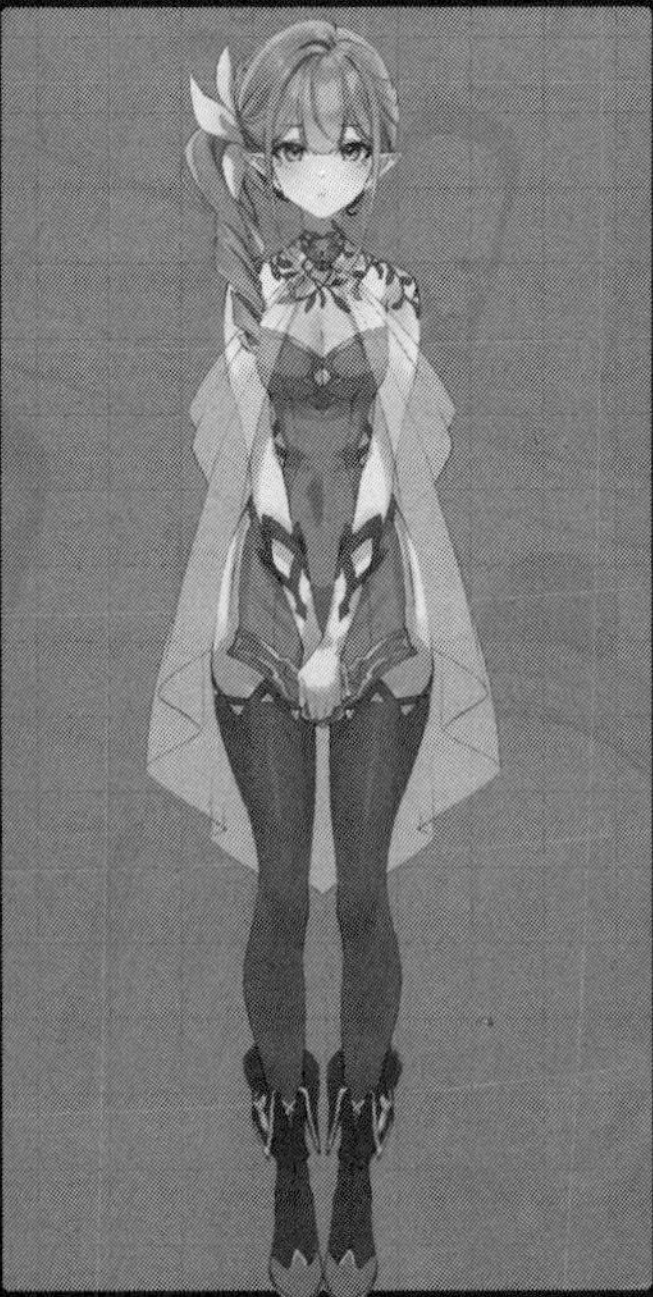

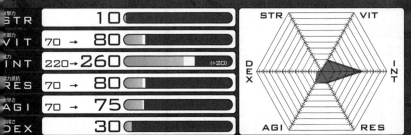

名前 NAME

ルルル

人種 CATEGORY: 子爵/姫　女

職業 JOB: ロリータヒーロー　LV 35

HP 422/422→ 456/456

MP 110/110→ 140/140

獲得SUP:合計20P　制限:STR+5 or VIT+5

攻撃力 STR	180→	200
防御力 VIT	170→	190
魔力 INT		10
魔力抵抗 RES	80 →	90
素早さ AGI	70 →	80
器用さ DEX		20

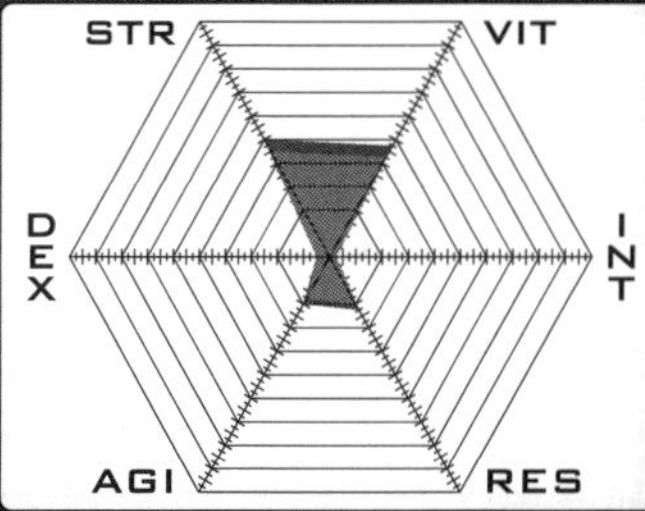

SUP ステータスアップポイント　0P → 80P→ 0P

SP スキルポイント　2P → 6P→ 6P

スキル

ヒーローはここにいるの LV5　ヒーローだもの、へっちゃらなのです LV5

小回り剣技 LV1　ハートチャーム LV1　ハートポイント LV1

ロリータソング LV1　ロリータマインド LV1　キュートアイ LV1

小回り回避 LV1　ローリングソード LV1　チャームソード LV1

ポイントソード LV1　チャームポイントソード LV1　ロリータタックル LV1

小回転斬り LV1　片手ヒーロー LV1

ギルド 幸運　装備 ヒーロースキルMP消費削減 LV8

装備 毒耐性 LV5　装備 麻痺耐性 LV5

魔法

ユニークスキル

ヒーローはピンチなほど強くなるの LV10

装備

右手 ヒーローソード(ヒーロースキルMP消費削減)　左手 ──

体①・体②・頭・腕・足 スィートロリータ装備一式

アクセ① 痺抵抗の護符(麻痺耐性)　アクセ② 対毒の腕輪(毒耐性)

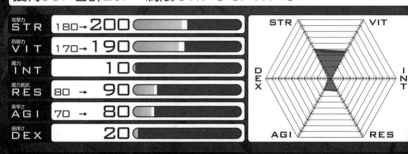

名前 NAME

シズ

人種 CATEGORY		職業 JOB	LV		
分家	女	戦場メイド	34	HP	252/252→ 284/284
				MP	350/350→ 380/380

獲得SUP:合計19P　制限:STR+5 or DEX+5

攻撃力 STR	10	
防御力 VIT	70 → 80	(+10)
魔力 INT	10	
魔力抵抗 RES	70 → 80	
素早さ AGI	50 → 60	
器用さ DEX	240→266	(×1.6)(+25)

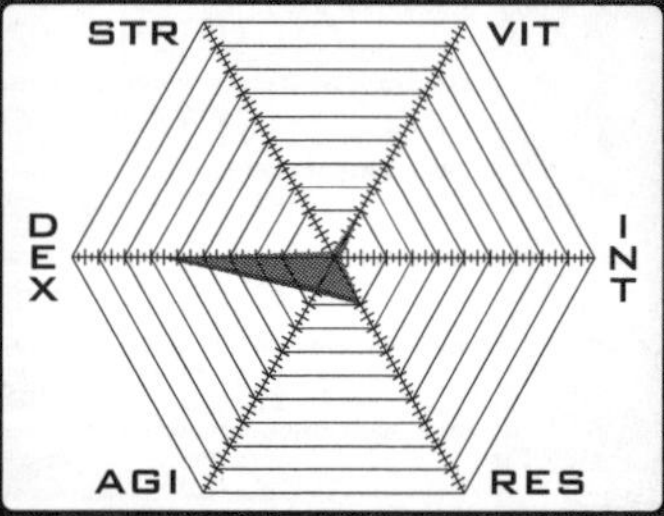

SUP ステータスアップポイント 0P → 76P→ 0P

SP スキルポイント 8P →12P→ 12P

スキル

宮廷作法 LV10　ティー作製 LV1
ファイアバレット LV1　アイスバレット LV1　サンダーバレット LV1
グレネード LV5　連射 LV5
照明弾 LV1　閃光弾 LV1　チャフ LV1
ギルド 幸運
装備 通常攻撃威力上昇 LV7

魔法

ユニークスキル

装備

両手 冥土アサルト（通常攻撃威力上昇）
体①・体②・頭・腕・足 戦場メイド装備一式
アクセ① 宮廷メイドのカチューシャ（DEX↑）　アクセ② 宮廷メイドのハンカチ（VIT↑/DEX↑）

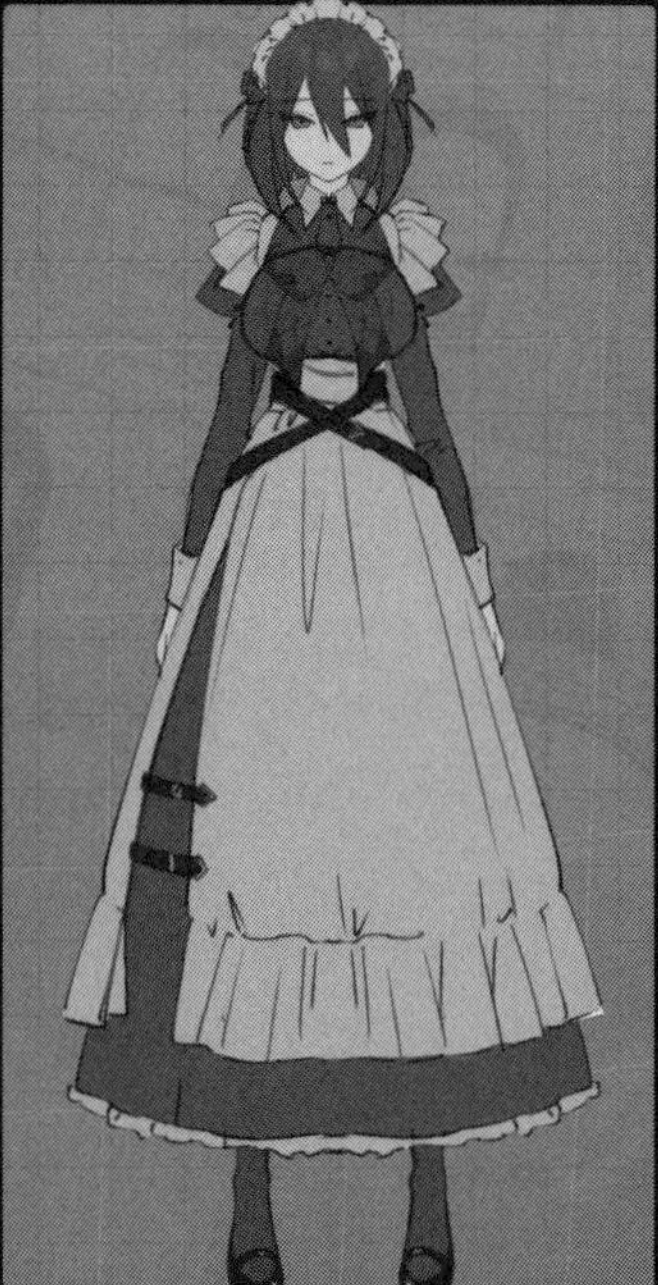

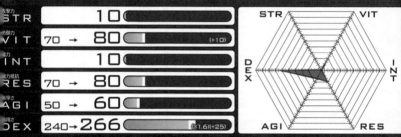

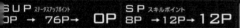

名前 NAME

パメラ

人種 CATEGORY		職業 JOB	LV
分家	女	女忍者	34

HP 220/220→ 251/251
MP 320/320→ 380/380

獲得SUP:合計19P　制限:STR+5 or DEX+5

攻撃力 STR	160→	180	(+5)
防御力 VIT	60 →	65	
魔力 INT		10	
魔力抵抗 RES	60 →	65	
素早さ AGI	150→	160	(+25)
器用さ DEX	30 →	36	

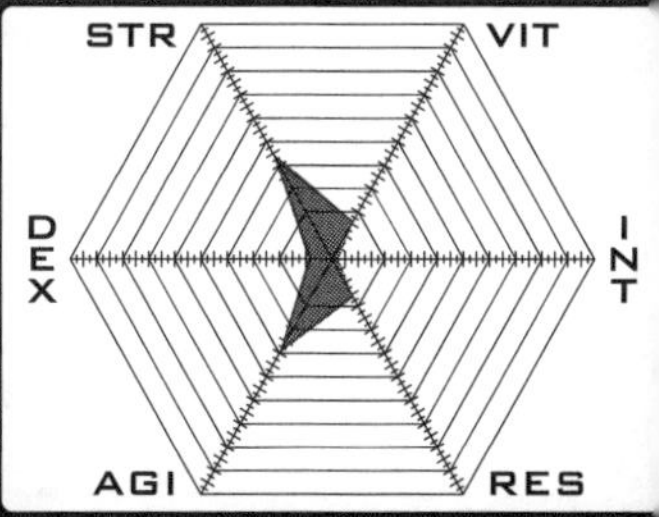

SUP ステータスアップポイント 0P → 76P→ 0P
SP スキルポイント 0P → 4P→ 4P

スキル

忍法・囮影 LV1　忍法・幻影 LV1
忍法・影縫い LV1　忍法・身代わり LV1　目立つ LV5
暗闇の術 LV5　毒霧の術 LV1　刀撃 LV1　麻痺毒斬り LV1
巨大手裏剣の術 LV1　毒手裏剣 LV1
立体駆動 LV1　水上歩行の術 LV1
気配察知 LV1　索敵 LV5　軽業 LV1
罠発見 LV5　罠再利用 LV1　罠解除 LV1
ギルド 幸運　装備 暗闇付与率上昇 LV10

魔法

ユニークスキル

装備

右手 直刀ランマル(STR↑)　左手 竹光(AGI↑)
体①・体②・頭・腕・足 女忍者装備一式
アクセ① 暗闇の巻物(暗闇付与率上昇)　アクセ② 軽芸の靴下(AGI↑)

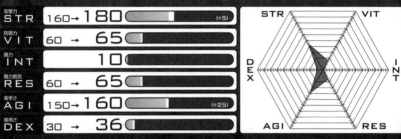

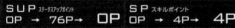

名前 NAME

ヘカテリーナ

人種 CATEGORY		職業 JOB	LV		
公爵/姫	女	姫軍師	7	HP	30/30 → 92/92
				MP	20/20 → 187/87(+100)

獲得SUP:合計20P　制限:STR+5 or DEX+5

攻撃力 STR		10
防御力 VIT	10 →	20
魔力 INT	10 →	45
魔力抵抗 RES	10 →	20
素早さ AGI	10 →	20
器用さ DEX	10 →	45

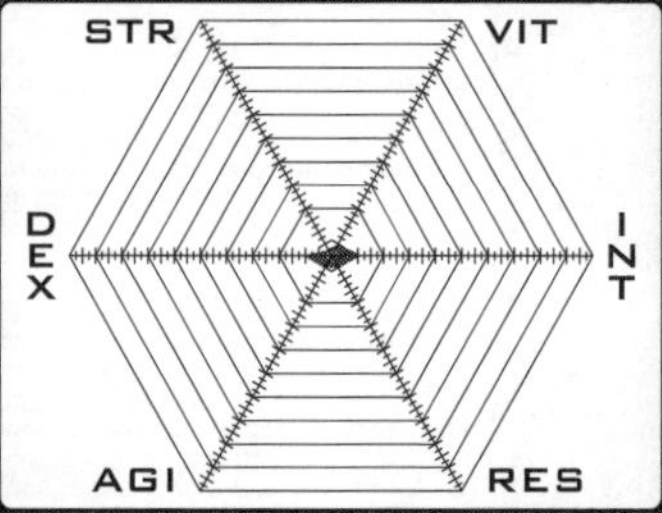

SUP ステータスアップポイント 140P→ 0P

SP スキルポイント 12P→ 4P

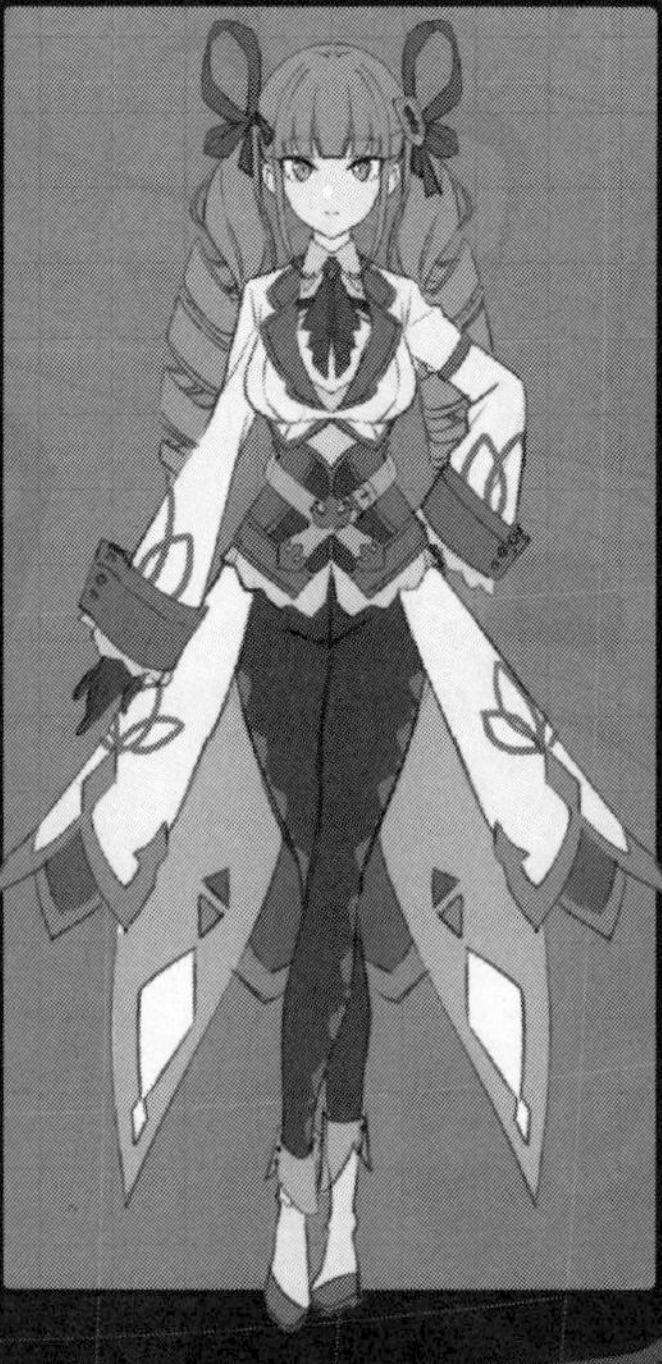

スキル

望遠 LV5　号令 LV1　祝砲 LV1

マジックスフィア LV1　ギルド 幸運

装備 魔空砲 LV5　装備 統率力 LV5　装備 指揮 LV1

魔法

ユニークスキル

装備

両手 ドラフォトー(魔空砲)

体①・体②・頭・腕・足 姫軍師装備一式(統率力)

アクセ① 指揮棒(指揮)　アクセ② お嬢様のリボン(MP↑)

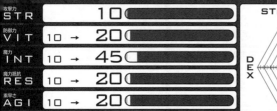

ゲーム世界転生
〈ダン活〉番外編

~Fate Story~

REINCARNATION IN THE GAME WORLD 〈DANKATSU〉
GAME ADDICT PLAYS "ENCOURAGEMENT FOR JOB HUNTING IN DUNGEONS" FROM A "NEW GAME"
ADDITIONAL EPISODE — FATE STORY

ヘカテリーナの人生転換期

こんにちは、わたくしはヘカテリーナと申します。このシーヤトナ王国に三つある公爵家の一つ、大陸の南を管理する公爵家の娘ですわ。

わたくしは今は王国の中心地である王都にほど近い、学園都市〈国立ダンジョン探索支援学園・本校〉通称：迷宮学園で寮生活を送っています。

わたくしの家から学園までは馬車で順調に進んで40日というとても遠い場所です。

そんな長旅をしてでも入学する価値が、この本校にはありますの。

国中にある数多くの学園の中でも、本校は随一の職業《ジョブ》発現の最先端を行きます。そのため国内の有力貴族を始め、多くの出資者で運営しております。

そのおかげもあり、他の学園よりも中位職、高位職、そして上級職の数も多いと評判で、ほとんどの有力貴族は本校に入学します。

わたくしもその例に漏れず、本校に入学いたしました。

ですが、わたくしの学園生活は前途多難でしたわ。

わたくしは指揮や交渉ごとが得意です。そういう教育をたくさん受けてきました。

目的は「公爵」のみ発現することを許されるという職業《ジョブ》群、その中でも私が就きたい職業《ジョブ》は高位職、高の中である【司令官】でした。高い目標ですわ。

ですが、なんとしても獲得しなければなりません。で、できれば【姫軍師】も素敵ですが、それは高望みしすぎでしょう。【姫軍師】なんて、歴代でも数えられるほどしか発現者がいないのですから、【司令官】が現実的ですわ。

そう考え、【司令官】にふさわしい教養と実力を身につけ、期待とほんの少しの不安と共に足を踏み入れた学園は、わたくしの想像以上に厳しい場所でした。

わたくしのジョブ一覧に【司令官】は無かったのです。あったのは〈標準職〉の【中尉】と、中の上に分類される【大尉】だけ。他、一般職業《ジョブ》はそれなりの数があり、入学式に出ていた学生たちはとても驚嘆しておりましたが、わたくしが求めていた職業《ジョブ》が無いのでは意味がありませんでした。

わたくしはそれからタイムリミットの5月1日まで必死に努力を重ねました。

書物を読み、同じ公爵という方に面会し意見交換したり、お忙しい学園長に相談したりしました。ですが、どれも【司令官】になるための確実な条件は不明だったのです。

当り前でした。もし知っていればわたくしの家にもとっくに知られているでしょう。わたくしの家でも知らないのですから他家が知っているはずがありません。

それでも僅かな望みに賭け、実際に【司令官】に就いた方からのアドバイスに従い条件クリアに勤しみました。

途中、高位職の発現条件の一部が見つかったと大々的に公開され、その手伝いを研究所が請け負うことに決まったときは、その福音に大きく感謝しました。追い詰められていたこともあり、当初は少し嬉し泣きすらしてしまいましたの。

ですが、学園の言うとおり、モンスターを倒し、倒し、たくさん倒してもわたくしのジョブ一覧には【司令官】は発現しなかったのです。

そしてタイムリミット、5月1日。

わたくしは出来る限りのことをしました。してきたつもりでした。ですが届かなかったのです。

最後の機会であるジョブ一覧にも、【司令官】は無かったからですわ。

これでわたくしの人生は【大尉】で決定したのでした。

わたくしは将来の不安と絶望に項垂れて帰ったのを覚えています。

絶望したはずだったんですの。ですがそんなことを覆してしまった、わたくしをどん底から救い上げてくれた人がいらっしゃったのです。それがゼフィルスさんでしたわ。


ゼフィルスさんは変わった方でした。

そしてとても素晴らしい方でした。

まず職業《ジョブ》が【勇者】なのです。

【勇者】の職業《ジョブ》は伝説に名高く、物語などの題材によく登場はしても実際に発現したのは誰も見たことがありません。その【勇者】になんの気負いも無く、当然のように選んだと聞きます。

さらにそれだけでは終わらず、学園では様々な偉業とも言える、歴代でも初の成果を次々打ち出していった方でした。

わたくしも噂には聞いておりました。そして立派な御方だと、とても尊敬しましたわ。わたくしにはゼフィルスさんは眩しすぎました。

そのためまさか、私に会いたいと言って来られるとは本当に思いもしなかったんですの。

わたくしが慣れない接近戦武器に四苦八苦しながらレベルを上げていた時のことです、ゼフィルスさんの所属するギルド〈エデン〉からスカウトの知らせが来たのです。〈エデン〉と言えば学園に知らない者はいないほどの高名なギルド。1年生最強のギルドですわ。わたくしのような落ちこぼれになんの用でしょうかと、ひょっとすれば〈エデン〉を語った何者かの仕業かとその時はまったく信用出来ず、スルーしてしまったのです。お恥ずかしいことですわ。

その話が事実だったと知ったのはゼフィルスさんの従者と名乗るセレスタンさんが直接アポイントを取りに来た時でした。

まさかわたくしを真剣にスカウトしたくて声を掛けてきたのだなんて思いもしませんでしたから、当時はとても慌ててしまいましたわ。

そして、あっと言う間に面会の場がセッティングされてしまいました。セレスタンさん、あの若さでとても有能ですわね。うちの家にもほしいくらいですわ。

それは一旦置いておき、こうして私は初めてゼフィルスさんと出会ったのです。

そこからは驚きの連続でした。

まさかわたくしの職業《ジョブ》も、落ちこぼれていることも知らずに真剣にスカウトをしに来たのだなんて思いませんでしたもの。彼が欲しかったのはきっと【司令官】に就くわたくしだったのでしょう。

そう思うと、今まで我慢していた感情が溢れてしまい、とても失礼な事を口走ってしまいました。ああ、八つ当たりなんて、なんてみっともないと自己嫌悪し、そしてわたくしが〈エデン〉に加わる可能性は万に一つも無くなったのだと思いました。

ですが、真剣にギルドにお誘いしてくださった事はとても嬉しかったですわ。一時でも、勘違いでもわたくしを必要と思ってくださったのだもの。

そう諦めていたのですが、ゼフィルスさんの反応はまったく違うものだったのです。

「ヘカテリーナさん、ここに〈下級転職チケット〉がある。俺はあなたを〈転職〉させ、理想の職業《ジョブ》に就かせる用意がある。君にその気があるのなら俺の手を取ってほしい。〈エデン〉にはあなたの新しい力が必要だ」

彼は、ゼフィルスさんはわたくしのことを知ってもなお、わたくしが必要だと、本気で言ってくださったのです。その時のセリフは今でも鮮明に覚えていますわ。

そこからは急展開でしたわ。あまりに急展開過ぎて理解が追いつかないほどでした。

ゼフィルスさんに説得され、あれよあれよというちに何かをすることになり、わたくしの考えが追い付かないうちに何か重要な事が決定してしまいましたわ。それはわたくしが〈転職〉して〈エデン〉に加入して、共にSランクギルドを目指すというものでした。え、どういうことですの？

おかしいですわ。わたくし、オーケーの返事をした覚えはありませんのよ？

なのにいつの間にか決定されましたの。

ゼフィルスさんって、思ったより押しの強い方だったんですのね。

ですが、そんな押しの強い方がわたくしにはちょうど良かったのかもしれません。

そこからは怒濤の展開でしたわ。

わたくし、転職可能レベルであるLv15まで一気にレベルを上げ、そして面談したその日のうちに〈転職〉してしまっていたのです。

おかしいですわね。〈転職〉とはもっとこう、とても覚悟のいる人生を一変させる儀式に近いものだった気がしましたのに、わたくしが【大尉】に就いてしまったときのあの絶望と覚悟は何だったんですのと言いたくなるような、もう清々しい〈転職〉までの流れでしたわ。

しかもです。ゼフィルスさんが〈転職〉に選んだ職業《ジョブ》は【姫軍師】。

そう、高位職の頂点、高の上に位置する最高峰の職業《ジョブ》だったのですわ。

【姫軍師】になれば明るい将来は約束されたようなものです。家にとっても国にとってもわたくしはなくてはならない重要人物になることでしょう。

本当に驚きましたわよ。天地がひっくり返った気分でしたわ。いえ、本当に【姫軍師】に就けるとは夢にも思わなかったので、ゼフィルスさんに言われてやった変な行動も、少しすっぽ抜けてしまったくらいですの。ですが聞けばゼフィルスさんは教えてくださいましたわ。なんでそんな公爵ですら知らない秘伝を知っているのかという疑問よりも、それを躊躇無く伝授してくれる高潔さに心を奪われてしまいましたわ。

はい。わたくしはゼフィルスさんにとても惹かれるのを自覚しました。

ゼフィルスさんはわたくしがどん底で希望を見いだせない中現れた救世主であり、わたくしを救ってくれただけではなく、それ以上の恩恵をもたらしてくださった方。

そんな素敵な男性に惹かれない女の子がいるでしょうか？

少なくともわたくしはもう心に決めてしまいました。

ゼフィルスさんに付いていこうと。

どんな困難が待ち受けていてもゼフィルスさんと一緒なら乗り越えられると、Sランクギルドにもなれるでしょうと、そう思ったのです。


ですが〈エデン〉に来て思いました。ライバルがたくさんいますね。

良いでしょう。わたくし、ギルドの活動も恋も頑張りますわよ！

モナ君の宝物より大事なメモ

僕はモナ。〈採集課1年9組〉に入学した、ただのモナです。

4月に入学してジョブ一覧を確認して1ヶ月間、僕は自分の進路にとても悩みました。

見たところ僕のジョブ一覧は平凡で、戦闘職系は軒並み全滅、高位職が無いのはもちろん、中位職も二つしかありませんでした。

中位職だったのはそれなりに得意な料理と採取系の職業《ジョブ》で、【コック】と【ファーマー】だったのです。

ですが高位職を夢見て自分の可能性を知りたかった僕は、自分の未知な可能性を目指して学園が開放している条件開放授業を受けて様々な分野を試してみました。

僕と同じ考えの人は結構いるみたいで、この条件開放授業は自分に合った将来を見きわめることも目的で入っていると聞きます。

5月になれば職業《ジョブ》は必ず決めなければいけないため、みんな必死です。

僕も、どうしてもお金が必要なため、とても儲かる専攻に進みたい気持ちがあります。

僕の家はとある貴族の遠縁らしいのですが、暮らしは一般人にかなり近いです。お金はあまり無いにもかかわらず子だくさんで、僕には8人の弟妹がいます。

僕が長男。家族は僕に期待していて、稼いで家に入れてくれと願っています。

もちろん僕も同じ気持ちです。末の妹はまだ1歳で、母さんのお腹には10人目の子どもが宿っていますから。どんどん稼がないといけません。

僕が本校に通わせてもらっているのは父が遠縁の貴族様に頼みこんだ結果のようなので、それだけ期待に応えられるよう頑張らなくてはいけません。

ですが、現実は厳しかったです。

まだ職業《ジョブ》に就いていない僕では長物を振ることが困難だったからです。

僕は、実はかなり細身、いえ、もうこの際言いますが、女の子みたいな細腕をしています。剣を振るどころか持つのさえプルプルと腕が震えます。そのせいで、花形である〈戦闘課〉系は全滅しました。

「君みたいなひ弱な女子は魔法使いの方が向いていると思うよ？」

「あの、僕は男子です」

「え？」

とても体格の良い男子の人が、多分アドバイスをしてくれたのでしょう、でも僕にとっては嬉しくない勘違いが含まれていて肩を落としました。

僕は腕どころか顔も声も含めて女の子みたいで、よくこうして間違われます。しっかり男子の制服を着ているはずなのですが……。正直アドバイスをくれた男らしい体格の男子が羨ましいです。

ですが、確かに僕では接近戦は無理、魔法にシフトしてみましたが、これもしっくりこず。

ならばと生産職の道を進んでみようかと授業を受けてみたのですが。

「うーん、料理以外向いてないな。だが女の子の手料理は需要あるぞ？」

「あの、僕は男子です」

「え？」

このやり取りも何度目か。僕は結局料理以外向いていませんでした。

鍛冶は筋力が足りなくて腕が上がらず、裁縫は縫う場所を間違えて自分の制服まで一緒に縫ってしまい、錬金では失敗《ファンブル》して釜の中の素材が全て消滅してしまいました。

そして料理は人並み以上に出来る為、こうして勧められましたが、やっぱり女の子と間違われてしまいました。僕は男の子なのに。やっぱり料理はより女の子扱いされそうで気が進みません。

そうして自分の可能性が見つからず、時間だけが過ぎていき、結局5月1日を迎えてしまいました。

最終的に僕が選んだのは〈採集課〉の【ファーマー】。最初から出ていた中位職です。

【ファーマー】を選んだのは今すぐお金が稼げるからですね。

【コック】の場合はどこかで店を運営しなくてはいけません。初心者の僕でもその難易度の高さが分かります。今僕が始めても儲けを得るのは無理だと思います。それだけです。

儲けるのならばダンジョンにいかなければなりません。故に【ファーマー】一択でした。

そうして割り当てられたクラスは9組。あまりよくありませんでした。

〈採集課〉は10組まであるので少し中途半端感がありますが、僕にしてみれば良い方かも知れません。

そうして初の登校日、あまりしゃべれる人はいませんでした。

僕はぼっちでした。でもそれもきっと最初だけだろう、友達は少しすれば増えるはずだと、勝手に思っていたのですが。

甘かったです。週末になって選択授業の見学をするときには大体のグループが結成され、僕は1人取り残されていたのです。どうしてなのか、勇気を持って聞いてみると、どうも僕の女顔と男子の制服の組み合わせが原因みたいでした。

「君といると、間違った気を起こしそうで気が気じゃないんだ」

どういうことでしょうか⁉

しばし呆然として出遅れてしまうと、この〈採集課〉を見学していたのでしょう、とてもかっこいい2人の男子学生が歩いてきたのです。かっこいい、それは僕の憧れです。

「じゃあ次は〈罠外課《わなはずし》〉の方へ行ってみるか」

「かしこまりました。ゼフィルス様は楽しそうですね」

「お、そうか？　そうだろうな。セレスタンも楽しめ」

……楽しめ。

その言葉が、妙に僕の中に残りました。

僕は今日まで自分の事で一杯一杯で、楽しむということなんて考えたことは無かったです。ですが、こっちに会話しながら歩いてくる男子は、とても笑顔で、楽しそうにしていました。

なんとなく、この人に付いていけば僕も楽しい気持ちが解るのかなと頭を過ぎったところで、僕はその人、ゼフィルスさんに話し掛けてしまったのです。

「あ、あの、ちょっとよろしいでしょうか？」

「ん？」

目があった。その瞬間、僕は言いようのない感動にも似た感情が心に湧き上がりました。

クラスメイトにすら話し掛けるのにとても勇気のいる僕が、なんだかキラキラした人に話し掛けてしまったのです。これは偉業ですよ。いえ、ここで止まるわけにはいきません。早く、言葉を紡がなければ。

「今〈罠外課《わなはずし》〉の方へ行くって聞こえて。もしよかったら一緒に行きませんか？　ぼくも〈罠外《わなはずし》課〉の選択授業に興味があって」

これは本当の事です。罠アイテムはお金になりますから。

自分でもこんな長文が自分の口から出たことにビックリしましたが、なんとか言いたいことを言えました。少し、いえ、かなり失礼だったかもしれないと後から気づいてキラキラした男子さんを見上げると、その男子さんは頷いて答えてくれました。

「ああ。いいぞ別に。セレスタンはどうだ？」

「構いませんよ。ゼフィルス様のお好きにどうぞ」

やった！　そんな充実感と共に僕はその言葉を聞いてびっくり仰天しました。

様って、貴族様でしょうか⁉

そう思って聞くと違うと否定されました。ですが、ゼフィルスさんと言えばどこかで聞いたことがあるような？

そこから僕たちは一緒に〈罠外課《わなはずし》〉へと向かいましたが、その途中で気が付きました。そうです。彼は話題の【勇者】さんではないですか！　今期の1年生でもトップの実力を持つ1人で、学園で知らない人はいない有名人です！　僕はなんて人に声を掛けてしまったのでしょうか。と、少しビクビクしました。

ですがそれもすぐに解消されます。ゼフィルスさんはとても明るく話しやすい人で、僕も普段以上に話す事が出来たんです。

しかも〈採集課〉として難題である専属もお試しでオーケーを貰えましたし、なんでLvゼロの僕が選んでもらえたのか分かりませんでしたが、言ってみるものですね。僕はゼフィルスさんに深く感謝しました。

そしてその答えが判明したのが別れ際、ゼフィルスさんからもらった1枚の紙です。

「なんですかコレ?」

「俺の【ファーマー】オススメ育成論」

本当に何の変哲も無いメモ用紙で、本当に気軽にほいっと渡されたんです。ですが、その衝撃と破壊力は、僕がこれまで経験してきた人生の中でもトップクラスのものでした。

読んでみて愕然としました。僕が目指す先の育成方法、そのアドバイスが書かれていて、必須のスキルはもちろん、どうして必要なのかその理由まで書かれたメモでした。

僕はまだSPをほとんど振っていません。なのでこのメモの通りに育成することができます。

そうして僕は散々迷い、結局はメモの通り育成することを決めたのですが、変化は劇的でした。

ゼフィルスさんに呼ばれて〈『ゲスト』の腕輪〉を使って入ダンし、素材を集めるのですが、面白いようにある場所が分かり、しかも大量に取得出来、そして経験値もみるみる貯まってLvがグッと上がったのです。

そして僕は、いつの間にか〈採集課1組〉の学生も追い越し、〈採集課〉で期待の新人と呼ばれるようになったのでした。

そして、友達もたくさん増えました。

ゼフィルスさんからもらった大切なメモは、今では僕の部屋に大切に保管されています。

ミストン所長の研究成果

俺はミストン、〈迷宮学園・本校〉の研究所所長をしているナイスガイだ。この研究所で俺以上の男前はいないと自負している。

まずは何も言わず俺の生を聞いてほしい。

俺は学園を卒業後、全生《ぜんせい》を懸け職業《ジョブ》の発現する条件の秘密に挑んだ。

目標は大きく、下級職、上級職全ての職業《ジョブ》の条件を見つけ出すことだ！

その道はとても険しかった、何しろ先人たちがいくら足掻いても見つけられなかったのだからな。

しかし、俺は自分なら出来ると信じ、信念を持って突き進んだ。

その情熱もあって俺は下級職の低位職に関して、全ての発現条件を見つけ出したのだ！

そのおかげで国王陛下や学園長からも表彰され勲章までいただいたことは、末代までの誇りとなるだろう。このままでは俺の代が末代になってしまいそうなのは置いておく。少し研究一筋にのめりこみすぎただろうか？

とはいえ、俺の勢いはここで止まってしまう。

次に挑んだ中位職だが、何しろ種類が多く、さらにはその職業《ジョブ》に就いた者がいないという記録まで出てきてしまい、混迷を極めた。

しかし、俺は負けじと踏ん張り、一つ一つの条件を解明していった。

それから12年、あらゆる方法を試し、〈迷宮学園・本校〉では中位職は常連と言われるまでに発現率は高まり、学生の中位職発現率は9割近くにも上った。

しかし、未だに中位職の全体像は見えてこない。これだと長年思っていた条件が間違いだったと判明することが未だに起こるのだ。さらに高位職に至ってはほとんど解明されていない。このままでは俺の人生が尽きるまでに全ての職業《ジョブ》条件を見つけることは出来ないだろう。

俺も今年で47歳だ。そろそろ家庭を持つべきではないか、いやもう手遅れか？　そんなことを考え始めたころだった。

俺は【勇者】のゼフィルス氏に出会った。それが、俺の人生の転換期だった。


「俺がした事は簡単です。モンスター狩り、これにつきます」

「な、生身でモンスターを相手にしたのかね⁉」

後日、ゼフィルス氏と会談できる機会に恵まれたのは人生で一番の幸運だった。

彼の口から飛び出た発言は我々の予想を大きく超えるものだったのだ。

高位職の発現条件、その一角ではないかと思うという勇者氏の言葉、しかしその内容はとてもではないが試すには難しいものだった。

「モンスターを大体１００体くらいでしょうか？　剣を使って倒したとき、なんとなく体に変化が感じられた気がしたのですよ。そのときに【大剣豪】が発現したのではないかと考えています。あ、これは完全に俺の主観と感覚なのですが」

俺の部下たちが高速でゼフィルス氏の発言をメモしている。俺も負けていられないな。

しかし、まさか生身でモンスターを相手にするとは。

モンスターとはその多くがダンジョンに生息している。だが、たまにそのダンジョンから屋外に出てしまうことがあるのだ。特に屋外型ダンジョンと言われる、外に森の形をして形成されているダンジョンからはモンスターが逃げ出しやすい。外から見ると、ダンジョンなのか普通の森なのか分からないのだ。時には人が迷い込むこともある。

そういうダンジョンの周囲は定期的にモンスターを駆除する必要があり、軍が常駐しているのが通常だ。しかしゼフィルス氏の住んでいたところのように、人里から遠く奥深くにあるダンジョンや、職業《ジョブ》があれば誰でも簡単に片付けられるモンスターしかいないダンジョンは放置されやすい。ただの村人でも何かしらの職業《ジョブ》に就いていれば楽に対応できるからだ。わざわざ兵を使うまでもないという判断だ。

そういえば、この学園の高位職の者たちも幼いころから修業に加え、その延長でモンスターを倒す訓練も行なっている者がいるという話を聞く。

この世界ではモンスターを倒さなければ生活が出来ないため、貴族や金持ちは小さいころからモンスターと戦う術を学ぶのだ。もしかすればそれがトリガーとなって高位職が発現するのか？

俺はゼフィルス氏の言葉に驚嘆したのだが、ゼフィルス氏の話は終わらない、まだまだ続く。

「続いて魔石と腕輪を使って魔法で倒してみたんですよ。そしたらやっぱり100回倒した辺りでじんわりとした変化が体に来ましてね。あれが【大魔道士】の条件を満たしたせいだと俺は思っているんですよ」

「むむむ！　なるほど、ただモンスターを倒すだけではなく、倒し方にもよるということか」

「俺は武器も怪しいと思っていますけどね」

ゼフィルス氏との話はとても有意義だった。有意義すぎだ。検証してみたいことが多すぎる。

俺は、その情報量に再び若いころの情熱が戻ったことを感じた。


俺たちはゼフィルス氏の話を基にすぐに実験を開始した。

幸い今は4月、実験はいくらでも出来る。そんな考えが甘いと気付いたのはすぐのことだった。

早速実験に参加してもいいという入学したばかりの1年生に協力してもらい、実験に協力する前に高位職が発現していないことは確認してから初心者ダンジョンの一部を借り、研究員が安全を確保している間に学生君に〈モチッコ〉を100体狩ってもらった。

「これでもし本当に高位職が発現していたら、すごいですよね」

「まあ、さすがにそんな簡単に成功はしない――――え？」

「は？」

「ちょっと待て!!」

「出てる！　【大魔道士】が発現してるぞーー!?」

「「「「はあああああ⁉⁉」」」」

なんと一発目だった。

その学生にはついさっきまで無かった筈の高位職、【大魔道士】が発現していたのである。

「ふははははは！　我が【大魔道士】だ！　我は選ばれたのだ！　ふははははは‼」

まさかの事態に学生君も壊れてしまった。

そこからはスピード勝負の始まりだった。

学園への根回し、学園長との安全面での相談、学生のどれだけの人数にこの実験が施せるか。デッドラインと呼ばれる5月1日に間に合うのかなどなど。学園全体を巻き込む大騒動に発展してしまった。

俺もここが勝負どころだと先生方にこの実験の資料を見せながら熱く語り、実験を了承させていく。出来れば1年生全員に実験を受けさせたかったが物理的に難しい。しかし、出来る限りやりたい。強行に推し進め初心者ダンジョンを完全貸しきり状態にすると学生を募って大々的に実験を行なった。正直、途中からテンションが上がりすぎてよく覚えていないが大成功だったのは覚えている。

しかし、それでもまだまだデータが足りない。発現条件が複数あるのは分かりきっているが〈モンスターを倒す〉にも様々なバリエーションがあり、それを探るのがとんでもなく時間が掛かる。とにかく時間も人もデータも場所も足りない。足りないものばかりだ。

モンスターも100体ポップするまでに時間が掛かりすぎる。このペースでは5月のデッドラインまでにとても間に合わない。

しかしそんなときに頼りになるのが俺のナイスな頭脳。ふと閃き、アリーナの防衛機能が使えないかと学園長に話を持っていったのだ。アリーナの防衛機能はアーティファクトでこちらで完全に弄ることが出来る。もしこれが使えるのならば、その効率は100倍を超えるかもしれない。そして翌日の午前中にはアリーナの防衛機能が使えると判明、その日の午後には初心者ダンジョンから完全にアリーナに移行し、全1年生に実験を施せる下地が整いだした。

1年生に授業を受けさせていた先生方もほとんどをこっちに来て手伝っていただき、5月1日まででテンションがおかしくなるほどデータを集めまくった。

そして運命の日。なんと1年生の3分の1が高位職になるという、学園始まってから初の異例の事態になった。

俺は再び表彰され、国王陛下から2回目になる勲章を受け取り、一躍時の人となった。何しろ国中から俺の研究所に研究者たちが弟子にしてほしいと押し寄せることになったのだから。

まさか、こんなことになるとはな。人生は分からんことだらけだ。

では早速新しく部下になった者たちには4月に集めまくった膨大なデータの整理でもしてもらおうか。悲鳴がたくさん聞こえた気がしたが、すべては喜びの悲鳴だったよ。

ははは、俺の全生を懸けた挑戦はまだまだ終わらない！

あとがき

こんにちはニシキギ・カエデです。

『ゲーム世界転生〈ダン活〉～ゲーマーは【ダンジョン就活のススメ】を〈はじめから〉プレイする～』第05巻をお手に取っていただき、誠にありがとうございます。

そして、この本をお買い上げいただいた貴方には、最大の感謝を！

こうして無事巻数を重ねる事が出来たのも、応援してくださる読者の皆様のお陰です！

これからも頑張って面白さを追求していきますので、今後ともよろしくお願いいたします！


今回、とうとう学園の授業が始まりました！

いや、長かったですね。普通学園物と言えば1巻、遅くとも2巻辺りで学園編がスタートするものですが、〈ダン活〉は前準備段階で4巻、5巻目でようやく授業スタートという。

〈ダン活〉の主人公ゼフィルスが、それだけ準備というものを大切にしているのだと印象付けられたらいいなと思っております。〈ダン活〉は徐々に面白さが上がっていく大器晩成型。巻を重ねる毎に面白くなっていく作品だと作者は思っております！

授業が始まれば新しい出会いがつきもの！　クラスでは、今まで〈ダン活〉ではあまりいなかった男子キャラを出させていただきました！　主人公を引き立てるような、脇役ポジを華麗に確保出来ていればいいなぁサターンたち。（無理かも？）

さらには前々から見切れていましたが、【筋肉戦士】たち5人がクラスメイトになりました！

今後ゼフィルスと絡むこともあるでしょう、すでにあしらわれているようですが。ゼフィルスも筋肉には気をつけて。そいつらの筋肉は感染するらしいよ！

また、クラス以外では新しいキャラにしてヒロインの1人、ヘカテリーナが〈エデン〉に加入しました！　どうやらゼフィルス狙いの様子のリーナ。そのあまりに真っ直ぐな好意を見て、ラナやシエラ、ハンナも焦っている様子。この新しい恋愛戦争参戦者に3人はどう立ち向かっていくのでしょうか！　そして5巻では中級下位ダンジョンに初進出しました！　中級ダンジョンは初級とは違って難しさ普通級。今までやさしい級だった初級とは難易度が段違いで、ここに進めずにいる学生も多いようです。中級ダンジョンからはフィールドボスである守護型ボスと徘徊型ボスが新たに登場しました！　守護型ボスは倒すとショートカット転移陣が使えるようになり、徘徊型は倒せばレアボス並の希少な宝箱を落とすなど、初級では出てこなかった要素も盛りだくさんです！

今回は初級に近いギミックしか出ないダンジョンでしたが次巻ではもっと中級ダンジョンから増えたものをご紹介したいと思います！　楽しみにしていてください！

最後に謝辞を。

担当のYさんを始めとするTOブックスの皆様、素敵なイラストを描いてくださった朱里さん、本巻の発行に関わってくださった皆様、そして何より本巻を手に取ってくださった読者の皆様に厚く御礼を申し上げます。

また、次巻でお会いしましょう。

ニシキギ・カエデ

GAME ADDICT PLAYS "ENCOURAGEMENT FOR JOB HUNTING IN DUNGEONS" FROM A "NEW GAME"

ゲーム世界転生

〈ダン活〉

~ゲーマーは【ダンジョン就活のススメ】を〈はじめから〉プレイする~

REINCARNATION IN THE GAME WORLD DANKATSU

@COMIC

第5話

▷ たのしよみ
はじめから
つづきから

漫画:浅葱洋
原作:ニシキギ・カエデ
キャラクター原案:朱里

ほな
おお
取ってきてほしい素材一覧がこれな
ぴっ

ずいぶん多いな…
しかも3箇所の初級下位《ショッカー》素材か
へぇ
兄さん1年生やろ？
初級下位《ショッカー》に挑んですらおらへんのにずいぶん情報通やなぁ
うちのギルメンにも見習ってほしいわぁ
……
ふふふ「なんで知ってるんだ？」って顔やな
コトッ
ほんなの簡単や

兄さん 今話題の【勇者】やろ？
昨日最速で〈初心者ダンジョン〉を攻略したって噂が広まってんねん
マジっすか
噂広まるの早っ
おおマジっすよぉ
有名人はこれだからな～参っちゃうぜ
なんやうれしそうやな
兄さんは大物になりそうや
ふふっ
依頼の品についてはいては了解だ
おそらく問題なくこなせるぜ
普通なら素材がどこのか調べるのが手間なんやけど
兄さん全部わかってるみたいやから話が早くて助かるわぁ

依頼受けといて失敗する人もけっこー多いんよ
そりゃあなぁ〈ダン活〉はドロップの種類も多いしな
闇雲に探して見つけられるわけがない
さて次は――……
ゴソッ
わかってるでぇ 報酬な
うちのギルドが出すもんはこれや！
〈ワッペンシールステッカー〉の利用権《タダ券》10回分
ばーん
どや！

！
この〈ワッペンシールステッカー〉は生産ギルドだ
主体はコーディネート
つまりは装備用の〈デザインペイント変更屋〉である
シリーズ装備で揃えたいけど寄せ集めのごちゃごちゃ装備なんだよな
しお
しお
任しとき！ばっちりコーディネートしたる
性能そのままで装備の見た目を自分好みにカスタムしてくれるお店は重要だ
わーい
見た目大事！リアルならなおさらだぜ

そして
デザイン変更には
かなりミールが
かかる
それが10回
タダになるのは
デカい！
なるほど
なぁ
ふふふ
【勇者】の
兄ちゃんには
今後絶対必要に
なるやろ？
だな！
ガシっ

クエスト〈流通が滞っている品を納品せよ〉を受注しました
ハンナ誘って早速潜りますか!
とはいっても今回は運び屋《ポーター》役だな攻撃力的に
モンスターを倒す係
せっ
せっ
素材を収納する係
初級下位《ショッカー》のダンジョンに行くかだが…
クエスト素材を多くドロップして
モンスターのAGI《素早さ》が低くて
初心者《ハンナ》にもやりやすい…

〈熱帯の森林《ジャングル》ダンジョン〉
よっと
ギャッ
ぱさ…っ
よっしゃ!
やっと〈クイールの毛皮〉出たぜ!!

運び屋《ポーター》してるだけ なのに私まで経験値 もらっちゃって いいのかな…
生産でももらえる 経験値なんて 最初しょぼいし
まずはLv20まで上げて スキル二段階目を 解放させるのが 正解だから気にするな
ま レベルが上って 慣れてきたら 参加してくれ
その方が経験値 多いからな
じゃ 行くか!
次の階層から モンスターが２体以上 出現するから 素材も早く集まるぜ
ほえぇ…
ゼフィルス君は なんでそんなこと 知ってるの?
授業はまだでしょ?
〈学園の大図書館〉で調べりゃ わかるからな これくらい
にへらっ
俺も初期は ここで猛勉強 したっけ
今度リアルで 行ってみるか
読んだことない 資料があるかもだし
でも勧誘合戦の せいで昨日まで 外出できなかった んじゃ…
いつ 行ったの?

はい
話は終わり！
夜には
帰りたいからな
続き行くぞ!!
ゼフィルス君
待ってぇ～！
あっ
その後俺たちは
5層まで進み
俺は【勇者】LV12
ハンナは【錬金術師】
LV14になった
ハンナのほうが
レベルが高いのは
ジョブの格の
違いのせいだな
【勇者】の
ほうが強いので
必要経験値が
高いっていう
アレだ
翌朝
昨日のうちに もう
〈熱帯の森林《ジャングル》〉の
5層まで行ったんか!?
兄さん
仕事が早いなぁ
おおっ

どちゃっ
しかも素材が規定数までちゃんと揃っとる完璧な仕事
うち惚れ惚れするわ～
おう もっと持ち上げてもいいぜ
つってもまだ納品の6分の1だけどな
しかも今日中に〈熱帯の森林《ジャングル》ダンジョン〉制覇予定だ
ほんま すごいんやなぁ 【勇者】って職業《ジョブ》は…
普通 初級下位《ショッカー》でも 5人パーティ組んで 1週間は探索して ボスに挑む もんやのに
まぁ探索したこともないダンジョンならそうだろうなぁ
しかし俺は〈ダン活〉のデータベースと呼ばれた男
効率的な道順 モンスター情報 攻略速度は折り紙付きだぜ
はは
ま【勇者】と〈天空シリーズ〉が優秀で圧倒的な部分も大きいけどな!

クエスト納品分
以外の素材は
どうする？
んん
それも
ほしい素材
多いかんなぁ
ちょっと
ギルメンに
相談してきても
ええやろか？
構わないぜ
素材は置いていくから
ダンジョンから戻ったら
査定額を教えてほしい
いらないものは
回収するから
わかったわぁ
ほな 兄さんにまたたっぷり
素材を稼いできてもらえるよう
値段は勉強させてもらうわ
うれしいね
できるだけ
高値で頼むぜ
コネが手に入ると
交渉しやすく
なるのがいいよな！

今日は6～9層目までの素材を収集して
10層目のボスを倒すぞ
うん！
ここで他の学生を見かけるの初めてだね
ぞろ
ぞろ
上級生だなある程度装備が整ってる
初級上位《ショッコー》に行くのか
くいくい
あれ…
ん？

お前らは選ばれたベスト筋肉だ！その筋肉でモンスターを蹴散らしてこい！
俺がしっかり見ていてやる
ドドド
安心して自分の筋肉を試してくるがいい！

ムキッ
ドド
イエス教官!!
お前たちは【筋肉戦士】に選ばれた!
ムキッ

おめでとう
強力な職業《ジョブ》だ!!
ドーンッ
おめでとうじゃねぇよ!?

ぱしっ
あんなもの見ちゃいけません
ひゃ～
ズズズ
行くぞ！
すごかったね
なんというか…いろんな意味で…
ああ素直に同意だ
同級生がダビデフ教官に染まりそうで怖い…
クラスメイトになったら…うう
…さて今日の方針だが変更しよう

今まで初級下位《ショッカー》は俺たちのほぼ独占だったが
さっきの筋肉集団が〈初心者ダンジョン〉を合格してくるはずだ
競争相手が出てくる？
ああ ペース的には俺たちのほうが断然速いがのんびりしている暇はなくなったとみていい
HAHAHA
あの筋肉たちもうLv5まで上げてくるとか
どんな訓練したんだよダビデフ教官
げそ
まあ あれだ
筋肉集団に負けないようにLv上げしようぜ
びしっ
それって今までと違うの？
全然違う
今まではハンナにダンジョン慣れしてもらいつつ素材集めがメインだったが
これから行くのは狩場だ それも強敵の
ごくり

目指すは10層
ゴゴゴゴ
ボス部屋だ!!
はわわ
ふえええ
せっ
せっ

こんなLvでボスに勝てるのかな…
…ハンナだけなら勝てない
でも
俺はソロでボスに勝てる
そうなの？

ゼフィルス【勇者】LV.12
人種 主人公[男]
HP 162/ 162
MP 170/ 170
SUP：0P/ SP：0P
制限：なし
STR［攻撃力］ 70
VIT［防御力］ 70
INT［魔力］ 10
RES［魔力抵抗］ 20
AGI［素早さ］ 50
DEX［器用さ］ 14
＜スキル＞
身体強化 LV.6
直感 LV.5
アピール LV.5
状態異常耐性 LV.3
＜魔法＞
＜ユニークスキル＞
勇者の剣(ブレイブスラッシュ) LV.1
俺のステータスもそのためにだいぶ偏って振ってきたし
何より
この〈天空シリーズ〉!!
〈天空の鎧〉
防御力45 魔防力32
光属性ダメージ20%カット
〈天空の盾〉
防御力31 魔防力20
聖属性ダメージ50%カット
〈天空の剣〉
攻撃力85 魔法力51
聖属性
俺のステータスより高い攻撃力と防御力!
属性ダメージカット!
ふぇえ
シリーズ3点装備ボーナス『状態異常耐性Lv3』自動発動!

負ける要素なしだぜ!
だから心配するな
うん!
10層(最下層)
よしっ
じゃあボスとご対面といきますか

ぞん
あれが〈熱帯の森林《ジャングル》ダンジョン〉のボス〈クマアリクイ〉だ!!
〈クマアリクイ〉
舌は使わない
…熊なの？アリクイなの？
…アリクイだ 行動は熊に近いけど
でも不思議だよね
こうして見えてるのに入れないし反応もしないなんて
正規門を潜《くぐ》って初めて攻撃が届く仕組みだからな
ゼフィルス君

ふんす
まずはお昼にしよ
ここちょうど救済場所《セーフティエリア》だし
ボスに挑戦するならしっかり食べとかないと!
だな
おお!
このおにぎり中に卵焼きと焼き鳥が入ってるぞ!?
ふふ美味しいでしょ?
美味いなぁ
美少女《ハンナ》がその手で握ってくれたおにぎりなんて幸せすぎるだろ!!
前世ではそんなことしてくれる女の子なんていなかったからなぁ
よっしゃ

ザン
腹も気力も満たされたところでやりますか！
ハンナは手はず通り後ろに下がって回復薬《ポーション》だけ準備しておいてくれ
うん 気をつけてね ゼフィルス君
おう
んじゃ行くぜ『アピール』！

ギンッ
からーの
開始早々の
ドドドドド
『勇者の剣《ブレイブスラッシュ》』!
ド
パリッ
ガッ
ズザッ

っとと
ドドドッ
チッ
なるほど
リアルでダメージ食らうってこんな感じかぁ
ゼフィルス君大丈夫!?
ああかすっただけだ!
全然痛くもないし問題ない!
リアル〈ダン活〉ではHPがダメージの多くを肩代わりしてくれて
かつ痛みなどを軽減してくれる
聞いてたのと実際に経験するのとじゃ全然違うが取り乱すほどじゃないな

ガァアッ
立ち上がった!!
ってことは
次の攻撃は
ガッ
ガガッ
盾で受ける
そして
クールタイム
明けの
『勇者の剣《ブレイブスラッシュ》』!!
CRITICAL

ドゥン
チャンス!!
ガガガ
ゼフィルス君
やったね!
おめでとう!

ホッ
ああ
思ってたより気を張ってたんだな俺
さすがリアル!!
おっし
やったぜハンナ！
見てたか？
余裕だったろ
〈熱帯の森林《ジャングル》ダンジョン初攻略が確認されました〉
〈初攻略報酬が贈られます〉
ぱんっ
〈ダンジョンクリア おめでとうございます〉

わわ
何これ？
〈攻略者の証〉
ボス撃破記念特典の勲章みたいなものだ
コレクター魂が刺激されるんだよなぁ
大量に胸に着けて貫禄を出したり
ふふん
ブレザーの裏に着けてチラッと見せたり
チラ
チラッ
スカートの裏に着けてめくれないか試した動画もあったな
そんな機能はありません！お兄さんは変態です!!
ぷんぷん
プラカードを持ったロリがガードするんだよなアレは良いものだったなぁ
ゼフィルス君ゼフィルス君
ボスドロップがこんなにたくさん
あっ
ぴゅっ
銀箱!!

ボスドロップ5個
ダンジョンモンスタードロップ8個
銀箱1個
幸先良いな
ハンナ 開けていいぞ
やったー!
ぎぃっ
ドキ
ドキ
ドキ
ハイポーションだー!!
〈ハイポーション〉
HPが500回復する
わっ
やったなハンナ
ぽんぽんっ
ゼフィルス君 この後どうするの? すぐ帰る?
いや セーフティエリアに戻る

これから誰にも
言ってはいけない
内緒の遊びをするぞ
なっ
内緒の遊び!?
誰にも内緒な
約束できるか？
ど
どんなこと
するの？
あわ
あわ
百聞は一見にしかず
見てろよ？
パリッ

『勇者の剣《ブレイブスラッシュ》』!
ズドン
ひゃっ
へ?

でーーん
クマアリクイ
復活しちゃったよ!?
それに転移陣も
消えーー…
もしか
して…
はっ
スラリポ改め
ボスリポマラソンを
開始する!
ドドンっ
ひーーっ
続きはコロナEXにてお楽しみ下さい!

ゼフィルスが
初のダウン!?
チーム一致団結で
ボスモンスターに立ち向かえ!!
第6巻も強ジョブ・お宝超ゲット! お楽しみに!
2023年夏発売!

Lv.
次巻予告
ゼフィルスの敵を討つのよ！
ん、全力で狩る
ニシキギ・カエデ
イラスト：朱里
GAME ADDICT PLAYS "ENCOURAGEMENT FOR JOB HUNTING IN DUNGEONS" FROM A "NEW GAME"
ゲーム世界転生
〈ダン活〉
～ゲーマーは【ダンジョン就活のススメ】を〈はじめから〉プレイする～
REINCARNATION IN THE GAME WORLD DANKATSU

ゲーム世界転生〈ダン活〉05
～ゲーマーは【ダンジョン就活のススメ】を
〈はじめから〉プレイする～

2023年6月1日　第1刷発行

著　者　ニシキギ・カエデ

発行者　本田武市

発行所　TOブックス
〒150-0002
東京都渋谷区渋谷三丁目1番1号　PMO渋谷Ⅱ　11階
TEL 0120-933-772（営業フリーダイヤル）
FAX 050-3156-0508

印刷･製本　中央精版印刷株式会社

ISBN978-4-86699-842-8